시스터스 브라더스

THE SISTERS BROTHERS
by Patrick Dewitt

이 도서의 국립중앙도서관 출판예정도서목록(CIP)은
서지정보유통지원시스템 홈페이지(http://seoji.nl.go.kr)와
국가자료공동목록시스템(http://www.nl.go.kr/kolisnet)에서 이용하실 수 있습니다.
(CIP제어번호: CIP2019006326)

시스터스 브라더스

THE SISTERS BROTHERS

패트릭 드윗 장편소설

김시현 옮김

문학동네

일러두기

1. 본문 중의 주석은 모두 옮긴이주입니다.
2. 고딕체는 원서에서 이탤릭체와 대문자로 강조된 부분입니다.

어머니에게

차례

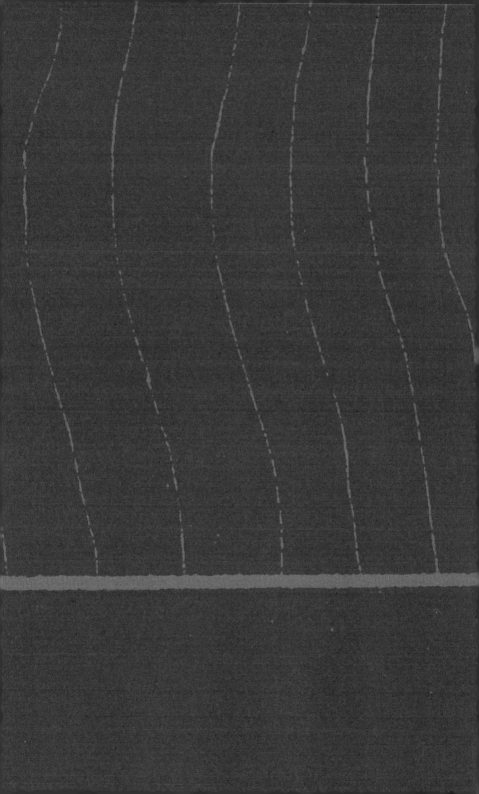

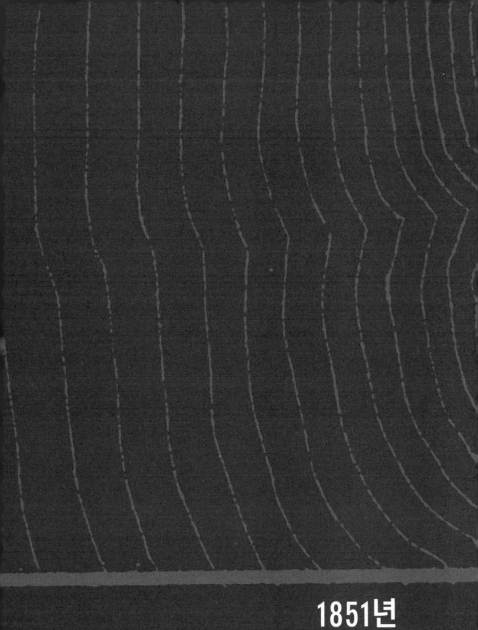

1851년
오리건 시티

1장

말馬 다툼

찰리 형이 새 일거리를 갖고 나오기를 나는 제독의 저택 밖에서 말을 탄 채 기다리고 있었다. 금방이라도 눈이 내릴 듯한 추운 날 씨였는데 심심풀이 삼아 찰리의 새 말 님블을 살펴보았다. 내 새 말의 이름은 텁이었다. 우리는 말에 이름을 붙이거나 하지 않지만 지난번 일에 대한 보수의 일부로 받은 놈들이라 원래 이름을 그냥 쓰게 되었다. 전에 타던 이름 없는 말들은 불타 죽었다. 그러니 새 말들이 쓸모없는 것은 아니었지만, 이력과 습관과 이미 귀에 익은 이름이 없는 말을 직접 골라 살 수 있도록 돈으로 받았어야 했다 는 생각을 떨치기 어려웠다. 나는 예전 말을 무척 좋아했다. 최근 에는 잠들면 녀석이 종종 꿈에 나왔다. 불이 붙은 다리를 버둥거리 고, 열기에 눈알이 툭 불거진 채 죽어가고 있었다. 녀석은 질풍처 럼 하루에 100킬로미터를 달릴 수 있었다. 나는 쓰다듬거나 털을 손질할 때 외에 녀석에게 절대 손을 대지 않았다. 녀석이 마구간에서 불타 죽는 모습을 되도록 생각하지 않으려 애썼지만, 저절로 떠오르는 광경을 무슨 수로 막겠는가? 텁은 건강에 문제가 없었으나 보다 야망이 적은 사람에게나 적합할 말이었다. 뚱뚱하고 다리가 짧아 하루에 80킬로미터 이상 이동하기가 불가능했다. 게다가 때로 채찍질하지 않으면 말을 듣지 않았다. 어떤 사람들은 말에 채찍질하는 것을 개의치 않고 나아가 즐기기도 하지만, 나는 영 마뜩잖다. 채찍질을 당한 후로 텁은 나를 잔인하다고 여기며 '아이고, 지지리 복도 없지'라고 생각하고 있으리라.

누군가의 시선을 느끼고 님블에게서 눈길을 거두었다. 찰리가 위층 창문에서 내려다보다가 다섯 손가락을 펼쳐 보였다. 내가 무덤덤하자 나를 웃기려고 그러는지 얼굴을 찡그렸다. 그래도 웃지 않자 맥이 풀린 표정으로 사라져버렸다. 내가 자기 말을 바라보고 있는 것을 분명 보았으리라. 전날 아침 내가 텁을 팔고 반반씩 돈을 내서 새 말을 사자고 제안하자 그러는 게 좋겠다고 동의해놓고는 점심을 먹고 나서 딴소리를 했다. 새 일거리를 마무리 지은 뒤에 그러자는 것이었다. 도무지 말이 되지 않았다. 바로 그 새 일을 하는 데 텁이 방해가 될 게 뻔한데 당연히 말부터 바꾸어야 하지 않겠는가? 그러나 찰리는 음식 기름기로 반질거리는 콧수염을 꿈틀대며 말했다. "일부터 마치는 게 최선이야, 일라이." 그는 님블에 전혀 불만이 없었다. 그의 이름 없는 예전 말보다 좋으면 좋았지 결코 처지지 않았다. 내가 일하다 다리를 다쳐 누워 있는 동안 찰리가 먼저 말들을 살피고 골라버렸던 것이다. 나는 텁이 마음에 들지 않았다. 하지만 형은 님블을 만족스러워했다. 이것이 바로 말로 인한 문제였다.

찰리가 말에 오르고 우리는 피그킹을 향해 나아갔다. 오리건 시티에 온 건 불과 두 달 만이었는데, 그사이 중심가에 새 상점이 다섯 개나 들어서고 모두 장사가 잘되는 듯했다. "영리한 종자들이야." 내 말에 찰리는 대꾸가 없었다. 피그킹 안쪽 탁자에 자리잡자 늘 마시던 술과 잔이 나왔다. 찰리가 내 잔에 술을 따랐다. 우리는 보통 각자 알아서 잔을 채운다. 따라서 나는 나쁜 소식을 들을 마음의 준비를 했다.

"이번 일에서는 내가 대장이야, 일라이."

"누가 그래?"

"제독이."

나는 브랜디를 마셨다. "그게 무슨 뜻이지?"

"내가 책임자라는 거지."

"그럼 돈은?"

"내가 더 많이 가져야지."

"그러니까, 내 돈 말이야. 이전과 똑같겠지?"

"더 적을 거야."

"이해가 안 되는데."

"우리 중에 대장이 있었다면 지난번 같은 불상사는 없었으리라는 게 제독의 의견이야."

"말도 안 돼."

"아니, 맞는 말이야."

나는 그가 다시 따라준 술을 마셨다. 그리고 찰리뿐만 아니라 나 자신을 향해 말했다. "제독이 대장에게 더 많이 챙겨주고 싶다면 그러라고 해. 하지만 부하의 임금을 깎으면 수지가 안 맞잖아. 나는 그자를 위해 일하느라 다리를 다쳤고, 내 말도 불타 죽었어."

"내 말도 타 죽었어. 하지만 제독이 새 말을 줬잖아."

"이건 수지가 안 맞아. 술 그만 따라. 내가 병신도 아니고." 나는 술병을 치우고 새 일거리가 뭔지 물었다. 캘리포니아로 가서 허먼 커밋 웜이라는 금 채굴꾼을 찾아내 죽이는 것이었다. 찰리가 재킷 주머니에서 편지 한 통을 꺼냈다. 제독의 정찰병인 헨리 모리스가 보낸 것으로, 멋쟁이인 그는 종종 우리보다 앞서가서 정보를 모으곤 했다. "며칠간 웜을 조사한 결과, 그의 성격과 습관에 관해 다음과 같은 사실을 알아냈다. 그는 천성적으로 혼자 있기를 좋아하고 샌프란시스코의 술집에서 과학이나 수학 책을 읽고 여백에 그림을 그리며 많은 시간을 보낸다. 두꺼운 책들을 학생처럼 끈으로 묶어서 들고 다니기 때문에 주위에서 조롱을 받는다. 게다가 키도 작달막해 여간 우스꽝스러운 게 아니다. 하지만 누가 키를 갖고 놀리면 가만두지 않으므로 주의해야 한다. 싸우는 광경을 몇 차례 본 적 있는데, 대개 그가 지기는 했지만 상대가 두 번 다시 싸울 마음이 들지 않겠다 싶었다. 여차하면 물어뜯는 것도 마다하지 않기 때문이다. 대머리에 붉은 턱수염을 무성히 기르고, 팔은 길고 가는데 배는 임산부처럼 불룩 나왔다. 목욕을 잘 하지 않고 마구간이나 문간 등 어디서나 잠을 잔다. 여차하면 길거리도 마다하지 않는다. 말본새는 퉁명스럽고 정나미가 떨어진다. 허리 총집에 베이비 드러군*을 꽂고 다닌다. 술은 자주 마시지 않지만 일단 마셨다 하면 곤죽이 되도록 들이켠다. 위스키값은 사금 가루로 내는데, 평소에는 기다란 끈으로 조이는 가죽 주머니에 넣어 겹겹이 껴입은 옷 안쪽에 숨겨둔다. 내가 이곳에 도착한 이래 그는 쭉 시내에 머물고 있다. 새크라멘토**에서 16킬로미터가량 떨어진 자신의 채굴지로 돌아갈 계획인지는 알 수 없다(지도 동봉). 어제 술집에서 내게 성냥을 빌리면서는 정중하게 내 이름을 불렀다. 어떻게 알았는지 모르겠다. 내가 미행하는 것을 전혀 못 알아챈 눈치였는데. 내 이름을 어떻게 아느냐고 묻자 그가 욕설을 퍼부어서 그만 자리를 떴다. 마음에 드는 인간은 아니지만, 남달리 강한 정신력을 가진 것으로 보인다. 보기 드문 인간이라는 점은 인정한다. 이것이 그나마 그에

---

* 1847년 콜트사에서 선보인 리볼버.
** 캘리포니아의 주도.

게 할 수 있는 칭찬 비슷한 말이다."

모리스는 웜의 채굴지 지도 옆에 그자의 생김새를 지저분하게 그려놓았다. 그자가 바로 내 옆에 서 있더라도 알아보지 못할 만큼 정말이지 형편없는 그림이었다. 내가 이 점을 지적하자 찰리는 대꾸했다. "모리스는 샌프란시스코의 호텔에서 우리를 기다리고 있어. 웜이 누군지 직접 알려줄 거야. 우리는 가기만 하면 돼. 사람을 죽이기에 적당한 곳이라고 들었어. 온 도시를 불태우느라 분주하거나, 온 도시를 끝도 없이 새로 짓거나 둘 중 하나라더군."

"왜 모리스가 직접 죽이지 않지?"

"맨날 똑같은 걸 묻는구나. 내 대답도 늘 똑같아. 그건 그의 일이 아니라 우리 일이니까."

"정말 어처구니가 없네. 내 임금은 깎으면서, 그저 웜에게 감시당하고 있다는 걸 알려주려고 이 머저리한테 임금과 경비를 대다니."

"모리스를 머저리라고 할 수는 없어. 이번이 처음 저지른 실수잖아. 그리고 자기 잘못을 솔직히 인정했고. 그가 발각된 건 모리스 탓이라기보다 웜이 보통 놈이 아니기 때문이라고 봐."

"하지만 그자는 노숙한다며? 잘 때 모리스가 그냥 총으로 쏴버리면 될 거 아냐?"

"모리스는 청부업자가 아니잖아."

"그럼 애당초 왜 보내? 차라리 우리를 한 달 먼저 보내지."

"한 달 전에 우리는 다른 일을 하고 있었어. 제독에게는 많은 관심사와 골칫거리가 있다는 사실을 잊었군. 처리할 수야 있지만 한

번에 하나씩 해야 해. 급히 먹다간 체하는 법이지. 제독이 직접 그렇게 말했어. 그가 그토록 성공한 걸 보면 맞는 말 아니겠어?"

그가 좋아라 하며 제독의 말을 인용하는 모습을 보자니 불안했다. "캘리포니아까지 가려면 몇 주는 걸릴 거야. 할 필요도 없는 여행을 왜 해야 하지?"

"할 필요가 없다니? 이건 우리 일이야."

"뭠이 거기 없으면?"

"거기 있을 거야."

"만약 없으면?"

"젠장, 있을 거라니까."

계산할 때가 되자 나는 찰리에게 지적했다. "대장이 내야지." 보통은 반반씩 내는지라 그는 투덜거렸다. 형은 예나 지금이나 구두쇠인데, 그런 면은 아버지를 닮았다.

"이번 한 번만이다." 그가 말했다.

"대장은 대장 임금을 받잖아."

"너는 제독을 싫어해. 제독도 너를 싫어하고."

"점점 더 정떨어지고 있지."

"더이상 일하기 싫으면 언제든 직접 가서 그렇게 말해."

"더이상 일하기 싫어지면 형도 알 거 아냐. 형이 알면 제독도 알겠지."

말다툼을 계속할 수도 있었지만 나는 탁자에서 일어나 술집을 가로질러 내 호텔방으로 돌아갔다. 나는 말다툼을 좋아하지 않는다. 특히 찰리와는 더더욱 싫다. 그는 극도로 잔인한 말을 서슴없이 내뱉는다. 그날 밤 늦게 그가 거리에서 남자들과 대화하는 소리가 들려왔다. 혹시 위험에 처했나 싶어 귀를 기울였지만 그건 아니었다. 남자들은 이름을 묻더니 그가 알려주자 그냥 가버렸다. 사실 내가 도우러 가봐야 할 것 같아서 부츠를 신던 참에 남자들이 흩어졌던 것이다. 찰리가 계단을 올라와 침대에 벌렁 드러눕는 소리가 들리기에 나는 깊이 잠든 척했다. 그가 방문 사이로 얼굴을 삐죽 내밀고 내 이름을 불렀지만 대꾸하지 않았다. 그는 문을 닫고 자기 방으로 가버렸다. 나는 어둠 속에 누워 가족으로 인한 어려움들에 대해 생각했다. 한 집안의 이야기가 얼마나 정신 나가고 비뚤어질 수 있는지.

아침에는 비가 내렸다. 쉴새없이 떨어지는 차가운 빗방울에 길이 온통 진창이 되었다. 찰리가 브랜디 때문에 배탈이 났다기에 약국에 가서 구토약을 사왔다. 무향의 청록색 가루를 그의 커피에 탔다. 팅크에 무슨 성분이 들었는지 찰리가 침대에서 벌떡 일어나 님블에 올라타긴 했는데, 정신이 돌아온 정도를 넘어 광분해서 산만하기 짝이 없었다. 도시에서 30킬로미터 떨어진 숲속 황무지에서 잠시 쉬기로 했다. 지난여름 번개가 떨어져 초목이 불타버린 자리였다. 점심을 먹고 다시 이동할 채비를 하는데 100미터 남쪽에서 한 남자가 말을 끌며 걸어가고 있었다. 말을 타고 있었다면 굳이 논할 까닭이 없지만 말을 끌며 걷다니 기이했다. "왜 저러는지 가서 한번 알아봐." 찰리가 말했다.

"대장의 명령이라면." 나는 대꾸했다. 아무 반응 없는 것을 보니 찰리는 진저리가 난 듯했다. 이제 이 농담도 그만해야겠다 싶었다. 나는 턱에 올라타 그 남자에게 갔다. 말머리를 돌리고 보니 남자는 울고 있었다. 나는 말에서 내려 그를 마주했다. 키 크고 덩치가 우람하며 얼굴도 험상궂은 나를 보고 겁먹은 기색이었다. 나는 불안을 줄여줄 요량으로 말했다. "해치지 않을 테니 염려 마요. 형이랑 점심 먹는 중인데 음식이 너무 많아서, 혹시 그쪽이 배고프다면 나눠먹을까 해서 온 거니."

남자는 손바닥으로 얼굴을 훔치더니 부들부들 떨며 숨을 크게 들이쉬었다. 그리고 대답하려고 입을 벌렸지만 아무 소리도 나오지 않았다. 대화가 어려울 정도로 충격이 큰 모양이었다.

나는 말했다. "안 좋은 일을 겪었나보군. 혼자 있고 싶을 텐데 괜히 방해해서 미안해요. 앞으로 가는 길에 행운이 깃들길 빌죠." 도로 턱에 올라 점심 먹던 곳으로 반쯤 돌아갔을 때 찰리가 권총을 내 쪽으로 겨누고 서 있는 게 보였다. 돌아보니 남자가 말을 타고 서둘러 다가오고 있었다. 나를 해칠 생각은 없는 듯해서 찰리를 향해 권총을 내리라고 손짓했다. 남자와 나는 말을 탄 채 나란히 섰다. 그가 소리쳤다. "함께 점심 먹어도 될까요?" 우리가 점심 먹던 곳에 이르자 찰리가 남자의 말고삐를 잡아주며 말했다. "그런 식으로 사람을 쫓아가면 위험해. 내 동생을 추격하는 줄 알고 총으로 쏠 뻔했잖아." 남자는 터무니없는 말은 집어치우라는 듯 양손을 내저었다. 찰리가 놀라서 나를 보며 물었다. "대체 뭐하는 놈이야?"

"안 좋은 일이 있었나봐. 그래서 같이 점심 먹자고 했어."

"남은 거라곤 비스킷뿐인데."

"내가 더 만들면 되지."

"어림없는 소리 마." 찰리가 남자를 위아래로 훑었다. "누가 죽은 것처럼 보이긴 하네."

남자가 목청을 가다듬고 말했다. "사람을 앞에 두고 그 자리에 없는 것처럼 말하는 건 무례한 짓인데."

찰리는 웃어야 할지 그를 때려눕혀야 할지 망설이며 내게 말했다. "미친놈 아냐?"

"말조심 좀 해." 나는 남자에게 말했다. "오늘 형 기분이 별로예요."

"난 기분이 끝내주게 좋아." 찰리가 말했다.

"형은 지금 마음이 너그러울 만한 상태가 아니거든요." 나는 말했다.

"네, 몸이 안 좋아 보이는군요." 그자가 말했다.

"난 멀쩡하다니까, 빌어먹을."

"몸이 좀 안 좋아요." 나는 말했다. 찰리의 인내심이 한계에 다다른 게 보였다. 비스킷을 집어 쥐여주자 남자는 비스킷을 한참 보더니 다시 울음을 터뜨렸다. 기침하고 숨을 크게 들이쉬고 애처롭게 몸을 떨었다. 나는 찰리에게 말했다. "아까 처음 봤을 때도 이랬어."

"뭐가 문제래?"

"말을 안 했어." 나는 우는 남자에게 물었다. "이봐요, 뭐 때문에 그러는 거죠?"

"갔어!" 그가 소리쳤다. "모두 다 갔어!"

"누가 말이야?" 찰리가 물었다.

"나만 빼놓고 가다니! 나도 죽었더라면 좋았을 텐데! 차라리 죽는 게 낫지!" 그는 비스킷을 떨어뜨리더니 말을 끌고 걸어갔다. 열 걸음쯤 걷고서 고개를 뒤로 젖혀 탄식을 뱉었다. 총 세 번을 그렇게 했다. 나와 형은 점심 먹던 자리를 치웠다.

"대체 왜 저러는지 궁금하군." 찰리가 말했다.

"상심이 너무 커서 이성을 잃었나봐."

우리가 말에 올랐을 때 우는 남자는 보이지 않았다. 그가 왜 그토록 탄식하는지는 영원히 수수께끼로 남을 터였다.

우리는 각자 생각에 잠겨 말없이 나아갔다. 찰리와 나 사이에는
식사 직후에는 빠른 속도로 이동하지 않는다는 무언의 합의가 있
었다. 이 생활에는 많은 어려움이 따르기 마련이기에 기회가 되는
대로 이런저런 소소한 편의를 누리려 하는데, 결국 그것이 지금까
지 이 일을 계속하는 데 꽤 도움이 되었다.

"허먼 웜이라는 자는 무슨 짓을 한 거야?" 나는 물었다.

"제독한테서 뭔가를 훔쳤어."

"뭘 훔쳤는데?"

"곧 알게 되겠지. 우리는 죽이면 그만이야." 그가 앞서 나가자
나는 쫓아갔다. 얼마 전부터 이 문제에 대해 이야기하고 싶었다.
심지어 지난번 일 전에도.

"이상하다는 생각 든 적 없어, 형? 그 사람들이 다 등쳐먹을 만

큼 제독이 어리석다고? 그렇게 무서운 사람인데?"

"제독한테는 돈이 있지. 도둑이 돈 말고 뭘 바라겠어?"

"어떻게 돈을 훔치지? 제독이 얼마나 경계심 강한지 잘 알잖아. 그런데 온갖 사람이 제독의 돈에 손을 댄단 말이야?"

"제독은 전국에서 사업을 하고 있어. 사람은 백 군데는커녕 두 군데도 동시에 있기 불가능하지. 그러니 피해자가 될 수밖에."

"피해자라고!"

"재산을 지키기 위해 우리 같은 사람을 고용해야 하는 처지잖아. 달리 뭐라고 부르겠어?"

"피해자라니!" 나는 진심으로 우스웠다. 불쌍한 제독을 위해 감상적인 노래를 불렀다. "꽃의 장막 뒤에서 그가 눈물 흘리네. 도시에서 소식이 전해졌다네."

"아, 마음대로 해."

"그의 연인은 금빛 퇴락의 품에 안긴 채 시골 술집 근처에서 목격되었네."

"내가 대장이 됐다고 삐치기는."

"그녀의 미소를 상냥함으로 착각한 대가를 이제 그는 치러야 하니."

"이젠 그 얘기도 신물나."

"그의 연인은 죄악에 몸을 바치며 영원한 사랑과 고결함을 내던졌네."

찰리는 웃음을 참지 못했다. "대체 무슨 노래야?"

"어디서 주워들은 거야."

"슬픈 노래군."

"훌륭한 노래는 다 슬픈 노래지."

"어머니가 그렇게 말하곤 했지."

나는 잠시 뜸을 들이다 말했다. "슬픈 노래를 들어도 사실 슬프진 않아."

"이래저래 어머니를 똑 닮았다니까."

"형은 아니지. 그렇다고 아버지를 닮은 것도 아니고."

"나는 아무도 안 닮았어."

무심코 한 말이었지만, 그런 식의 선언은 대화를 끝내버리기 십상이다. 나는 앞서 나가는 그의 등을 바라보았다. 내가 보고 있다는 것을 그도 알았다. 찰리가 뒤꿈치로 님블의 옆구리를 때리며 달려나가고 나는 뒤처졌다. 우리는 딱 평소 방식으로, 평소 속도로 여행하고 있었지만, 그럼에도 나는 그를 뒤쫓고 있다는 느낌을 지울 수 없었다.

낯이 짧은 늦겨울인지라 협곡에서 발길을 멈추고 야영 준비를 했다. 연재 모험소설에서 이런 장면을 흔히 보았으리라—무시무시한 두 여행자가 모닥불 앞에 앉아 음담패설을 늘어놓고 죽음과 여자에 대한 끔찍한 노래를 불러젖힌다. 하지만 솔직히 하루종일 말을 타고 나면 그저 누워 자는 것 외에 다른 소망이 있을 리 없다. 나는 제대로 챙겨 먹지도 않고 그대로 뻗었다. 아침에 부츠를 신는데 왼발 엄지에 따끔한 통증이 느껴졌다. 부츠를 거꾸로 들고 굽을 두드렸다. 쐐기풀이나 나오겠거니 했는데 커다란 털투성이 거미가 땅바닥에 툭 떨어져 배를 뒤집은 채 여덟 개의 다리로 차가운 대기를 휘저었다. 맥박이 빠르게 고동치고 머리가 띵해졌다. 나는 거미와 뱀을 비롯해 기어다니는 것들을 무척 무서워하기 때문이다. 그 사실을 아는 찰리가 도우러 와서 칼로 그 생명체를 들어올려 모닥불에 던졌다. 나는 거미가 자글자글 타올라 죽어가는 광경을 지켜보았다. 뭉친 종이가 타듯 연기가 피어오르고, 거미는 고소하게도 고통스러운 종말을 맞았다.

그때 마치 결빙이 생기듯 한기가 정강이뼈를 타고 올라왔다. 나는 말했다. "독거미였나봐, 형." 곧 온몸에 열이 나서 드러누웠다. 내 창백한 안색에 찰리가 걱정했다. 내가 말도 제대로 못 잇자 그는 모닥불에 장작을 잔뜩 던져넣고는 말을 타고 인근 마을로 가서 의사를 데려왔다. 의식이 흐릿했지만 강제로, 혹은 자의 반 타의 반으로 끌려온 의사가 찰리가 멀어질 때마다 욕설을 뱉던 건 기억난다. 약인지 해독제인지를 맞자 술에 취한 듯 기분이 들뜨고 명해지더니 그저 모든 일에 대해 모두를 용서하고 싶어지고, 또한 줄기차게 담배를 피우고 싶어졌다. 그러다 이내 깊은 잠에 빠져들어 낮이 밤이 되고 다음날 아침이 올 때까지 꼼짝도 않고 누워 잤다. 잠에서 깨보니 찰리가 여전히 모닥불 앞에 앉아 있었다. 그가 내 쪽을 건너다보며 씩 웃었다.

"방금 무슨 꿈을 꿨는지 기억나?" 그가 물었다.

"어딘가에 갇혀 있었던 것만."

"계속 말하던데. '나 천막 안에 있어! 천막 안에 있어!'"

"기억 안 나."

"'나 천막 안에 있어!'"

"일어서게 부축 좀 해줘."

나는 그의 도움을 받아 나무처럼 뻣뻣한 다리로 야영지 주위를 돌았다. 속이 약간 메스껍기는 했지만 베이컨과 커피와 비스킷을 충분히 먹고 자칫 토하지 않도록 내리눌렀다. 다시 말을 타도 될 만큼 회복된 듯했다. 우리는 네다섯 시간 동안 천천히 나아간 뒤 다시 쉬었다. 찰리가 몸은 좀 어떻냐고 계속 물어서 번번이 대답하려 애썼지만 사실 내 상태가 어떤지 나도 알 수 없었다. 거미 독 때문인지 아니면 억지로 끌려온 의사가 놓은 해독제 때문인지 내 몸이 내 몸 같지 않았다. 그날도 밤새 고열과 경련에 시달리다 아침을 맞았다. 찰리가 인사를 하기에 돌아보았더니 그가 나를 보고 놀라 비명을 질렀다. 왜 그러느냐고 묻자 거울 대용으로 쓰는 주석 접시를 가져왔다.

"이게 뭐야?" 나는 물었다.

"네 머리야, 친구." 그는 서서 상체를 뒤로 젖히며 휘파람을 불었다.

내 왼쪽 얼굴이 그로테스크하게 부어 있었다. 정수리부터 목까지 퉁퉁 붓고 어깨부터 서서히 나아졌다. 왼눈은 그저 찢어진 틈새에 불과했다. 유머 감각을 되찾은 찰리는 내 꼴이 반쪽짜리 개 같다고 말하더니 잡을 수 있는지 보려고 막대를 던졌다. 나는 왜 이렇게 부었는지 알아내려고 이와 잇몸을 더듬었다. 왼쪽 아랫니에 손가락이 닿는 순간 날카로운 고통이 머리부터 발끝까지 온몸을 꿰뚫고 퍼져갔다.

"피가 한 바가지는 고여 있을걸." 찰리가 말했다.

"의사를 어디서 데려왔어? 다시 찾아가 고름을 빼야겠어."

찰리가 고개를 저었다. "그자를 찾지 않는 게 좋아. 진찰비와 관련해 불행한 사건이 있었거든. 나를 다시 보면 무척 기뻐하겠지.

하지만 우리를 도울 마음이 있을지는 잘 모르겠군. 남쪽으로 몇 킬로미터 더 가면 마을이 있다고 그자가 그랬어. 그리로 가는 게 최선일 거야. 네가 갈 수 있다면 말이지."

"선택의 여지가 없잖아."

"인생의 많은 것이 그렇듯 이번에도 어쩔 수 없는 거야, 형제."

길이 험하지 않은데도 우리는 천천히 나아갔다. 완만한 내리막이 차츰 바닥이 단단하고 숲이 울창한 지대로 바뀌었다. 텁이 발을 헛디디는 바람에 내 윗니와 아랫니가 딱 부딪쳤는데 묘하게 기분이 좋았다. 마치 재미난 소극을 보는 듯했다. 고통스러워 비명을 지르는 동시에 우스워 죽겠다는 듯 웃음이 터져나왔다. 나는 윗니와 아랫니 사이에 담뱃잎 뭉치를 완충재 삼아 쑤셔넣었다. 그 때문에 갈색 침이 잔뜩 고였지만 도저히 뱉을 수가 없었다. 한번 뱉었다가 어찌나 아프던지 그냥 상체를 숙여서 침이 입가를 흘러내려 텁의 목에 떨어지도록 했다. 잠시 눈발이 날리다 그쳤다. 시원한 눈송이가 얼굴에 닿자 반가웠다. 고개를 젖히고 있는 내 주위를 찰리가 돌며 자세히 살펴보았다. "뒤에서도 퉁퉁 부은 게 보여. 두개골 자체가 부푼 것 같아. 머리카락까지 부풀어올랐어." 우리는 진찰비를 떼먹힌 의사가 사는 마을을 빙 돌아 지나간 후 몇 킬로미터 더 가서 다음 마을에 다다랐다. 이름도 없는 그 마을은 길이가 400미터 정도고 주민은 백 명 남짓이었다. 하지만 운이 좋았다. 와츠라는 이름의 치과의사가 자기 병원 앞에서 파이프를 피우고 있었던 것이다. 내가 다가가자 그는 빙그레 웃으며 말했다. "전문가의 손길이 필요한 사례군. 이렇게 심한 기형을 보니 반갑기 짝이 없구먼."

그러고는 효율적으로 꾸며진 좁은 진료실로 나를 이끌었다. 푹신한 가죽 의자가 익숙지 않은 내 무게에 뻑뻑대며 한숨을 내쉬었다. 의사가 번뜩이는 도구가 담긴 쟁반을 꺼내며 나에게 치과 병력을 물었지만 만족스러운 대답을 해줄 수 없었다. 어쨌든 그는 내가 뭐라고 대답하든 개의치 않는 듯했다. 그저 환자에게 질문할 수 있어 기쁜 기색이었다.

나는 거미 독이나 해독제 때문에 잇몸이 부은 게 아닐까란 의견을 제시했지만 와츠는 그것을 뒷받침할 의학적 증거가 전혀 없다고 말했다. "인체는 그 자체로 놀라운 기적이지. 세상에 누가 기적을 분석할 수 있겠나? 진짜로 거미가 원인이었을 수도 있고, 이른바 해독제에 반응해 그랬을 수도 있고, 아니면 둘 다 아닐 수도 있지. 하지만 아픈 이유를 밝힌다고 뭐가 달라지겠어, 안 그래?"

나는 맞장구쳤다. 찰리가 끼어들었다. "의사 선생, 저 자식 머릿속에 피가 한 바가지는 고여 있을 거라고 내가 아까부터 장담했다니까."

와츠가 번뜩이는 은빛 랜싯을 집어들었다. 그리고 의자에 기대앉아서는 내 머리가 괴물의 흉상이라도 되는 양 살펴보았다. "어디 한번 봅시다." 그가 말했다.

레지널드 와츠는 갖가지 실패와 재앙으로 점철된 불행한 삶을 살아왔다. 하지만 씁쓸해하거나 한탄하지 않았다. 오히려 자신의 수많은 헛발질을 재미나게 여기는 듯했다. "나는 정직한 일에서도 실패했고, 불법적인 사업에서도 실패했네. 사랑에도 실패하고 우정에도 실패했지. 뭐든 아무거나 대봐요. 분명 내가 실패한 것일 테니. 어서, 아무거나 말해봐요. 뭐든 좋으니."

"농업." 나는 말했다.

"여기서 북동쪽으로 160킬로미터 떨어진 곳에서 사탕무 농장을 했지. 하지만 한푼도 못 벌었어. 사탕무 하나 제대로 자라지 않았으니 철저하게 실패한 셈이지. 다른 걸 대봐요."

"선박."

"미시시피강을 오르내리며 화물을 운반하는 외륜 증기선의 주식을 터무니없이 높은 가격에 샀다네. 내가 뛰어들기 전까지만 해도 수익률이 대단했어. 하지만 내가 투자하고 두번째 운항 때 배가 그만 강바닥에 가라앉았지 뭐요. 보험은 들지 않았네. 간접비용 몇 달러 아끼자는 나의 똑똑한 아이디어 덕분에. 게다가 '페리윙클'은 경박해 보이니 '퀸 비'로 배 이름을 바꾸자고 권하기까지 했거든. 참담한 실패였지. 내가 오해한 게 아니라면 동료 투자자들은 나를 작살내려고 했어. 나는 유언장을 현관문에 붙여놓고 수치스럽게 부랴부랴 떠나버렸지. 멋진 여자와도 작별했고. 오랜 세월이 지났지만 여전히 그녀 생각이 난다오." 의사가 잠시 멈추더니 고개를 저었다. "다른 걸 대봐요. 아니, 아니야. 이제는 이런 이야기도 신물이 나는군."

"우리 둘도 마찬가지야." 찰리가 말했다. 그는 구석에 앉아 신문을 보고 있었다.

나는 말했다. "그래도 여기서는 잘해나가는 것 같은데요, 의사선생."

"전혀." 그가 말했다. "자네가 지난 삼 주간 세번째로 온 손님일세. 이쪽 지역에서는 치아 위생이 우선순위에서 한참 밀려 있는 모양인지. 그래, 나는 치과의사로도 실패할 게 뻔해. 두 달만 지나면 은행에서 병원 문을 닫게 할걸." 그가 액체가 똑똑 떨어지는 기다란 주사바늘을 내 얼굴 앞으로 가져왔다. "따끔할 거네, 젊은이."

"아야!" 나는 외쳤다.

"치의학은 어디서 공부했지?" 찰리가 물었다.

"대단히 명망 높은 기관에서." 그가 대답했다. 능글맞게 히죽거리는 것이 마음에 들지 않았다.

"공부하는 데만 몇 년이 걸린다면서요." 나는 말했다.

"몇 년?" 와츠가 껄껄 웃었다.

"그럼 얼마나 걸렸죠?"

"내 경우에? 신경 도표를 암기하고, 그 머저리들에게 외상으로 의료 도구를 받고는 끝이었지." 나는 찰리를 보았다. 그는 어깨를 으쓱하더니 다시 신문을 읽었다. 니는 팔을 들어 부은 뺨을 만져보았다가 얼굴에 아무 느낌도 없어서 깜짝 놀랐다.

와츠가 말했다. "대단하지 않나? 이를 몽땅 뽑아버려도 조금도 통증을 못 느낄걸."

찰리가 신문 너머로 쳐다봤다. "정말 아무 느낌도 없어?" 내가 고개를 끄덕이자 그가 와츠에게 물었다. "어떻게 하면 그걸 구할 수 있지?"

"불가능해. 의사가 아닌 이상."

"우리 업계에서 유용하게 쓰일 텐데. 좀 팔지그래?"

"나도 한 번에 조금씩밖에 못 사서."

"가격을 잘 쳐줄게."

"어려울 것 같군."

찰리가 나를 멀뚱하니 바라보았다. 그리고 다시 신문 뒤로 사라졌다.

와츠가 내 얼굴에서 세 군데를 째자 형형색색의 액체가 흘러나왔다. 아직도 머릿속에 피가 약간 남아 있지만 저절로 없어질 거라고, 최악의 고비는 넘겼다고 했다. 그리고 썩은 이 두 개를 뽑았지만 아무런 고통도 느껴지지 않아 나는 껄껄 웃었다. 찰리가 불편해하더니 거리 맞은편의 술집으로 가버렸다. "겁쟁이" 하고 와츠가 말했다. 그는 절개한 곳을 꿰매고 입안에 솜을 집어넣은 후 대리석 세면대로 나를 이끌었다. 직사각형 머리에 회색과 흰색 털이 박히고 앙증맞은 나무 손잡이가 달린 솔을 보여주었다. "칫솔이네." 그가 말했다. "이걸 쓰면 치아가 깨끗해지고 숨결이 상쾌해지지. 자, 내가 어떻게 하는지 잘 봐두게." 의사가 칫솔질을 직접 해 보이더니 내 얼굴에 대고 박하향 숨을 불었다. 그리고 자기 것과 똑같이 생긴 새 칫솔을 건네고, 박하향 거품이 생기는 가루 치약 한 통까지 챙겨주며 가져가라고 했다. 내가 받을 수 없다고 하자 그는 제조업자에게서 무료로 받은 것이라고 털어놨다. 나는 치료비로 2달러를 냈고, 그는 위스키병을 꺼내며 쌍방에게 이로운 거래를 자축하자며 건배했다. 나는 대체적으로 그 사람이 꽤 마음에 들었다. 그래서 찰리가 권총을 뽑아들고 병원에 들이닥쳐 그 선량한 의사에게 겨누었을 때는 마음이 쓰렸다. "나는 돈을 주고 사려고 했어." 브랜디로 얼굴이 시뻘게진 찰리가 말했다.

"다음에는 내가 무슨 일에 실패할지 궁금하군." 와츠가 처량하게 말했다.

"알 게 뭐야. 일라이, 마취약과 주사기를 챙겨. 와츠, 어서 밧줄을 가져와. 개수작 부리면 머리에 구멍을 내주겠어."

"가끔 머리에 이미 구멍이 뚫린 것 같은 느낌이 든다네." 와츠가 나를 향해 말했다. "돈과 안락을 추구하다가 지쳐버렸지. 치아를 잘 돌보게, 젊은이. 건강한 구강을 유지해야지. 그러면 자네 말이 훨씬 달콤하게 들릴 거야, 안 그래?"

찰리가 와츠의 귀를 손바닥으로 후려치며 연설을 끝내버렸다.

오후가 지나고 어스름이 짙어질 때까지 계속 나아갔다. 나는 어질어질해서 자칫 안장에서 굴러떨어질 것 같았다. 그만 멈추고 여기서 밤을 보내자고 하자 찰리는 동의하면서도 비가 내릴 듯하니 비를 피할 곳부터 찾자고 했다. 공기중에 섞인 연기냄새를 따라가니 방 하나짜리 오두막이 나타났다. 가느다란 면실 같은 연기가 굴뚝에서 빙글빙글 올라오고 하나뿐인 창문에 어스레한 불빛이 가물거렸다. 천조각을 누빈 누더기 같은 옷을 걸친 노파가 문을 열었다. 턱 아래로 삐져나온 기다란 잿빛 머리칼이 파르르 떨렸고 반쯤 벌어진 입안의 삐뚤빼뚤한 이는 시커멓게 썩어 있었다. 찰리가 모자를 벗어 움켜쥐고는 연극배우 같은 음색으로 우리가 처한 곤경을 말했다. 굴을 연상시키는 노파의 눈이 내게 향하자마자 오싹한 한기가 들었다. 노파는 잠자코 문가에서 물러섰다. 의자 다리가 바닥에 끌리는 소리가 났다. 찰리가 나를 돌아보며 물었다. "어때?"

"그냥 가자."

"우리더러 들어오라고 문을 열어놨잖아."

"좀 이상한 여자 같아."

그가 눈더미를 발로 찼다. "불은 지필 줄 알잖아. 뭘 더 원해? 여기 눌러살 것도 아닌데."

"그냥 가는 게 좋겠어." 나는 고집을 부렸다.

"문!" 노파가 소리쳤다.

"난 따뜻한 방에서 몇 시간만 몸을 녹이면 좋을 것 같은데." 찰리가 말했다.

"아픈 건 나라고. 내가 그냥 가자잖아."

"난 그냥 여기 있을래."

그림자가 맞은편 벽을 따라 스르르 움직이더니 노파가 다시 현관으로 왔다. "문!" 그녀가 빽 소리를 질렀다. "문! 문!"

"어서 들어오라잖아." 찰리가 말했다.

그래, 우리를 잡아먹고 싶어서겠지, 나는 생각했다. 하지만 더이상 말다툼을 벌일 기운이 없었다. 형이 내 팔을 잡고 오두막 안으로 이끌기에 마지못해 따라갔다.

방에는 탁자 하나, 의자 하나, 지저분한 매트리스 하나뿐이었다. 찰리와 나는 석조 벽난로 앞의 뒤틀린 마룻널에 앉았다. 열기가 얼굴과 손에 감미롭게 스며들었다. 순간 이 낯선 곳에 있는 것이 행복했다. 노파는 탁자 앞에 앉아서는 한마디도 하지 않았다. 누더기천으로 겹겹이 머리를 감싼 탓에 얼굴이 잘 보이지 않았다. 칙칙한 빨간색과 검은색의 구슬인지 돌멩이인지가 탁자 위에 한 무더기 쌓여 있었다. 누더기 사이로 두 손이 나와 구슬을 하나씩 민첩하게 집어 가느다란 철사에 꿰었다. 기다란 목걸이나 정교한 장신구를 만드는 모양이었다. 탁자 위 어슴푸레한 램프에서 노란색과 주황색 불꽃이 깜박이고 그 끝에서 검은색 연기 가닥이 피어났다.

"이렇게 신세를 지게 해주셔서 고맙습니다, 부인." 찰리가 말했다. "동생이 몸이 안 좋아서 노숙할 만한 상태가 아니었거든요." 노파가 대꾸하지 않자 찰리가 나에게 아무래도 귀머거리 같다고 말했다. "귀머거리 아냐." 노파가 반박했다. 그러고는 철사 가닥을 입에 물고 잘근잘근 씹어 툭 끊었다.

찰리가 말했다. "물론 무례하게 굴 생각은 없었습니다. 귀가 얼마나 밝으신지 잘 알겠습니다. 게다가 제가 이런 말을 해도 될지 모르겠지만, 살림 솜씨가 참 훌륭하시군요."

노파가 구슬을 꿰던 철사를 탁자에 내려놓았다. 고개를 휙 돌려 우리를 보았지만 너울대는 그림자에 가려 여전히 얼굴은 보이지 않았다. "네놈들이 어떤 인간인지 내가 모를 줄 알아?" 그녀가 부러진 듯 굽은 손가락으로 우리의 총집 벨트를 가리켰다. "그 꼴로 누구 흉내를 내는 거야? 뭔 목적으로?"

찰리가 태도를 돌변했다. 아니, 되찾았다고 해야 옳을 것이다. 그는 본연의 모습으로 돌아와 있었다. "그래, 그럼 우리가 누구일 것 같아?"

"살인자들이겠지."

"총만 보고 그렇게 짐작하는 거야?"

"짐작한 게 아니야. 너희 뒤를 따라다니는 죽은 자들을 보고 안 거지."

나는 목덜미의 털이 곤두섰다. 터무니없게도 뒤를 돌아볼 용기가 나지 않았다. 찰리의 목소리는 여전했다. "우리가 죽일까봐 겁나나?"

"나는 아무것도 무섭지 않아. 네 총도, 네가 내뱉는 말도." 노파가 나를 보며 물었다. "내가 너를 죽일까봐 무섭나?"

"너무 피곤하군요." 나는 어설프게 변명했다.

"침대에 가서 누워." 노파가 지시했다.

"그럼 할머니는 어디서 자게요?"

"안 자. 일을 마쳐야 해. 아침에는 거의 떠나고 없을 거야."

찰리의 얼굴이 굳었다. "여기 당신 집이 아니군, 그렇지?"

그 말에 그녀의 몸이 뻣뻣해졌다. 숨조차 멈춘 듯했다. 노파가 누더기를 뒤로 젖히자 털이 없다시피 한 머리통이 난로와 램프 불빛에 훤히 드러났다. 군데군데 흰 다발만 남은 두개골이 움푹 꺼져 있었는데 오래되어 무른 과일처럼 손가락으로 누르면 쑥 들어갈 듯했다. "모든 종이 소리를 내듯이 모든 마음도 소리를 내지." 노파가 찰리에게 말했다. "네 마음의 소리는 거슬리기 짝이 없어, 젊은이. 듣는 내 귀가 다 아플 지경이야. 게다가 네 눈을 보면 내 눈이 아파."

긴 침묵 속에서 찰리와 늙은 마녀는 그저 서로를 노려보기만 했다. 어느 쪽을 보아도 무슨 생각을 하는지 나로서는 도통 알 수 없었다. 마침내 노파가 누더기를 도로 싸매고는 구슬을 꿰기 시작하자 찰리는 바닥에 벌렁 드러누웠다. 나는 침대로 가는 대신 그의 곁에 누웠다. 노파가 무서워서 둘이 붙어 자는 편이 안전할 듯싶었다. 얼마나 기진했는지 불안한 와중에도 이내 곯아떨어졌다. 꿈속에서 나는 같은 방에 있었다. 다만 누워 자고 있는 내 몸 곁에 서 있다는 게 달랐다. 노파가 일어나 우리에게 다가왔다. 나는 몸을 꼼지락거리며 땀을 흘렸지만 찰리는 미동도 없이 태평히 자고만 있었다. 노파가 몸을 숙여 손으로 그의 입을 벌렸다. 어둠에 묻힌 겹겹의 누더기 자락 사이로 뻑뻑하고 검은 액체가 느릿느릿 흘러나와 그의 입안에 떨어졌다. 나는, 잠든 나 말고 지켜보고 있는 나는 그러지 말라고 소리쳤다. 그 순간 별안간 꿈이 끝나고 정신이 들었다. 곁에서 찰리가 눈을 뜨고 나를 보고 있었다. 하지만 여전히 잠든 상태였다. 섬뜩하게도 그는 눈을 뜨고 자는 버릇이 있었다. 그의 뒤쪽으로 의자에 앉은 노파가 보였다. 구슬더미가 눈에 띄게 줄어든 걸 보니 시간이 꽤 흐른 듯했다. 노파는 아까처럼 탁자 앞에 앉아 있었지만 고개를 돌려 어둠에 잠긴 한구석을 바라보고 있었다. 무엇 때문인지는 몰라도 한참을 그렇게 응시하고 있었다. 나는 궁금증을 접고 머리를 다시 바닥에 뉘었다. 그리고 삽시간에 도로 깊은 잠에 빠져들었다.

아침에 바닥에서 깨어나니 찰리가 곁에 없었다. 뒤쪽에서 발소리가 들리길래 돌아보니 찰리가 활짝 열린 문 앞에 서서 오두막 앞 들판을 바라보고 있었다. 화창한 날씨였고, 저멀리 뽑혀나온 나무뿌리에 묶어둔 말들이 보였다. 님블은 서리 내린 땅에 코를 박고 풀을 찾고 있고 팁은 부들부들 떨면서 멍하니 서 있었다. "노파가 사라졌어." 찰리가 말했다.

"잘됐네." 나는 대꾸하며 일어났다. 방에 재와 숯 냄새가 진동하고 눈이 쓰리고 따가웠다. 소변을 보러 문으로 향하는데 찰리가 앞을 막아섰다. 얼굴이 수척하고 불안해 보였다. "노파가 떠나면서 기념품 같은 걸 남겼어." 그가 손으로 가리킨 곳을 보았다. 노파가 상인방*에 구슬 팔찌를 걸어두었던 것이다. 아침에는 거의 떠나고 없을 거라던 노파의 말이 떠올랐다. 완전히 떠나겠다고 한 것이 아니라 거의 떠나겠다고 했다.

"이게 뭘까?" 나는 물었다.

찰리가 대답했다. "장식품은 아니야."

"그냥 치워버리자." 나는 팔을 뻗으며 말했다.

그가 내 손을 잡았다. "만지지 마, 일라이."

우리는 물러서서 어떻게 할지 고민했다. 말들이 우리 목소리를 듣고 이쪽을 보고 있었다. "저것 아래를 지나가선 안 돼." 찰리가 말했다. "창문을 깨고 기어나가는 수밖에 없어." 나는 예나 지금이나 살집이 두둑한 배를 쓸면서 너무 좁아서 나갈 수 없다고 반박했다. 찰리는 한번 해볼 만하다고 했지만, 창문으로 나가려다 실패하고 얼굴만 시뻘게진 채 다시 몸을 뺄 생각을 하니 끔찍했다. 나는 시도하지 않겠다고 말했다.

"그럼 나 혼자 가지 뭐." 찰리가 말했다. "연장을 구해와서 창틀* 주위를 도려낼게." 그가 노파가 앉아 있던 흔들리는 의자에 올라서서 권총 손잡이로 유리창을 깼고, 나는 그가 밖으로 나갈 수 있도록 몸을 들어올려주었다. 우리는 문을 사이에 두고 마주보았다. 그는 싱글벙글 웃고 있었지만 나는 아니었다. "잘 있어." 그가 배에서 유릿조각을 쓸어내며 말했다.

"계획이 별로야. 연장을 빌려줄 만큼 착한 사람을 찾아 들판을 떠돌다니. 형이 정처 없이 돌아다니는 동안 나는 이 돼지우리에서 마음을 졸이고 있겠지. 혹시 노파가 돌아오면?"

---

* 창이나 문틀의 위쪽을 가로지르는 나무.

"우리한테 저주를 걸고 떠났으니 안 돌아올 거야."

"형이 말하기야 쉽겠지."

"돌아올 리 없다고 확신해. 달리 어쩌겠어? 다른 수가 있으면 어디 말해봐."

하지만 나 역시 마땅한 대안이 없었다. 그래서 식량 가방이나 갖다달라고 부탁하고 그가 말 쪽으로 걸어가는 모습을 지켜보았다. "냄비 잊지 마." 나는 소리쳤다. "매미라니?" 그가 물었다. "냄비! 냄비 말이야!" 내가 냄비로 요리하는 시늉을 하자 그는 고개를 끄덕였다. 내 소지품을 들고 돌아와 창문으로 넘기고는 아침식사 잘하라고 빌어주었다. 그리고 님블에 올라 멀어져갔다. 형이 떠나자 비참한 기분이 들었다. 창 너머 형이 사라진 곳에 늘어선 나무들을 바라보자니 그가 결코 돌아오지 않으리라는 불길한 예감이 들었다.

나는 기운을 차리고 오두막을 임시 거처로 삼기로 했다. 장작이나 불쏘시개는 없지만 재와 숯이 여전히 벌겋게 빛나고 있었다. 노파의 의자를 크게 휘둘러 바닥에 내리쳐 부수었다. 다리와 좌판, 등받이를 뒤집힌 V자 모양으로 벽난로에 쌓은 뒤 그 위에 램프의 기름을 조금 부었다. 조금 있으니 의자가 타올랐다. 그 불빛과 냄새에 희망이 샘솟았다. 단단한 오크 의자이니 불에 잘 탈 터였다. 나는 "작은 승리들"이라던 어머니의 말이 떠올라 소리내어 말해보았다.

문가에 서서 몇 분간 바깥세계를 내다보았다. 구름 한 점 없는 쪽빛 하늘이 평소보다 더 높고 깊어 보였다. 눈 녹은 물이 지붕 여기저기서 흘러내리길래 창문으로 양철 컵을 내밀어 받았다. 손안에서 차가워진 컵에 작고 반투명한 얼음 섬들이 둥둥 떠 있었다. 물을 마시자 조각들이 입술을 찔러댔다. 전날 입안에 남은 피가 응고된, 시체처럼 섬뜩한 맛을 씻어내고 나니 마음이 한결 가벼워졌다. 차가운 물을 혀 앞뒤로 굴리며 데우면서 상처가 깨끗이 씻기기를 빌었다. 그러다 뭔가 단단한 것이 떨어져나와 입안에 머금은 물속을 돌아다니는 느낌에 화들짝 놀랐다. 피부 조각이겠거니 여기며 바닥에 퉤 뱉었다. 역겨운 철퍽 소리가 났다. 나는 쪼그리고 앉아 자세히 살펴보았다. 시커먼 원통형 물체에 심장이 쿵쿵 뛰었다. 의사 와츠가 나에게 알리지도 않고 거머리를 입안에 집어넣었던 것일까? 하지만 엄지손가락으로 그 물체를 쿡 찔러보자 곧 의사가 내 잇몸에 솜뭉치를 집어넣던 것이 떠오르고 어찌된 영문인지 이해되었다. 나는 솜뭉치를 벽난로에 내던졌다. 솜뭉치는 불타는 의자 다리를 따라 미끄러지더니 부글부글 타오르며 피와 침 자국을 남겼다.

들판에서 피어오르는 아지랑이를 바라보면서 나는 거미, 퉁퉁 부은 머리, 노파의 저주 등 일련의 사건을 겪고도 살아 있다는 사실이 기뻤다. 차가운 공기를 폐에 한껏 들이켰다. "텁!" 나는 들판을 향해 소리쳤다. "난 지금 사악한 집시 마녀의 오두막에 갇혔어!" 텁이 고개를 들었다. 퍼석퍼석한 풀을 한입 가득 머금고 턱을 부지런히 놀리고 있었다. "텁! 나중에 내가 요청하면 도와줘야 해!"

나는 베이컨과 옥수수 가루와 커피로 소박한 아침식사를 차렸다. 힘줄 조각이 이를 뽑은 자리에 끼었다. 손쉽게 빼내긴 했지만 상처를 건드리는 바람에 피가 났다. 그때 칫솔이 떠올라 조끼 주머니에서 칫솔과 가루 치약을 꺼내 탁자 위 양철 컵 옆에 단정히 늘어놓았다. 와츠가 상처가 완전히 나을 때까지 기다려야 한다고 말하지는 않았지만 혹시 몰라 조심조심 칫솔질을 해보기로 했다. 나는 칫솔에 물을 묻히고 가루 치약을 아주 조금 발랐다. "위, 아래, 왼쪽, 오른쪽." 나는 의사의 말을 그대로 따랐다. 입안이 박하향 거품으로 가득차자 따끔거릴 정도로 혀를 문질렀다. 그리고 창가로 가서 피가 서인 양칫물을 눈더미와 흙비닥에 뱉었다. 숨결에서 상쾌하고 좋은 향이 났다. 칫솔질 후 입안에 남은 얼얼한 느낌이 무척 인상적이었다. 앞으로도 매일 칫솔질을 해야겠다고 생각했다. 그리고 아무 생각 없이, 혹은 여러 가지를 동시에 막연히 생각하면서 칫솔로 콧등을 두드리고 있는데 숲에서 곰이 어슬렁어슬렁 기어나와 텀을 향해 가는 것이었다.

회색곰이었다. 덩치는 크지만 팔다리가 길고 가는 것이 겨울잠에서 막 깨어난 듯했다. 텁이 곰을 보거나 냄새를 맡은 모양인지 껑충껑충 날뛰었으나 나무뿌리에 묶인 밧줄을 풀 수는 없었다. 나는 문가를 피해 서 있다가 권총을 들어 여섯 발을 연달아 쏘았다. 하지만 당황해서 허둥거리는 바람에 한 발도 명중하지 못했다. 곰은 총성을 조금도 개의치 않고 계속 나아갔다. 내가 두번째 권총을 꺼내들었을 무렵 곰은 텁 바로 앞에 서 있었다. 두 발을 쏘았지만 빗맞았다. 곰이 달려들어 눈을 강타하자 텁이 바닥에 쓰러졌다. 곰이 텁 뒤쪽으로 간 탓에 총을 쏘려면 말이 맞을 위험을 무릅써야 했다. 나의 말이 도륙당하는 것을 잠자코 지켜볼 수만은 없기에 저주받은 문을 통과해 밖으로 달려나가며 있는 힘껏 고함을 질렀다. 나의 접근을 알아차린 회색곰은 혼란에 빠졌다. 이미 진행중인 말

죽이기를 계속해야 할지, 아니면 이 시끄러운 두발짐승부터 처리해야 할지. 곰이 고민하는 사이 나는 녀석의 얼굴과 가슴에 두 발씩 쏘았다. 곰은 쓰러져 숨을 거두었다. 텁이 살았는지 죽었는지는 알 수 없었다. 숨을 쉬는 것 같지 않았다. 나는 돌아서서 오두막의 시커먼 입구를 마주보았다. 손이, 다리의 살이 부르르 떨려왔다. 온몸이 울리고 있었다.

나는 오두막으로 돌아갔다. 저주받았든 아니든 찰리에게 굳이 알릴 필요는 없었다. 내 몸 상태를 점검해본 결과, 온몸이 울리는 것 외에는 말짱했다. 신경 문제인 듯했는데 어쨌든 점차 가라앉고 있었다. 텁은 여전히 꿈쩍도 안 했다. 죽었나보다 확신하던 차에 동고비 한 마리가 코에 앉자 텁이 벌떡 일어나 헐떡이며 고개를 흔들었다. 나는 문에서 발걸음을 돌려 침대에 누웠다. 매트리스는 축축하고 울퉁불퉁하고 뗏장냄새가 났다. 커버를 찢어보니 풀과 흙으로 채워져 있었다. 마녀 취향인 모양이었다. 나는 벽난로 앞 바닥에 누워서 잤다. 한 시간 후 잠에서 깼다. 형이 내 이름을 외치며 도끼로 창틀을 부수고 있었다.

나는 밖으로 기어나왔다. 둘이서 죽은 곰에게 다가가 바닥에 앉았다. 찰리가 말했다. "이 신사분이 여기 퍼져 있는 걸 보고 네 이름을 불렀는데 아무 대꾸도 없더라. 그래서 문으로 들여다보니 네가 바닥에 똑바로 누워 있잖아. 집안으로 들어가고 싶은데 그럴 수 없으니 기분이 더러웠어." 무슨 일이 있었는지 묻기에 나는 대답했다. "딱히 말할 것도 없어. 숲에서 곰이 기어나와 텁을 쓰러뜨렸어. 내가 잘 조준해서 곰을 죽였고."

"몇 발이나 쐈어?"

"두 정을 다 비웠어. 하나당 두 발씩 맞혔고."

찰리가 곰의 상처를 살폈다. "창에서 쏜 거야, 문에서 쏜 거야?"

"그건 왜 묻는데?"

"그냥." 그가 어깨를 으쓱했다. "명사수가 다 됐네."

"운이 좋았을 뿐이야." 나는 화제를 바꿀 셈으로 도끼가 어디서 났는지 물었다.

"금 채굴꾼들이 남쪽으로 가고 있더라고." 그가 말했다. 손마디 하나의 피부가 벗겨져 있었다. 나는 어쩌다 다쳤느냐고 물었다. "그 인간들이 연장을 안 빌려주려고 하잖아. 어차피 지금은 도끼도 필요 없는 신세가 됐지만." 그러고는 오두막으로 돌아가 자신이 낸 구멍을 통해 들어갔다. 처음에는 뭘 하려는지 몰랐지만 이내 안에서 연기가 모락모락 피어올랐다. 곧이어 내 가방과 냄비가 창밖으로 내던져졌고, 찰리가 함박웃음을 지으며 뒤따라 나왔다. 우리가 떠나올 때 오두막은 불꽃과 열기의 요란한 소용돌이에 휩싸여 있었다. 찰리가 램프 기름을 부은 곰 역시 불타고 있었다. 인상적이면서도 슬픈 광경이었다. 그곳을 떠나게 되어 감사했다. 나는 좋아하지도 않는 말 때문에 문으로 뛰쳐나온 반면, 찰리는 혈육을 위해서도 그러지 않았다는 생각이 문득 들었다. 인생에는 본디 이런저런 면이 있기 마련이다.

텁은 눈이 충혈되고 부어올라 꼴이 말이 아니었다. 행동도 이상
했다. 내가 고삐를 왼쪽으로 당기면 오른쪽으로 방향을 틀고, 제멋
대로 걸음을 멈추다 또 출발하는가 하면 옆걸음질까지 했다. 나는
찰리에게 말했다. "회색곰 앞발에 얻어맞은 바람에 머리를 다쳤
나봐."

찰리가 대꾸했다. "일시적으로 어지러운 거겠지." 텁이 황급히
나무로 가더니 요란하게 오줌을 갈겼다. "네가 너무 착해 빠졌어.
발꿈치로 녀석의 옆구리를 걷어차. 그러면 말을 잘 들을걸."

"전에 타던 말은 안 때려도 말만 잘 들었는데."

찰리가 고개를 저었다. "그 얘기는 두 번 다시 안 해주면 고맙
겠다."

"어지간한 사람보다도 영리한 녀석이었어."

찰리는 고개를 저었다. 이 이야기는 그만할 생각인 모양이었다. 우리는 죽은 금 채굴꾼들의 야영지에 이르렀다. 아니, 예비 금 채굴꾼들 혹은 끝내 금 근처에도 못 간 채굴꾼들의 야영이라고 불러야 할지도. 다섯 구의 시신이 제각각 흩어져서 땅에 얼굴을 처박고 나동그라져 있었다. 찰리가 그들의 주머니와 가방에서 값나가는 것들을 꺼내 챙기며 설명했다. "여기 이 뚱보는 꽤 질긴 놈이었어. 내가 이유를 말하며 설득하는데도 친구들 앞에서 거들먹거리고 싶어했지. 그래서 녀석의 입에 총알을 먹였더니 모두 달아나더군. 시체가 다 흩어져 있고, 등에 총을 맞은 건 그래서야." 그러고는 비쩍 마른 시신 옆에 쪼그려 앉았다. "여기 이 녀석은 열여섯도 채 안 됐을 거야. 저런 머저리들이랑 같이 다니면 안 된다는 것쯤은 알았어야지."

나는 아무 말 하지 않았다. 찰리가 반응을 바라며 나를 보기에 어깨만 으쓱했다.

"무슨 뜻이야?" 그가 말했다. "너도 공범이야. 잊지 마."

"어째서? 나는 처음부터 그 노파의 집에서 밤을 보내고 싶어하지 않았어. 잊지 마."

"거기 묵을 수밖에 없었던 건 다 네가 아팠기 때문이야."

"거미가 부츠에 기어들어온 바람에 아팠던 거잖아."

"그럼, 이게 다 거미 탓이라는 거야?"

"누구를 탓하는 게 아니라, 형이 먼저 얘기를 꺼냈잖아."

한데 모은 시체들을 향해 찰리가 말했다. "선량한 여러분, 그대들이 이토록 때 이른 죽음을 맞은 것은 다 거미 때문이라네. 털이

북슬북슬하고 엉덩이가 투실한 거미가 따뜻한 곳을 찾아들어간 탓에 그대들이 이렇게 골로 간 거지."

나는 말했다. "말인즉슨, 이렇게 죽어야 했다니 안타깝다는 거야. 정말 안타까워. 그뿐이야." 나는 소년의 시신을 발로 뒤집었다. 헤벌어진 입 밖으로 커다란 윗니 두 개가 툭 불거져 있었다.

"얼굴 한번 잘생겼네." 찰리가 익살스럽게 말했다. 하지만 후회하는 기색이 역력했다. 그는 땅에 침을 뱉고는 흙을 한 움큼 집어 어깨 너머로 던졌다. "캘리포니아에서 일확천금을 노리느니 고향 땅에 편히 처박혀 사는 편이 나았을 텐데."

"나는 저들 심정을 이해해. 모험을 해보고 싶었을 거야."

"모험 한번 제대로 했군." 그가 다시 시신들의 주머니를 뒤졌다. "시계도 근사하고, 시곗줄도 기막혀. 너 가질래? 여기, 얼마나 묵직한지 들어봐."

"시계는 그냥 남겨둬."

"너도 뭘 좀 챙기면 내 마음이 편할 텐데."

"그리고 내 마음은 상할 테고. 시계는 그냥 두든지 형이 가지든지 해. 난 필요 없어."

그들의 말까지 죽어 있었다. 야영지 너머 도랑 바닥에 무더기로 쓰러져서. 여느 때라면 개의치 않겠지만, 그중 두 마리는 팁과 비교도 안 될 만큼 좋은 말이었다. 내가 이 점을 지적하자 찰리는 버럭했다. "그래, 낙인이 떡하니 찍혀 있는 거 안 보여? 넌 살해당한 사람의 말을 타고 그자가 도착하기로 되어 있던 캘리포니아로 들어갈 만큼 머저리였냐?"

"아무도 이 사람들을 기다리고 있지 않아. 캘리포니아만큼 숨기 좋은 곳이 없다는 것쯤은 형도 알 텐데."

"말 얘기라면 신물이 나, 일라이."

"다시는 말 얘기를 안 꺼낼 거라고 생각한다면 오산이야."

"그럼 오늘만이라도 말 얘기는 그만하자. 자, 돈이나 나눠."

"형 혼자 한 거니 형이 다 가져."

"다 너를 그 저주받은 오두막에서 구하려고 죽인 거야." 찰리가 투덜거렸다. 그래도 내가 금화를 안 받으려고 하자 말했다. "내가 억지로 네 손에 쥐여줄 거라고 생각하지는 않겠지? 안 그래도 새 옷 살 때가 지났는데 잘됐네. 저기 얻어터지고 정신 나간 네 말이 절벽으로 뛰어들지 않고 어찌어찌 다음 마을까지 갈 수 있을까? 왜 그래? 지금 웃는 거 아니지? 한창 싸우고 있는데 웃는 건 절대 안 되지." 나는 웃고 있지 않았지만 그 순간 슬며시 웃음이 났다. "안 돼." 찰리가 말을 이었다. "싸울 때는 절대 웃으면 안 돼. 그러면 안 된다는 건 너도 알 거 아냐. 어릴 때 내가 너한테 퍼부은 온갖 모욕을 떠올리며 새록새록 증오를 키워봐."

우리는 야영지를 떠나려고 말에 올랐다. 텁의 옆구리를 발로 차자 녀석은 바닥에 픽 주저앉아버렸다.

해가 진 후에야 다음 마을에 도착했다. 교역소는 이미 닫은 듯 보였지만 문이 잠겨 있지 않고 굴뚝에서 연기가 피어오르기에 노크하고 안으로 들어갔다. 가게 안은 따뜻하고 고요했다. 새 상품 냄새가 콧구멍에 훅 끼쳤다. 바지, 셔츠, 내복, 양말, 모자 등이 선반 가득 차곡차곡 쌓여 있었다. 찰리가 부츠 굽으로 바닥을 차자 묵직한 검은색 벨벳 커튼 뒤에서 기운이 팔팔해 보이는 노인이 늘어진 내복 바람으로 나왔다. 그는 우리 인사에 대꾸도 없이 이리저리 조용히 움직이며 카운터 위 램프들에 불을 밝혔다. 손에 들린 가느다란 소나무 막대기 끝이 빛나며 위아래로 깐닥였다. 이내 방이 황금빛으로 환해졌다. 노인이 카운터에 양손을 얹더니 호기심 가득한 표정으로 미소 지으며 눈을 깜박였다.

"새 옷 좀 봅시다." 찰리가 말했다.

"상하의 다 말입니까?" 노인이 물었다.

"우선 새 셔츠가 필요해."

"모자가 너덜너덜한데요."

"어떤 셔츠들이 있지?" 찰리가 물었다.

노인이 찰리의 상체를 살펴보며 노련한 눈빛으로 치수를 가늠하더니 돌아서서 바로 뒤쪽에 있는 사다리를 잽싸게 올라가 개켜진 셔츠 몇 벌을 선반에서 꺼냈다. 그리고 사다리를 내려와 셔츠를 찰리 앞에 놓았다. 형이 셔츠를 살펴보는 사이 노인이 나에게 물었다. "손님은요?"

"나는 살 게 없는데."

"손님 모자도 너덜거리는군요."

"지금 모자로 충분해."

"모자의 땀자국을 보니 아주 오래된 것 같은데요."

나는 표정이 어두워져서는 말했다. "다른 사람의 복장에 대해 그런 식으로 말하다니 무례하군."

노인의 눈은 검고 반들반들했다. 보고 있자니 두더지처럼 굴을 파며 사는 짐승이 떠올랐다. 재빠르고 단호한 외골수. 그가 말했다. "무례하게 굴 생각은 없었습니다. 다 직업병이지요. 복장에 뭔가 문제가 있는 사람을 보면 나도 모르게 마음이 쓰이지 뭡니까." 그는 순진한 척 눈을 동그랗게 떴지만, 그렇게 말하는 사이에도 손은 독립적으로 움직이는 기관인 양 카운터에 새 모자 세 개를 꺼내놓았다.

"필요한 게 없다는 말 못 들었나?" 나는 말했다.

"시험 삼아 써본다고 해될 건 없잖습니까?" 그가 거울을 받쳐들며 의아해했다. "친구분이 셔츠를 입어보는 동안 시간도 죽일 겸 한번 써보시지요." 모자는 검은색과 고동색과 남색이었다. 새 모자들 옆에 내 모자를 내려놓으니 정말 낡고 닳은 것이 확연히 보였다. 내가 한번 써보겠다고 하자 노인이 날카롭게 소리쳤다. "물수건!" 그러자 더없이 못생기고 어린 임산부가 커튼 뒤에서 나타나 손에 든 김이 올라오는 천을 내게 던지고는 말 한마디 없이 커튼 뒤로 도로 사라졌다. 나는 뜨거운 물수건을 양손으로 번갈아 던져들며 열을 식혔다. 노인이 설명했다. "손과 이마를 닦아주시면 대단히 감사하겠습니다. 가게에 드나드는 손님마다 한 번씩 써보다가 때가 타기라도 하면 결국 못 팔게 되니까요." 내가 손과 이마를 닦기 시작하자 노인은 찰리에게 관심을 돌렸다. 그는 검은색 면 셔츠를 걸치고 진주로 된 똑딱단추를 부지런히 채우고 있었다. "아, 참으로 잘 어울리는군요." 노인이 말했다. 찰리는 기다란 거울 앞에 서서 이리저리 움직이며 다양한 각도에서 셔츠를 살폈다. 그리고 나를 향해 돌아서서 양 눈썹을 살짝 올린 채 셔츠를 가리켰다.

"멋진걸." 나는 말했다.

"이걸 사겠어." 찰리가 말했다.

"친구분이 이 모자를 쓰면 어떨 것 같습니까?" 노인이 고동색 모자를 내 머리에 씌우며 물었다. 찰리는 내 옆모습을 살피더니 검은색을 써보면 어떻겠냐고 했다. 노인이 모자를 바꾸자 찰리가 고개를 끄덕였다. "모자를 살 생각이라면 더는 안 봐도 되겠어. 그것보다 나은 모자는 찾기 힘들 거야. 이왕 내놓았으니 나도 그 남색 모자나 한번 써볼까."

"물수건!" 노인이 말하자 임신한 소녀가 다시 나와 김이 나는 천을 카운터에 던지고 다시 말없이 들어갔다. 찰리가 이마를 닦으면서 씩 웃었다. "영감 여자군, 아닌가?"

"맞습니다." 노인이 자랑스럽게 말했다.

"뱃속 아이는 영감 자식인가?"

노인이 인상을 쓰니 얼굴에 주름이 자글자글해졌다. "내 씨의 질을 의심하는 겁니까?"

"영감 씨에 대해 왈가왈부할 생각은 전혀 없어."

"그건 무례한 짓이지요."

찰리가 그만 화해하자는 뜻으로 두 손을 들었다. "난 그저 정말로 감동받은 것뿐이라고. 모욕할 생각은 없었어. 두 사람이 함께 오래오래 행복하게 살기를 빌지." 이리하여 문제는 해결되었다. 설령 유감이 남았다 한들 우리의 구매로 말끔히 사라졌으리라. 나는 모자에 셔츠도 한 벌 샀다. 쇼핑광인 찰리는 머리부터 발끝까지 새로 빼입었다. 노인은 40달러를 벌고 침대로 돌아갔다. 자다 말고 일어나 손님을 맞이한 것에 무척이나 기뻐하며. 멋지게 차려입고 떠나면서 나는 찰리에게 말했다. "깔끔한 사업이야."

"살인보다야 깔끔하지." 그도 동의했다.

"나도 저렇게 살 수 있을 것 같아. 때때로 조용한 삶을 생각해보거든. 즐거워 보이지 않았어? 램프에 불을 붙이고, 새 물건의 냄새를 맡고."

찰리는 고개를 저었다. "나는 지루해서 미쳐버리고 말 거야. 그

벙어리 여자가 한 백번째로 기어나오면 총으로 쏴죽여버릴걸. 아니면 내 머리를 쏘거나."

"평온한 삶 같아. 저 영감은 밤에 푹 잘 거라는 데 내기를 걸어도 좋아."

"너는 잘 못 자냐?" 찰리가 진지하게 물었다.

"응." 나는 말을 이었다. "형도 마찬가지잖아."

"니는 누가 업어기도 모를 만큼 곤히 자는데."

"낑낑대고 중얼거리면서."

"설마!"

"정말이야, 형."

"흥." 그는 콧방귀를 뀌었다. 그리고 잠시 내 말을 곰곰이 생각했다. 정말인지 아닌지 확인하고 싶지만 괜히 물었다가는 자기가 퍽이나 염려하는 듯 보일 터였다. 좋던 기분을 잡쳤는지 그는 한동안 나와 눈을 마주치지 않았다. 나는 생각했다. 사람은 누구나 상처받을 수 있어, 슬픔과 걱정에서 완전히 벗어날 수 있는 사람은 없어.

마을 남쪽 끝에 기우뚱 서 있는 호텔에 묵기로 했다. 외풍이 심한데다 빈방이 하나뿐이었다. 찰리와 나는 평소 방을 따로 잡지만 어쩔 수 없이 한방을 써야 했다. 내가 세면대 앞에 앉아 칫솔과 치약을 꺼내자 그런 모습을 처음 본 찰리가 뭐하는 거냐고 물었다. 나는 칫솔질을 설명하고 직접 해 보인 다음 턱을 탁 치고 숨을 깊이 들이쉬었다. "입안이 상쾌해져."

찰리는 잠시 생각해보더니 말했다. "별로야. 바보짓 같아."

"좋을 대로 생각해. 와츠 선생 말로는 꾸준히 칫솔질만 하면 다시는 이가 썩지 않을 거래."

찰리는 여전히 회의적이었다. 입에 거품을 잔뜩 문 꼴이 광견병 걸린 개 같다고 했다. 나는 평생 지독한 입냄새를 달고 사느니 매일 몇 분간 광견병 걸린 개 꼴이 되는 편이 낫겠다고 반박했다. 칫솔질에 대한 토론은 그렇게 끝이 났다. 내가 와츠 이야기를 꺼내는 바람에 훔친 마취약이 떠오른 찰리가 안장 가방에서 약병과 주사기를 꺼냈다. 그리고 자신에게 직접 시험해보고 싶어했다. 나는 그가 뺨에 상당량의 약을 주입하는 모습을 가만히 지켜보았다. 약효가 돌기 시작하자 그는 뺨을 꼬집고 얼굴을 비틀었다. "죽이는데." 나더러 자기 뺨을 치라고 손짓하기에 살짝 쳤다.

"아무 느낌 없어." 그가 말했다.

"낯짝이 팬케이크나 다름없군."

"다시 쳐봐. 더 세게." 나는 지시대로 했다. "끝내줘. 또 쳐봐. 마지막으로 가장 세게."

나는 팔을 뒤로 젖혀 있는 힘껏 그의 뺨을 갈겼다. 손이 다 얼얼했다. "이번엔 느껴졌지? 머리카락이 흔들리고, 눈에 고통이 어린 것 다 봤어."

"맞은 충격에 움찔하긴 했지만 고통은 없었어." 그는 놀라워하며 말했다. "잘만 써먹으면 엄청 유용하겠어."

"이 동네 저 동네 돌아다니면서 좌절한 사람들한테 돈 받고 형을 패게 해주면 딱 좋겠네."

"농담 아냐. 불가능을 가능케 하는 뭔가를 얻은 거야. 언젠가 크게 쓰일걸."

"약발이 떨어진 후에 이 기적의 비법을 형이 어떻게 느낄지 두고 보자고."

찰리의 입술이 축 늘어져 침이 턱을 따라 질질 흘러내렸다. "침이 새네." 그는 침을 후루룩 들이마시고 어깨를 으쓱하더니 약병과 주사기를 치우고는 길 건너 술집에 갈 건데 같이 가자고 했다. 형이 술에 취해 돼지로 변하는 꼴을 보고 싶은 마음은 별로 없었지만, 혼자 호텔방의 들뜬 벽지와 외풍과 먼지와 이전 숙박객의 체취에 둘러싸여 있고 싶지도 않았다. 혼자 침대에서 뒤척일 때마다 삐걱대는 스프링 소리만큼 고독한 소리도 없다.

새벽녘에 지속적인 두통으로 잠에서 깼다. 숙취보다는 피로 탓이지만 술이 상황을 악화시킨 건 분명했다. 나는 세면대에서 세수를 하고 열린 창문 곁에 서서 칫솔질을 하며 머리를 스치는 산들바람을 느꼈다. 서늘하지만 그래도 대기가 포근했다. 봄의 첫 징후에 만족감과 정의감과 체계성이 샘솟았다. 방을 가로질러 찰리의 상태가 호전되었는지 살펴보니 그는 나보다 형편없는 몰골이었다.

　나는 말했다. "밤새 몸이 안 좋았는데 한결 나아진 것 같아. 치약에 몸에 좋은 성분이 들어 있나봐."

　"목욕물을 받아놓으라고 해." 퀼트이불과 시트를 뒤집어쓴 그가 목쉰 소리로 꺽꺽거리듯 말했다. "살이 익을 정도로 뜨겁게."

　"목욕을 하면 25센트나 내야 해." 로비에서 가격표를 봐서 알고 있었다. 오리건 시티에서는 5센트밖에 하지 않기 때문에 언급했던 것인데 찰리는 가격에 개의치 않았다. "25달러여도 상관없어. 내가 살고 봐야지. 살 만해진다면야 그까짓 거. 새를 삶아도 될 만큼 뜨겁게 데우라고 해. 그리고 약국 가서 약 좀 사와."

"대장이라는 인간이 숙취를 달고 산다고 하면 제독이 어떻게 생각할지 궁금하군."

그는 간청했다. "그만 떠들고 호텔 하녀나 찾아봐. 살이 익을 만큼 뜨겁게 데우라고 해."

"약 사올게."

"빨리 갔다와, 제발."

하녀는 1층 로비의 카운터 뒤에 앉아 기다란 바늘과 실로 베갯잇을 수선하고 있었다. 전날 숙박할 때는 건성으로 보고 말았지만 이제 보니 예쁘장한 여자였다. 젊고 피부가 창백하리만치 하얗고 몸은 통통하면서도 단단해 보였다. 땀에 전 앞머리가 이마에 들러붙은 채, 바늘을 뽑아 실을 당길 때마다 팔을 한껏 뻗으며 손을 바삐 놀리고 있었다. 내가 카운터를 두드리자 짜증이 고스란히 드러난 눈으로 고개를 들었다.

"형이 숙취 때문에 살이 익을 만큼 뜨거운 목욕물을 받아달라는군요."

"30센트예요." 그녀가 단조로이 말했다. 나는 그녀의 머리 위에 걸린 가격표를 보았다. 여전히 25센트라고 쓰여 있었다. 하지만 내가 입을 열기도 전에 그녀가 먼저 말했다. "어제는 25센트였지만 오늘은 30센트예요. 조만간 35센트로 오를걸요."

"표지판 그리는 사람들만 신나겠군요." 나는 말했다. 하지만 그녀는 바느질을 계속할 뿐이었다. 나는 좀더 밀어붙였다. "지금 바로 내야겠네요. 가격이 더 오르기 전에." 일에 찌든 호텔 하녀는 웃음이라곤 몰랐다. 나는 그녀를 골려주려고 20달러짜리 금화를 냈다. 그녀는 그 묵직한 동전을 한참 보더니 지저분한 에이프런 주머니에 집어넣고 잔돈을 꺼냈다. 반감을 감추려는 기색도 없었다. 나는 미리 충고하는 편이 좋겠다 싶었다. "형은 나처럼 인내심이 많지 않답니다. 더구나 오늘 아침은 기분이 영 별로고요. 살이 익을 만큼 뜨거운 물을 요구했으니 그렇게 준비하는 게 좋을 거예요. 괜히 화나게 해봐야 좋을 게 없는 사람이니. 내 말 명심해요."

"살이 익을 만큼 뜨겁게요." 그녀는 대꾸했다. 그리고 베갯잇을 옆구리에 끼고 목욕물을 준비하러 돌아섰다. 보일러가 있는 주방과 로비를 가르는 구슬 커튼 뒤로 사라질 때 보니 원피스 자락이 엉덩이에 끼어 있었다. 그녀는 얌전하게 옷자락을 잡아당겨 원피스를 바로잡았는데, 자신은 별생각 없이 무의식적으로 한 행동이겠지만 나는 그런 광경을 목격한 것이 대단한 행운처럼 느껴져 휘파람으로 빠르고 신나는 곡조를 불었다.

호텔에서 나와 약국이나 병원을 찾았지만 정신은 자꾸 여자, 그리고 사랑이라는 주제로 쏠렸다. 나는 여자와 하룻밤 이상 함께한 적이 없었고 상대는 매번 매춘부였다. 재빨리 일을 치르는 동안 그들과 친근감을 느껴보려 애썼지만 마음속으로는 그래봐야 가짜라는 것을 알고 있었고, 일이 끝나면 항상 거리감과 패배감을 느꼈다. 지난 일 년여는 아예 매춘부를 찾지 않았다. 인간적 친밀감을 꾸미느니 애당초 어울리지 않는 게 나았다. 나 같은 처지의 사람이 그런 생각을 하는 게 가당찮지만 어쩔 수 없었다. 지나가던 상점 유리창에 비친 거대한 덩치를 보며 나는 물었다. 언제쯤 저런 인간도 사랑받을 수 있을까?

약국을 찾아내 모르핀 작은 병을 하나 샀다. 호텔로 돌아가니 하녀가 쿵쾅거리며 계단을 내려오고 있었다. 양철통을 낀 옆구리가 목욕물로 젖어 있었다. 그녀가 잠시 멈춰 섰다. 나에게 인사를 하려나보다 싶어 모자를 벗고 딴은 미소를 지었다. 하지만 다시 보니 그녀는 괴로움과 불행이 가득한 얼굴로 거친 숨을 내쉬고 있었다. 무슨 일이냐고 묻자 그녀는 큰 소리로 선언했다. 내 형은 야만인이며, 지옥의 가장 뜨거운 물로도 그를 씻어낼 수는 없을 것이라고. 그가 무슨 짓을 했는지 물었지만 그녀는 대답 없이 나를 밀치고 로비로 내려갔다. 구슬 커튼이 자르르 스치는 소리에 이어 양철통이 벽에 부딪히는 소리가 났다. 나는 잠시 계단에 서서 호텔의 사방에서 흘러나오는 소리에 귀를 기울였다. 보이지 않는 삐걱삐걱 발소리, 문이 여닫히는 소리, 웅웅대는 웃음과 말소리, 아기 울음소리. 바로 앞 계단통 벽의 초가 꺼져 있었다. 나는 초에 불을 붙이고는 불어 끈 성냥을 초에 기대어놓았다. 계단 위쪽을 보니 나와 찰리의 방 문이 살짝 열려 있었다. 계단을 올라가던 나는 그의 말소리, 그것도 나에게 하는 말소리에 깜짝 놀랐다. 물론 그는 내가 방에 없다는 것을 알았다. 어릴 적부터 몸에 밴 습관대로 욕조에서 큰 소리로 말하고 있었던 것이다. 나는 살금살금 문으로 다가가 귀기울였다.

"하지만 내가 대장이야. 그래, 그렇지. 너는? 너는 혼자선 말도 못 끌어. 게다가 자꾸 아프고. 그렇잖아. 너는 병과 걱정을 자초해. 네가 혈육만 아니었다면 한참 전에 떼어버렸을 거야. 사실 제독은 나더러 그러라고 했지만 나는 거절했어. 내 의리에 제독도 감탄하더군. 그는 나를 무척 신뢰하는 것 같아. '신의는 신의로 보답받기 마련이지'라고 했어. 제독은 나를 믿고 있어. 그래, 그렇다니까. 웃고 싶으면 웃어. 너는 무엇에든 웃기나 하지. 그런데 하나만 묻자. 진지하게 묻는 거야. 너를 믿는 사람이 누가 있어?"

그는 말을 멈추고 물속에 몸을 담갔다가 문질렀다. 나는 노크하고 문을 열고는 우스꽝스럽게 쿵쿵 걷고 목청을 가다듬어 소리쳤다. "형, 약 구해왔어." 자연스러운 목소리를 내려고 안간힘을 썼지만 형이 내뱉은 독설에 상처받은 기색을 감추지는 못했다. 욕실로 들어가보니 그는 허리 아랫부분이 바지라도 입은 양 시뻘게진 채 욕조 밖으로 상체를 내밀고 있었다. 타구에 토하는 중이었는데, 유독한 담즙을 뱉을 때 옆구리가 경련했다. 찰리가 손가락 하나를 들고 헐떡이며 말했다. "잠깐 기다려." 그리고 다시 토했다. 나는 의자를 가져와 곁에 앉았다. 무릎이 후들거렸다. 그의 말을 못 들었더라면 좋았겠지만 이제 와서 돌이킬 수는 없었다. 결국 더는 그와 함께 욕실에 못 있겠다고 결론내렸다. 자리에서 일어나 의자에 모르핀을 놓고 바깥에 급한 일이라도 있는 양 문을 가리켰다. 그는 불편한 자세로 구토하는 데 정신이 팔려 내가 나가는 것도 모르는 듯했다.

갈 곳이 없었다. 나의 슬픔을 들킬까 두려워 다른 사람 눈에 띄고 싶지도 않았다. 잠시 동안 그저 복도에 서서 양발에 번갈아 무게를 옮겨 신고, 심호흡을 하고, 마음속에서 온갖 생각을 몰아내려 애썼다. 아까 켜둔 촛불이 도로 꺼져 있었다. 외풍 때문이겠거니 했지만 가까이 가보니 성냥도 사라지고 없었다. 나는 아까처럼 심지에 불을 붙이고 꺼진 성냥은 검은색 금속 촛대에 꽂힌 양초에 기대 세워놓았다. 모르는 누군가와, 아마 호텔 하녀이리라, 이야기를 나누는 듯한 기분이 들었다. 여기에 비밀 메모를 남겨둘까? 하지만 나는 종이도 잉크도 없고, 어차피 할말도 없지 않은가? 아가씨, 말끔하게 세수하고 나한테 친절하게 굴어주면 좋겠군요. 나는 돈이 있어요. 돈을 원하나요? 이 돈으로 뭘 하면 좋을지 모르겠네요.

나는 이십 분 정도 계단에 앉아 있다가 방으로 돌아갔다. 찰리는 바지도 입지 않고 새 셔츠 바람으로 침대에 앉아 새 부츠 한 짝을 들고 쓰다듬으며 찬미하는 중이었다. 모르핀을 삼분의 일이나 쓴 탓에 약기운에 취해 있었다. 눈꼬리가 축 처진 모양새가 휴일의 돼지처럼 즐거워 보였다.

"두통이 사라졌나봐?"

"아니, 여전해. 하지만 약을 먹었더니 신경 안 쓰이더라고." 부츠를 젖혀 내부를 살펴보면서 그가 진지하게 말했다. "이 부츠를 만드는 데 들인 기술과 인내심을 생각하니 내가 다 겸허해지는군."

그 순간 찰리에게 거부감이 들었다. "꼴이 아주 멋진데?"

찰리의 눈꺼풀이 블라인드 한 쌍처럼 올라갔다 내려왔다. 그는 어깨를 으쓱하고 말했다. "어떤 날은 우리가 남들보다…… 강하지."

"언제 떠날 작정이야?"

이젠 아예 눈을 감은 찰리가 말했다. "이런 상태로는 이동 못해. 여기 하루 더 머물러도 아무 문제 없어. 하녀 말이, 내일 아침 결투가 벌어진대. 그걸 보고 떠나자고."

"알아서 해."

그가 실눈을 떴다. "왜 그래? 오늘따라 유별나게 구네."

"난 그대로야."

"욕조에서 내가 한 말 들었지?" 내가 대꾸를 않자 그는 눈을 번쩍 떴다. "밖에서 네가 움직이는 기척이 들린 거 같더라니. 몰래 엿들으면 대가를 치르기 마련이지." 그리고 상체를 숙이는가 싶더니 입에서 노란 담즙이 가느다랗게 흘러 바닥으로 떨어졌다. 상체를 바로 하자 얼굴은 땀범벅이었다. 축축한 입술이 활모양을 그리며 악마 같은 미소를 지었다. "부츠에다 토할 뻔했어! 거의 부츠에다 토할 뻔했다고! 그랬으면 얼마나 속이 상했을지 상상이 돼?"

"알았고, 이따 봐." 나는 그렇게만 말했다.

"뭐라고?" 그가 말했다. "안 돼, 여기 같이 있어. 몸이 안 좋아. 아까 기분 상했다면 미안해. 그냥 무심코 지껄인 헛소리일 뿐이야."

"아니, 혼자 있고 싶어. 모르핀 먹고 푹 자."

내가 문을 향해 돌아선 것도 모르는지 아니면 모르는 척하는지 그는 계속 말했다. "어제 마신 브랜디에 무슨 독이 든 게 분명해." 헛구역질을 하느라 그의 입이 불룩해졌다. "이렇게 거지같은 숙취는 난생처음이야."

"나도 같은 술을 마셨지만 멀쩡한걸."

"나만큼 많이 마시진 않았잖아."

"주정뱅이랑 책임 문제를 따져봐야 무슨 소용이겠어."

"그래, 나는 주정뱅이다."

"오늘은 형한테 할 만큼 했으니 이제는 내 상처나 살펴봐야겠어. 나중에 봐. 당분간 술집을 멀리하는 게 좋을 거야."

"그럴 수 있을지 모르겠네. 나 같은 타락한 주정뱅이가 어디 그럴 수 있겠어."

보아하니 괜히 싸움을 일으키고 나를 향한 분노를 키워 자신의 죄책감을 누그러뜨릴 속셈이었다. 하지만 나는 순순히 걸려들지 않았다. 계단을 내려가(촛불은 켜져 있고, 성냥도 그대로였다) 로비로 들어서자 예의 여자가 카운터 뒤에서 편지를 읽으며 미소 짓고 있었다. 필시 반가운 소식인 모양이었다. 편지 때문에 기분이 좋아졌는지, 인사하는 양이 아주 따뜻하진 않아도 아까처럼 쌀쌀맞진 않았다. 가위와 거울을 빌려달라고 하자 가타부타 대답 않고 50센트에 이발을 해주겠다고 했다. 내가 머리를 자르려고 가위와 거울을 찾는 줄 알았던 모양이다. 나는 정중히 사양하고, 꿰맨 자리의 실밥을 뽑아야 한다고 설명했다. 그러자 내 방으로 따라와서 그 피투성이 과정을 지켜봐도 되냐고 물었다. 내가 형과 당분간 떨어져 있고 싶다고 말하자 그녀는 대꾸했다. "그럴 만도 하죠." 이어서 그 조촐한 수술을 어디서 할 생각이냐고 물었다. 미처 생각해보지 않았다고 대답하자 자기 숙소로 오라고 했다.

"지금은 별로 안 바쁜가보죠?" 나는 물었다. "아까는 무척 바쁜 것 같던데."

그녀는 뺨을 붉히며 말했다. "아까 퉁명스럽게 굴었다면 미안해요. 지난주에 다른 직원이 내빼는 바람에 쌓인 일을 하느라 잠을 못 잤거든요. 가족 중에 아픈 사람이 있어서 애타게 소식을 기다리고 있기도 했고." 그녀가 편지를 톡톡 두드리며 고개를 끄덕였다.

"그럼 지금은 괜찮아요?"

"완전히는 아니지만, 그럭저럭요." 그렇게 말하며 그녀는 성스러운 카운터 뒤로 나를 이끌었고, 나는 뒤따라 구슬 커튼을 지나서 그녀의 은밀한 세계로 들어갔다. 얼굴을 간지럽히는 구슬의 촉감이 사랑스러웠다. 그 순간 행복의 전율이 온몸에 흘렀다. 이게 진짜야, 나는 생각했다. 이게 바로 삶이야.

만약 그녀의 방을 상상할 짬이 있었다면 그 내용은 실제와 전혀 달랐으리라. 그곳에는 꽃도, 소품도, 실크도, 향수도 없었다. 여자의 손길로 아기자기하게 꾸민 방이 아니었다. 시집도, 화장대도, 빗도 없었다. 괴로울 때 마음을 가라앉혀주거나 끝없이 이어지는 단조로운 나날을 이겨내게끔 격려해줄 훈훈한 경구가 수놓인 레이스 베개도 없었다. 사실 방이 아니라 천장이 나지막한 창고였다. 창문은커녕 햇빛이 들어올 틈새도 없고 부엌 겸 세탁실 바로 옆에 자리한 탓에 기름과 구정물과 곰팡이 슨 조각비누의 냄새가 났다. 나의 경악한 표정을 눈치챘는지 그녀가 부끄러워하면서 방이 썩 좋아 보이지는 않을 거라고 조용히 말했다. 이 말에 나는 자연히 어떻게든 그 방을 칭찬하려 안간힘을 쓰게 되었고, 외부의 침입이 불가능해 안전하게 느껴지는데다 사생활도 완벽하게 보호되겠다고 주절거렸다. 그녀는 친절은 고맙지만 굳이 빈말할 필요는 없다고 했다. 환경이 열악하다는 건 자기도 알지만 당분간 참고 견딜거다, 금 채굴꾼들이 꾸준히 몰려들어서 수입이 좋다고 설명했다. "육 개월만 더 일하면 이 호텔에서 가장 좋은 방으로 옮길 수 있어요." 말투를 통해 마지막 문장이 그녀에게 아주 중요한 꿈이라는 걸 알 수 있었다.

"육 개월은 긴 시간이죠." 나는 말했다.

"더 작은 것을 더 오래 기다린 적도 있는걸요."

"내가 당신을 위해 그 시간을 앞당길 방법이 있다면 참 좋을 텐데요."

이 말에 그녀는 당혹스러워했다. "잘 모르는 사람한테 그런 말을 하다니 이상하네요."

그리고 자그마한 소나무 탁자로 나를 안내하고 앞쪽에 거울을 기대세웠다. 내 거대한 얼굴이 거울에 비쳤다. 나는 평소처럼 호기심과 동정심 섞인 눈길로 얼굴을 살폈다. 그녀가 가져다준 가위를 집어들고 손바닥으로 날을 덮어 데웠다. 그리고 실밥이 잘 보이도록 거울 각도를 조절한 다음 매듭을 자르고 당겨서 검은색 실을 뽑기 시작했다. 아프지는 않지만 희미하게 화끈거리는 게 손에 쥔 밧줄이 미끄러져나가는 때와 같은 느낌이었다. 너무 일찍 뽑은 탓에 실이 피로 범벅이었다. 나는 실 조각을 발치에 모았다가 태웠다. 냄새가 지독했다. 다 끝나자 그녀에게 칫솔과 치약을 보여주겠다고 했다. 마침 조끼 주머니에 지니고 있었다. 그녀는 흥분해서는 자기 역시 얼마 전부터 칫솔질을 시작했다며 부랴부랴 칫솔과 치약을 가져왔다. 둘이 함께 칫솔질을 할 수 있을 터였다. 우리는 입에 거품을 가득 문 채 세면대 앞에 나란히 서서 칫솔을 놀리며 웃었다. 칫솔질이 끝나고 나자 둘 다 무슨 말을 해야 할지 몰라 어색한 침묵이 흘렀다. 내가 침대에 걸터앉자 그녀는 그만 방에서 나가고 싶은 듯 문을 보았다.

"여기 같이 앉아서 얘기 좀 해요." 나는 말했다.

"다시 일하러 나가봐야 해요."

"나도 손님이잖아요. 응대해야죠. 안 그러면 상공회의소에 불만편지를 보낼 거예요."

"알았어요." 그녀는 양손으로 치맛자락을 그러모으며 앉아서 물었다. "무슨 이야기를 하고 싶은데요?"

"뭐든 좋아요. 당신을 웃게 만든 그 편지 얘기는 어때요? 가족 중 누가 아픈 거죠?"

"동생 피트요. 노새가 그애 가슴팍을 걷어찼지 뭐예요. 그래도 잘 낫고 있다고는 하는데, 엄마 말로는 가슴에 발굽자국이 선명히 찍혔대요."

"운이 좋았군요. 세상에서 가장 품위 없는 죽음을 맞을 뻔했는데."

"죽는 게 다 마찬가지죠."

"그렇지 않아요. 죽음에도 여러 종류가 있죠." 나는 손가락을 하나하나 꼽았다. "빠른 죽음, 느린 죽음. 이른 죽음, 늦은 죽음. 용감한 죽음, 비겁한 죽음."

"어쨌든 동생이 많이 허약해졌어요. 여기 와서 같이 일하자고 편지를 보내려고요."

"동생이랑 친한가요?"

"우리는 쌍둥이예요." 그녀가 대답했다. "언제나 강하게 연결되어 있죠. 때때로 동생을 생각하면 여기 이 방에 같이 있는 것처럼 느껴져요. 그애가 노새한테 걷어차인 밤에도 깨어나보니 가슴에 붉은 자국이 생겨 있더라고요. 이상하게 들리겠지만."

"네, 그렇네요."

"자다가 내가 내 몸을 친 게 분명해요."

"아."

"위층의 그 남자가 정말 형인가요?"

"네."

"형제가 정말 딴판이네요. 형이 나쁜 사람이라는 뜻은 아니에요. 그냥 좋은 사람이 되기에는 너무 게으른 거지."

"우리 둘 다 좋은 사람은 아니지만, 형이 게으르다는 건 맞아요. 어릴 적에는 어머니가 정말로 눈물을 흘려야만 겨우 세수를 했죠."

"어머니는 어떤 분인가요?"

"매우 똑똑하고, 매우 슬픈 사람이었죠."

"언제 돌아가셨나요?"

"지금도 살아 있어요."

"하지만 과거형으로 말했잖아요."

"그게 그러니까—사실대로 말하자면, 어머니가 더이상 우리를 만나려 하지 않거든요. 우리 일을 달갑지 않게 생각해요. 다른 일을 찾기 전까지는 절대 말을 섞지 않겠다고 선언했어요."

"무슨 일을 하는데요?"

"우리는 일라이와 찰리 시스터스예요."

"아." 그녀가 말했다. "아, 이런."

"아버지는 돌아가셨죠. 살해당했는데, 뭐 당연한 결과였어요."

"그렇군요." 그녀가 말하면서 일어났다.

나는 그녀의 손을 잡았다. "이름이 뭐죠? 이미 만나는 남자가 있겠죠? 그런가요, 아닌가요?" 그녀는 문 쪽으로 슬금슬금 걸어가며 이러고 노닥거릴 시간이 없다고 말했다. 나는 일어나 그녀에게 다가가서 키스해도 되는지 물었다. 하지만 그녀는 서둘러야 한다는 말만 되뇌었다. 나에게 조금이라도 호감이 있다면 솔직한 심정을 자세히 말해달라고 나는 밀어붙였다. 그녀는 뭐라고 말할 만큼 나를 잘 알지 못한다고 대답하고, 날씬한, 적어도 나처럼 뚱뚱하지는 않은 남자가 좋다고 고백했다. 심한 말까지는 아니지만 그 말이 나를 콕콕 찔렀다. 그녀가 방을 나간 후에도 나는 한참을 거울 앞에 서서 내 옆얼굴을 살폈다. 신사 숙녀들로 이루어진 이 세계에서 내가 도려낸 선이 눈에 들어왔다.

나는 오후와 저녁 내내 찰리를 피했다. 저녁식사 후 방으로 돌아가니 그는 잠들어 있고 텅 빈 모르핀 병이 바닥에 나뒹굴고 있었다. 아침에는 방에서 함께 식사했다. 아니, 형 혼자 아침을 먹었다고 하는 편이 정확하다. 나는 앞으로 걸신들린 듯 먹지 않겠다고, 몸무게도 줄이고 허릿살을 빼서 보기 좋은 몸매를 만들겠다고 마음먹었기 때문이다. 찰리는 아직 비틀거리긴 해도 기분이 좋았고 나와 화해하고 싶어했다. 나이프로 내 얼굴을 가리키면서 물었다. "어쩌다 네 얼굴에 주근깨가 생겼는지 기억나?"

나는 고개를 저었다. 아직은 화해할 마음이 안 들었다. "오늘 아침 벌어진다는 결투에 대해 아는 거 있어?"

그가 고개를 끄덕였다. "한쪽은 변호사야. 소문에 따르면 결투하고는 담쌓은 사람이래. 이름이 윌리엄스라지. 스탬이라는, 평판

안 좋은 목장 일꾼과 붙는대."

"어쩌다 결투까지 하게 된 거야?"

"스탬이 이 지역 목장주에게 떼인 급료를 받아달라고 윌리엄스를 고용했거든. 재판까지 갔지만 지고 말았어. 평결이 나자마자 스탬이 윌리엄스에게 결투를 신청했대."

"변호사는 총을 쏴본 적 있대?"

"총을 잘 쏘는 신사도 있다지만, 나는 여태 한 명도 못 봤어."

"별로 대단한 대결도 아닌 것 같은데. 난 그냥 바로 떠날래."

"정 원한다면." 찰리가 주머니에서 시계를 꺼냈다. 자기가 죽인 금 채굴꾼에게서 뺏은 것이었다. "이제 막 아홉시가 지났군. 텁을 타고 먼저 출발해. 나는 결투가 끝나고 따라잡을게, 한 시간 내로."

"그래."

호텔 하녀가 노크하고 들어와 우리 접시와 컵을 치웠다. 내가 인사를 하자 상냥하게 대꾸하고는 지나가면서 내 등에 손을 얹었다. 찰리도 인사를 건넸지만 못 들은 척했다. 내 접시의 음식이 그대로라고 하기에 나는 배를 두드리며 심장을 생각해서 살을 뺄 계획이라고 말했다.

"그렇군요." 그녀가 말했다.

"대체 무슨 소리야?" 찰리가 물었다.

그녀는 얼룩진 에이프런은 온데간데없이 목과 쇄골이 훤히 드러나는 빨간색 리넨 블라우스 차림이었다. 결투를 보러 가느냐고 찰리가 묻자 그렇다고 대답하고는 덧붙였다. "좋은 자리를 잡으려면 서둘러야 해요. 여기서는 사람이 금세 차거든요. 일단 자리를 맡으면 절대 비키지 않죠."

"아무래도 나도 보고 가야겠군." 나는 말했다.

"어?" 찰리가 물었다.

우리 셋은 함께 결투장으로 걸어갔다. 사람들을 헤치고 나아갈 때 그녀가 내 팔을 잡아서 기분이 좋아졌다. 위엄을 갖춰 기사도를 발휘하는 듯한 기분이었다. 찰리는 바로 뒤에서 따라오면서 유난히 천신한 멜로니를 휘파람으로 불었다. 우리는 사람들 틈에 자리를 잡았다. 그녀 말대로 자리 경쟁이 치열했다. 그녀를 밀치는 남자를 내가 위협하자 찰리가 소리쳤다. "이 미친 신사를 조심하는 게 좋을걸, 선량한 주민 양반." 결투 당사자들이 도착했을 때 내 등에 누가 연신 부딪쳤다. 불평하려고 돌아보니 한 남자가 일고여덟 살쯤 된 아이를 목말 태우고 있었다. 아이가 발로 나를 차고 있었던 것이다. "아이가 내 등을 차지 않게 주의해주면 고맙겠군요." 나는 말했다.

"애가 그랬다고?" 남자가 되물었다. "얌전히 있었는데."

"아이가 발길질을 했어. 또 그러면 당신 책임이니 알아서 해."

"그래?" 그의 표정에서 내가 부당하고 지나치게 유난을 떤다는 생각이 역력히 드러났다. 나는 그의 눈을 똑바로 보며 그 태도가 위험을 자초하고 있음을 알려주려 했지만 그는 내 어깨 너머 결투장만 보고 있었다. 나는 앞을 보며 마음을 가라앉히려 했고 그녀도 내 팔뚝을 꼭 쥐며 달랬다. 하지만 이미 열이 뻗쳐버렸다. 몸을 돌려 다시 그에게 말을 걸었다. "아무튼 어린애한테 왜 이런 폭력적인 장면을 보여주는지 이해가 안 되는군."

"전에도 사람 죽이는 거 봤어요." 남자애가 말했다. "단도로 인디언의 배를 가르자 뚱뚱한 빨간 뱀처럼 생긴 창자가 와르르 쏟아졌어요. 또 마을 밖의 나무에 목을 매단 남자도 봤어요. 혀가 통통 부어올랐어요. 이렇게요." 아이가 얼굴을 일그러뜨려 보였다.

"그래도 이건 옳지 않지." 내가 남자에게 말했지만 그는 대꾸가 없었다. 아이는 계속 얼굴을 찡그려댔고, 나는 몸을 돌려 거리에 자리를 잡은 결투자들을 보았다. 누가 누구인지 쉽게 알 수 있었다. 목장 일꾼 스탬은 가죽과 면으로 된 해진 옷을 입고, 풍상에 찌든 얼굴은 면도도 하지 않았다. 보조하는 결투 입회인도 없이 홀로 서서 무표정한 눈으로 군중을 바라보았다. 양팔은 옆에 축 늘어뜨리고 있었다. 변호사 윌리엄스는 회색 맞춤양복에 가운데 가르마를 타고 콧수염은 왁스를 발라 다듬었다. 비슷하게 쫙 빼입은 결투 입회인이 윌리엄스의 코트를 벗겼고, 사람들은 변호사가 무릎을 굽혔다 폈다 하며 일련의 몸풀기 동작을 하는 모습을 구경했다. 그가 스탬을 향해 가상의 총을 겨누고 발사하는 시늉을 했다. 몇몇이 나직이 킥킥거렸지만 윌리엄스의 얼굴은 더없이 진지하고 엄숙했다. 나는 스탬이 술에 취했거나 혹은 술을 깬 지 얼마 안 되었으리라 짐작했다.

"누가 이기면 좋겠어요?" 나는 그녀에게 물었다.

"스탬은 비열한 자예요. 윌리엄스는 모르는 사람이지만 역시나 비열해 보이네요."

아이를 목말 태운 남자가 어깨 너머로 이 말을 듣고 끼어들었다. "윌리엄스 씨는 비열한 사람이 아닙니다. 신사지요."

나는 천천히 돌아보았다. "당신 친구야?"

"그렇다고 자랑스럽게 말해야겠군."

"작별인사를 해두었길 빌지. 일 분 안에 죽을 테니."

남자는 고개를 저었다. "그는 겁먹을 사람이 아냐."

너무 멍청한 소리라 나는 소리내어 껄껄 웃었다. "그래서 뭐 어쨌다고?"

남자는 그만하자며 손을 내저었다. 그래도 내 말을 들은 아이는 앞으로 펼쳐질 일을 알고 두려운 표정으로 나를 바라보았다. 나는 말했다. "네 아비가 너한테 폭력적인 광경을 보여주고 싶어하는데, 오늘 그 뜻을 이루겠구나." 남자는 잠시 가만있더니 나직이 욕설을 내뱉고는 다른 자리를 찾아 사람들을 밀치며 가버렸다.

윌리엄스의 결투 입회인이 스탬에게 소리쳤다. "결투 입회인은 어디 있나?"

"그딴 거 모르겠고, 상관도 없소." 스탬이 대꾸했다.

윌리엄스와 입회인이 저들끼리 속닥거렸다. 입회인이 고개를 끄덕이더니 스탬에게 총을 확인해봐도 되겠느냐고 물었다. 스탬은 이번에도 상관없다고 말했다. 입회인이 무기를 들어 확인했다. 이상 없다는 표시로 고개를 끄덕이고는 스탬에게 윌리엄스의 권총을 확인해보겠냐고 물었고, 스탬은 됐다고 했다. 이어서 윌리엄스가 다가와 스탬과 마주섰다. 용감한 척하고 있지만 실은 결투할 마음이 없는 듯했다. 아니나 다를까, 그가 입회인의 귓가에 속삭이자 입회인이 스탬에게 말했다. "지금이라도 사과한다면 윌리엄스 씨는 만족할 걸세."

"그딴 거 몰라." 스탬이 말했다.

"알겠네." 입회인이 말했다. 그는 두 사람이 등을 맞대게 한 뒤 스물 걸음 나아가 발사하라고 했다. 그가 숫자를 세기 시작하자 결투자들이 그에 맞춰 한 걸음씩 걸어갔다. 윌리엄스의 이마가 땀으로 번들거리고 권총이 떨리는 반면, 스탬은 옥외 변소라도 가는 듯한 태도였다. 마치 관심사라고는 그것뿐이라는 듯. 스물을 세자 결투자들이 돌아서서 총을 발사했다. 윌리엄스의 총알은 빗나갔지만 스탬의 총알은 상대의 가슴 한가운데 맞았다. 변호사의 얼굴이 고통과 충격이 가득한 우스꽝스러운 가면으로 변했다. 내가 보기에는 모욕감도 어느 정도 섞여 있는 듯했다. 이리저리 비틀거리던 그가 방아쇠를 당기는 통에 총알이 구경꾼 쪽으로 발사되었다. 새된 비명이 터져나왔다. 총알이 젊은 여자의 정강이에 박힌 것이다. 그녀는 바닥에 드러누워 다리를 움켜쥐고 몸부림쳤다. 윌리엄스가 자신의 수치스러운 실수를 알아차렸는지 아닌지는 모르겠다. 다시 그를 보니 이미 죽어서 바닥에 쓰러져 있었다. 스탬은 총을 총집에 꽂은 채 아까처럼 양팔을 늘어뜨리고 술집 방향으로 걸어갔다. 결투장에 홀로 선 입회인은 무력하게 좌우를 보고 있었다. 나는 남자애를 목말 태운 남자를 찾아 군중을 훑었다. 한껏 멸시의 표정을 지어 보일 셈이었지만 그들은 어디에도 보이지 않았다.

내가 짐을 싸는 동안 그녀는 할일이 있다며 어딘가로 가버렸다. 작별인사를 하려고 호텔을 뒤졌지만 보이지 않았다. 그래서 선물로 5달러 동전을 시트 아래 감춰두었다. 이러면 나를 떠올릴 때마다 초야의 침대, 혹은 뭐가 됐건 침대를 연상하게 되리라. 그 모습을 놓치지 않고 본 찰리가 성의 표시는 좋지만 지저분한 시트 상태를 보아하니 그 여자는 청결을 신경쓰는 사람이 아니고 앞으로도 때만 계속 쌓일 텐데 쓸데없는 짓이라고 했다. "다음에 이 방에 묵을 사람에게 돈을 주는 꼴이야."

"그녀가 찾아낼 거야." 나는 말했다.

"픽이나. 게다가 5달러는 너무 많아. 카운터에 1달러 남겨봐. 에이프런을 세탁소에 맡기고도 인사불성이 되도록 술을 퍼마실 수 있을걸."

"형한테는 여자가 없으니 질투하는 거지."

"그 성깔 더러운 갈보가 네 여자냐? 축하한다. 어머니한테 소개할 수 없어서 유감이군. 그 섬세한 꽃을 보면 얼마나 기뻐하실까."

"바보랑 얘기를 할지 말지 고르라면 나는 당연히 후자를 택하겠어."

"땅바닥에 침을 뱉고 소매로 콧물을 닦는 여자라니, 정말 참한 숙녀야."

"내가 말을 말지." 나는 형이 알아서 짐을 챙기도록 내버려두고 떠났다. 텁을 보러 나가서 인사를 하고 몸은 어떤지 물었다. 녀석은 전날보다 초롱초롱해 보였지만 눈 상태는 악화되어 있었다. 어느새 녀석에게 측은한 마음이 들었다. 적어도 녀석에겐 회복력이 있었다. 쓰다듬어줄 셈으로 얼굴에 손을 대자 텁이 화들짝 놀랐다. 녀석이 상냥한 손길에 익숙하지 않다는 사실이 부끄러웠다. 삶에는 좋은 날도 있다는 것을 녀석에게 알려주어야겠다고 결심하고, 이를 실천하기로 스스로에게 약속했다. 호텔에서 나오던 찰리가 이 다정한 광경에 킬킬거렸다. "여기 세상만물을 사랑하는 사람 좀 보게." 그가 소리쳤다. "과연 이 덜떨어진 가축에게 감사인사로 사료 주머니에 현금을 남겨둘까? 충분히 그러고도 남을 인간이지, 친구들." 그가 다가와 텁의 머리 양쪽에 대고 손가락을 튕겼다. 텁의 귀가 움찔하자 검사 결과에 만족한 찰리가 님블에게 걸어갔다. "이제부터는 여행 내내 야영하겠어." 그가 말했다. "호텔방에서 게으름 부리는 건 끝이야."

"나는 상관없어." 나는 말했다.

그가 멈추었다. "네가 또 저주나 병에 걸린다 해도 이젠 버리고 혼자 가겠다는 뜻이야."

"저주나 병? 형이 그렇게 말해주니 고맙군. 술 때문에 두 번이나 여행을 지연시킨 게 누군데."

"알았어. 지금까지 운이 좀 나빠서 안 좋은 사례를 남겼다고 치자고. 지나간 일을 이제 와서 어쩌겠어. 하지만 그게 마지막인 거야. 이때?"

"내 저주나 병에 대해서도 더이상 언급하지 말아야지."

"그게 공평하겠군, 형제." 찰리가 님블에 올라 길을 바라보았다. 상점들 너머로 황무지가 펼쳐져 있었다. 금속이 유리를 때리는 소리에 올려다보니 우리가 묵었던 2층 방에 그녀가 서 있었다. 5달러 동전을 손가락 사이에 끼운 채 유리창을 똑똑 두드리고 있었다. 그러고는 동전에 입을 맞추고 손바닥을 창문에 댔다. 찰리를 보며 여봐란듯이 팔짱을 끼자 그는 무심하고 냉담한 얼굴로 님블의 옆구리를 차며 출발했다. 나는 그녀에게 한 손을 들어 보였다. 그녀가 뭐라고 말했지만 입 모양으로는 무슨 말인지 알 수 없었다. 감사인사겠거니 짐작했다. 몸을 돌려 찰리를 쫓아가며 떠올렸다. 그녀가 일하고 걱정도 하는 그 휑한 방에 울리던 목소리를. 그녀에게 동전을 남기길 잘했다 싶고, 그 덕에 잠시나마 그녀가 행복하기를 빌었다. 또 체중을 12킬로그램쯤 줄인 뒤 사랑과 찬사의 편지를 써야겠다고 결심했다. 타인의 헌신을 통해 지상에서의 그녀 삶이 나아질 수도 있지 않을까.

뒤쪽에서 폭풍이 일고 있었다. 이번 겨울의 마지막일 무시무시한 폭풍이었지만 그럭저럭 앞서간 덕분에 오후와 밤까지 무사했다. 커다란 동굴에서 밤을 보내기로 했는데, 먼저 이곳을 다녀간 이들이 피운 모닥불로 천장에 그을음이 시커멓게 앉아 있었다. 찰리가 콩과 돼지고기와 비스킷으로 저녁을 준비했지만 나는 콩만 먹고 나머지는 몰래 텁에게 주었다. 주린 배를 안고 잠이 들었다가 한밤중에 깨어보니 주인 없는 말이 입김을 뿜고 발을 구르며 동굴 입구에 서 있었다. 검은색 피부가 땀으로 번들거렸다. 녀석이 부르르 몸을 떨기에 다가가서 담요를 등에 덮어주었다.

　"뭐야?" 모닥불 곁에서 찰리가 팔꿈치를 짚고 몸을 반쯤 일으키며 물었다.

　"말이야."

"주인은 어디 있지?"

"안 보여."

"주인이 나타나면 깨우든가." 그는 몸을 돌리고 다시 잠들었다.

체고가 1.7미터쯤 되는 근육질 말이었다. 낙인도 안장도 편자도 없지만 갈기가 깨끗하고 내가 만져도 두려워하지 않았다. 비스킷을 하나 갖다주었지만 배고프지 않은지 조금 갉아먹을 뿐이었다. "이런 밤에 어디로 달려가고 있었어?" 나는 물었다. 닙블과 텁과 붙어 자며 온기를 나누도록 그쪽으로 이끌려는데 녀석은 몸을 빼며 동굴 입구로 돌아가버렸다. "그냥 담요만 두고 가라고? 그런 거야?" 나는 다시 동굴로 들어가 모닥불을 돋우고 불가에서 몸을 웅크렸다. 하지만 담요 없이는 잠을 잘 수 없었다. 그래서 자는 대신 예전에 졌던 말싸움을 내가 이기는 것으로 바꿔 상상하며 남은 밤을 보냈다. 동이 틀 무렵 나는 이 말을 내 것으로 삼기로 결정했다. 찰리에게 커피를 건네며 계획을 말하자 그는 고개를 끄덕였다. "잭슨빌에서 편자를 박으면 될 거야. 텁도 적당히 값을 쳐 받을 수 있을지도 몰라. 가능할까 싶긴 하지만. 아마 도살장의 고기 신세가 되겠지. 어쨌든 그 돈은 네가 다 가져. 텁 때문에 고생이 많았잖아. 그걸 부정하지는 않아. 말이 저절로 굴러들어오다니 기분좋은 우연이군. 뭐라고 이름 붙일 거야? 텁의 아들은 어때?"

"농부라면 기꺼이 텁을 살 거야. 녀석도 몇 년은 더 살 테고."

"괜한 희망을 심어주지 마." 그가 텁을 돌아보며 말했다. "스튜용 고기냐, 아니면 엉덩이가 말랑말랑한 딸내미를 둔 농부의 아름다운 목초지냐?" 그가 나에게 속삭였다. "스튜용 고기지."

검은 말은 재갈과 안장을 별다른 저항 없이 받아들였다. 텁의 목에 밧줄을 걸자 녀석이 고개를 늘어뜨렸다. 나는 차마 녀석의 눈을 볼 수 없었다. 3킬로미터쯤 가서 땅바닥에 죽어 엎어져 있는 인디언을 발견했다. "이자가 말의 전 주인인가보군." 찰리가 말했다. 우리는 시체를 바로 눕히고 살펴보았다. 몸은 뻣뻣이 굳고 뒤틀리고 목이 뒤로 꺾이고 입은 절대적 고통으로 크게 벌어져 있었다.

"희한하네. 인디언의 말이 재갈과 안장에 익숙하다니." 나는 말했다.

"백인한테서 훔친 게 분명해." 찰리가 말했다.

"하지만 편자랑 낙인이 없잖아?"

"거참 수수께끼군." 그도 인정했다. 그리고 인디언을 가리키며 말했다. "저치한테 물어봐."

인디언을 죽음으로 이끈 부상의 흔적은 전혀 보이지 않았지만 아무튼 대단한 거구였다. 우리는 심장마비 같은 것을 일으키는 바람에 말에서 떨어져 목이 부러졌다고 추측했다. "말은 그냥 계속 갈 길을 간 거고." 찰리가 말했다. "동굴로 향하던 중이었나봐. 저자가 살아서 동굴에 도착했다면 자기 자리에 우리 둘이 잠든 걸 보고 무슨 짓을 했을지 궁금한걸." 검은 말이 인디언에게 머리를 숙이더니 쿵쿵 냄새를 맡고 그를 찔러보았다. 동시에 나를 바라보는 텁의 시선이 느껴졌다. 나는 가던 길을 가기로 했다. 검은 말은 처음에는 그곳을 떠나려 하지 않았지만 우리가 단호하게 굴자 거친 땅 위를 멋지게 달려갔다. 텁은 밧줄에 묶여 뒤에서 끌려왔다. 세찬 빗줄기가 떨어지기 시작했지만 대기는 따뜻했다. 검은 말과 함께 땀을 흘리면서, 나는 녀석의 냄새와 온기가 마음에 들었다. 동작 하나하나가 민첩하면서도 우아한 것이 타고난 경주마가 분명했다. 그런 생각을 하자니 마음이 불편하긴 했지만 그래도 텁에게서 벗어나면 대단히 후련해지리란 걸 알았다. 텁을 뒤돌아보았다. 녀석은 아등바등 따라오고 있었다. 젖은 눈이 붉게 충혈되고 고개를 높이 쳐들고 옆으로 돌린 모습이 꼭 익사하지 않으려고 버둥대는 듯했다.

잭슨빌에 도착하자 나는 과연 찰리가 야영만 하겠다는 맹세를 지킬지 궁금했다. 처음 마주친 술집에서 환한 창문을 탐색하듯 바라보는 얼굴을 보니 결과는 뻔했다. 우리는 말들을 마구간에 맡겼다. 마구간지기에게 검은 말에 편자를 박아달라고 부탁한 뒤 텁을 팔면 얼마나 받을지 물었다. 그가 랜턴을 들어 텁의 다친 눈을 비추더니 아침에 좀더 잘 살펴본 뒤 말해주겠다고 했다. 찰리와 나는 마을 중심에서 헤어졌다. 그는 술이 고팠고 나는 배가 고팠다. 한 호텔을 가리키며 나중에 만나자고 하기에 나는 고개를 끄덕였다.

　폭풍우가 지나간 지금은 보름달이 나지막이 뜨고 별빛이 초롱초롱했다. 적당한 식당에 들어가 창가에 자리잡고 빈 탁자에 양손을 올려놓고 가만히 바라보았다. 달과 별의 빛에 상아색으로 물든 손은 정물처럼 보였고 개인적인 애착이라 할 만한 것은 전혀 느껴지지 않았다. 웨이터가 다가와 탁자에 촛불을 놓는 바람에 달과 별빛의 효과가 망쳐져버렸다. 나는 벽에 붙은 메뉴판을 살폈다. 어젯밤 거의 굶은 상태로 자고 일어나 아침에도 딱히 먹지 않았더니 위가 허기로 요동치고 있었다. 그런데 메뉴판의 음식은 하나같이 살을 뒤룩뒤룩 찌우는 것뿐이었다. 웨이터가 다가와서 상체를 반쯤 숙이고 연필로 받아쓸 준비를 하자 나는 기름지지 않은 음식은 뭐가 있는지 물었다.

"오늘밤은 별로 배고프지 않은가보죠?"

"배고파 쓰러질 지경이야." 나는 말했다. "하지만 맥주나 쇠고기나 감자 버터구이 말고 배가 덜 차는 음식을 찾고 있어."

웨이터가 연필로 수첩을 톡톡 두드렸다. "먹고는 싶지만 배가 가득차는 건 원하지 않는다는 말인가요?"

"배만 안 고프면 돼."

"차이가 뭐죠?"

"먹고 싶지만, 그렇게 느끼하고 배가 빵빵해지는 음식을 먹고 싶지는 않다고. 알겠어?"

"저한테 음식을 먹는다는 건 곧 배를 채우는 건데요."

"그러니까 저 메뉴판의 음식들 말고 다른 건 없다는 말이야?"

웨이터는 무척 당황하더니 주방에서 요리사를 데려오겠다며 물러갔다. 요리사는 일하느라 지친데다 이 성가신 상황에 짜증이 나 있었다.

"무슨 문제 있나요, 손님?" 그녀가 양손을 소매에 문지르며 물었다.

"문제가 있다고는 안 했는데. 그냥 메뉴판의 음식 말고 좀더 가벼운 건 없는지 물었지."

요리사가 웨이터를 봤다가 다시 나를 보았다. "배가 고프지 않은가요?"

"배가 고프지 않다면 정량의 반만 드리죠." 웨이터가 말했다.

"배가 고프다고 이미 말했을 텐데. 굶어 죽을 지경이야. 하지만 배를 가득 채우지 않는 음식을 원한다고. 내 말 알겠어?"

"난 배를 채우고 싶어서 음식을 먹는걸요." 요리사가 말했다.

"그게 바로 음식을 먹는 목적이죠!" 웨이터가 말했다.

"식사를 마치고 배를 두드리며 '아, 잘 먹었다' 하잖아요."

"누구나요."

"됐어." 나는 말했다. "쇠고기 정량의 반을 와인이랑 먹지. 감자는 됐고. 야채는 없나? 뭐든 괜찮은데."

나는 요리사가 면전에서 나를 비웃으리라 생각했다. "토끼장 옆에 당근이 좀 있을 거예요."

"쇠고기 옆에 당근을 놓아줘. 껍질을 벗기고 삶아서. 수고롭게 했으니 1인분 값을 내지. 그럼 됐나?"

"원하는 대로 준비할게요." 요리사가 말했다.

"와인을 바로 갖다드리죠." 웨이터가 말했다.

잠시 후 내온 접시에는 흐물흐물하고 뜨거운 당근이 산더미처럼 쌓여 있었다. 껍질은 벗겼지만 초록 이파리는 그대로 두었는데, 아무래도 요리사의 악의적 실수 같았다. 열 개 남짓한 당근의 절반을 힘겹게 삼켰지만 위에 도착하기도 전에 사라진 듯했다. 나는 얼마간 절망적인 심정으로 쇠고기를 찾아 당근더미 아래를 뒤졌다. 쇠고기는 맨 아래 깔려 있었다. 그것을 한 조각 한 조각 음미했지만 순식간에 맛이 사라지고, 나는 우울해졌다. 촛불을 불어 끄고 다시 한번 환영 같은 손을 응시했다. 손이 따끔거리기 시작해 집시 마녀의 오두막에서 걸린 저주가 생각났다. 설령 저주가 효력을 발휘한들 과연 언제, 어떤 형태일까? 웨이터가 돌아와 탁자를 치우려다 남은 당근을 가리켰다. "야채가 마음에 들지 않딘가요?" 그가 순진하게 물었다.

"됐어. 그만 치워."

"와인을 더 드릴까요?"

"한 잔 더."

"디저트를 들겠습니까?"

"아니! 젠장!"

겁을 먹은 웨이터가 부랴부랴 자리를 피했다.

아침에 찰리에게 가보았더니 역시나 탈이 나서 여행할 마음이 없어 보였다. 나는 건성으로 질책을 늘어놓았지만 굳이 잔소리할 필요도 없었다. 열심히 말을 몰아도 빠듯한 마당에 또 하루를 날릴 수는 없다는 건 그도 나만큼이나 잘 알았다. 그는 한 시간 내로 준비하겠다고 했다. 대체 무슨 조화를 부려 단시간에 숙취를 해소할 생각인지 모르겠지만 굳이 따져 묻지 않았다. 대신 위의 유독가스와 통증을 알아서 처리하도록 내버려둔 채 전날 밤 갔던 식당을 다시 찾았다. 아침식사가 간절했기 때문이다. 전날 시중을 들던 웨이터는 없고 그를 닮은 남자아이가 있었다. 아들인가 싶었지만 내가 "아버지는 어디 있냐?"고 묻자 소년은 양손을 모아쥐며 대답했다. "천국에요." 나는 달걀과 콩을 조금 먹었다. 식사를 끝내고도 여전히 허기가 졌다. 음식 기름이 묻은 접시를 보고 있자니 솔직히 핥고 싶은 심정이었지만 차마 예의상 그럴 수는 없었다. 소년이 와서 탁자를 치우자 나는 그 손에 들린 접시가 허공을 둥둥 가로질러 주방으로 들어가 시야에서 사라지는 모습을 하릴없이 지켜보았다. 소년이 돌아와서는 계산 전에 더 원하는 게 있는지 물었다. "오늘 아침 새로 구운 파이가 있어요." 그가 말했다.

"무슨 파이지?" 나는 물었다. 체리만은 아니기를 빌며.

"체리파이요." 소년이 말했다. "막 오븐에서 나왔어요. 이 동네에서 잘 나가요. 꽤 유명한 편이죠." 내가 인상을 찌푸린 모양인지 소년이 물었다. "괜찮으세요, 손님? 어디 아픈 것 같은데요."

이마에 구슬땀이 맺히고 손이 덜덜 떨렸다. 나의 피가 체리파이를 원하고 있었다. 나는 얼굴을 냅킨으로 가볍게 두드려 닦으며 대답했다. 괜찮다고, 피곤한 것뿐이라고.

"파이는 어떻게 할까요?" 그가 물었다.

"됐어!" 나는 말했다. 소년은 계산서를 내려놓고 주방으로 돌아갔다. 값을 치른 후 찰리와 먹을 식량을 사러 가면서 점잖은 노래를 흥얼거렸다. 길 앞쪽에 수탉 한 마리가 싸움거리를 찾는 듯이 서 있었다. 내가 모자를 약간 올리며 인사하자 녀석은 푸드덕거리며 웅덩이 너머로 달아났다. 근육과 깃털뿐이고 뇌가 없는 놈이었다.

가루 치약이 다 떨어져가서 교역소 주인에게 치약이 있느냐고 물었다. 그는 한 줄로 늘어선 상자 몇 개를 가리켰다. 제각기 다른 맛과 향이 난다는 광고문이 쓰여 있었다. 세이지, 소나무, 박하, 회향. 어느 맛을 원하느냐고 물어서, 지금껏 박하맛을 쓰며 지극히 만족스러웠기에 앞으로도 계속 고수할까 한다고 말했다. 손님을 막 몰아가는 모습이 꼭 조끼 입은 비둘기 같은 주인이 다른 것도 한번 시험해보라고 강하게 권했다. "생활의 향신료죠." 그가 말했다. 만족스러워하는 태도가 못마땅했지만 다른 맛은 어떨지 호기심이 생겨서 치약들을 들고 뒷방 세면대로 갔다. 상자가 구겨지거나 흠집이 나지 않도록 조심했다. 괜히 원치 않는 치약까지 사야 하는 사태가 생기면 안 되니까. 나는 치약들을 차례로 사용해보고 가게로 돌아와 주인에게 말했다. "소나무는 좋아. 혀에 깨끗하고 상쾌한 느낌이 남더군. 세이지는 목이 따가워서 별로야. 회향은 너무 역겹고. 아까 말한 대로 계속 박하를 쓰겠어."

"뭐든 확실히 알고 넘어가는 게 좋지요." 그의 뻔하고 얼마간 바보 같은 발언에 나는 굳이 대꾸하지 않았다. 치약과 더불어 밀가루 400그램, 커피 400그램, 설탕 200그램, 콩 800그램, 소금에 절인 돼지고기 800그램, 말린 과일 800그램을 샀다. 위가 요란하게 꾸르륵거렸다. 나는 물을 큰 컵으로 한 잔 마시고 마구간으로 걸어갔다. 걸음을 뗄 때마다 뱃속에서 물이 출렁거렸다.

내가 들어섰을 때 마구간지기는 검은 말에 편자 다는 작업을 막 마친 참이었다. "다리가 짧은 말은 6달러 쳐드리죠." 그가 말했다. "편자가 1달러니 그걸 제하고 5달러로 해요." 나는 털에게 다가가 주둥이에 손을 얹고 인사했다. "안녕." 녀석이 나를 알아보는 것이 느껴졌다. 두려움이나 악의 없이 솔직하게 나를 바라보았다. 마구간지기가 내 뒤에 서 있었다. "시력을 잃겠는데요." 그가 말했다. "수레나 제대로 끌겠습니까? 4달러로 해야겠어요."

"안 팔기로 결정했어." 나는 말했다.

"편자값까지 6달러 드리죠."

"아니, 마음을 바꿨어. 검은 말 가격이나 얘기해보자고."

"다리 짧은 말에 7달러, 이게 마지막 제안입니다."

"검은 말은 얼마 줄 건데?"

"검은 말을 살 만한 처지가 못 됩니다. 저 말에 8달러 드리죠."

"검은 말 가격도 제시해보지?"

"25달리."

"50달러는 충분히 나가는 말이야."

"안장 포함해서 30달러."

"멋모르는 척하지 마시지. 안장 빼고 40달러."

"35달러요."

"안장 없이 35달러?"

"안장 없이 35달러, 단 편자값은 제하고."

"내가 쓰지도 않을 말인데 나더러 편자값을 내라는 거야?"

"나더러 편자를 달아달라고 했잖습니까? 그 수고비는 받아야죠."

"편자는 어차피 달았을 거잖아."

"34달러에서 더도 덜도 안 됩니다."

"34달러로 하지." 나는 말했다.

마구간지기가 돈을 가지러 숙소로 들어갔다. 그가 여자와 이 문제로 다투는 소리가 들렸다. 목소리를 낮추어서 정확히 알아듣지는 못했지만 분위기로 미루어 어떤 내용일지 알 만했다. 입 닥쳐! 바깥의 저 남자는 머저리야! 그때 찰리가 마구간에 들어왔다. 전날 마신 브랜디 때문에 목 피부에 초록빛이 도는 것을 감추려 했다.

마구간지기는 돈과 함께 만족스러운 거래 성사를 축하할 위스키병까지 챙겨왔다. 내가 술을 권하자 찰리는 얼씨구나 하며 반색했다. 그는 숙취 때문에 정신이 없어서 마을에서 15킬로미터는 멀어진 후에야 내가 무슨 말을 팔았는지 알아차렸다.

"검둥이는 어디 갔어? 왜 아직 텁을 타고 있지?"

"마음을 바꿨어. 텁을 계속 탈 거야."

"도통 이해가 안 되는군, 형제."

"녀석은 지금껏 내게 충직했어."

"이해가 안 돼. 검둥이는 백만 마리에 하나 있을까 말까 하는 말이었어."

"며칠 전만 해도 텁을 팔지 말라며? 그러다 멋진 말이 바람결에 짠 하고 거저 생기니 그제야 내다팔라고 나를 구슬리다니."

"너는 늘 지난 말싸움을 물고 늘어지더라. 그때는 그때고 지금은 지금이야. 하느님이 너한테 검둥이를 선사했잖아. 하느님의 뜻을 따르지 않는 인간이 대체 뭐가 되겠어?"

"여기서 왜 하느님이 나오는데? 인디언이 너무 많이 처먹고 죽은 덕분에 내가 행운을 얻은 거지. 내 말의 요점은, 형은 금전적으로 자기한테 유리할 때만 텁을 팔아버리려 한다는 거야."

"그래서 내가 주정뱅이인 것도 모자라 구두쇠라고?"

"지금 지난 말싸움을 들추는 게 누구인데?"

"술에 전 구두쇠라니, 참 서글픈 팔자로군."

"형은 무조건 반대만 할 줄 알지."

그가 마치 총알에 맞기라도 한 것처럼 상체를 휘청거렸다. "술에 전 구두쇠 반대주의자! 저 독기 품은 잔인한 말이라니!" 그리고 혼자 낄낄거리다 잠시 생각에 잠기더니 물었다. "검둥이 덕분에 우리가 얼마를 벌었지?"

"우리라니?" 나는 비웃었다.

우리는 속도를 높였다. 숙취가 도통 가라앉지 않는지 찰리는 도중에 두 번이나 담즙을 한입 가득 토했다. 숙취에 시달리며 말을 타는 것보다 더한 고통이 있을까? 그가 불평 없이 벌을 감수한다는 건 나도 인정할 수밖에 없었다. 하지만 이 상태로 두 시간 이상 보조를 맞춰 달리기는 힘들 터였다. 그만 쉬자고 하겠구나 싶었을 때 저멀리 고갯길 초입에 모여 있는 마차들이 눈에 들어왔다. 찰리는 제 할일을 한다는 듯 진지하고 결연한 모습으로 그쪽으로 나아갔지만, 내가 아는 그는 한시바삐 말에서 내려 괴로운 속을 진정시키고 싶은 마음에 속으로 숫자나 세고 있을 게 뻔했다.

둥글게 모인 마차 세 대 주위를 빙 돌아보았지만 사람의 흔적이라고는 한가운데 지펴진 작은 모닥불밖에 없었다. 찰리가 소리 높여 인사했으나 반응이 없었다. 말에서 내려 마차 안으로 들어가려고 연결 부분을 기어오르는데, 마차 덮개 사이로 커다란 소총 총열이 독사처럼 소리 없이 기어나왔다. 찰리는 총을 올려다보고 살짝 사팔눈이 되었다. "좋아." 그가 말했다. 총구가 찰리의 이마를 향해 올라오고, 열다섯, 혹은 그마저도 안 되어 보이는 남자아이가 우리를 노려보았다. 얼굴에 때가 덕지덕지 꼈고, 콧구멍과 입은 물집투성이이며, 비웃음이 아예 기본 표정으로 굳어 있었다. 녀석의 손은 흔들림이 없었고 자세도 편안해 보였다. 소총을 나루는 네 익숙한 듯했다. 불신과 혐오로 가득찬 눈 하며, 요컨대 어린놈 중에서도 가장 상대하기 어려운 유형이었다. 잠자코 있으면 찰리를 죽일까봐 걱정되어 나는 재빨리 말했다. "널 해칠 생각은 없어."

"지난번 인간들도 그렇게 말했지. 그러더니 내 머리를 때리고 감자빵을 모조리 가져갔어."

"우린 감자빵 필요 없어." 찰리가 말했다.

"그럼 서로 잘 만났군. 이젠 감자빵이 없거든."

녀석은 거의 굶어죽기 직전인 듯했다. 배가 고프면 같이 돼지고기를 먹자고 나는 권했다. "오늘 아침 마을에서 산 거야. 밀가루도 있어. 어때, 함께 먹을래? 돼지고기와 비스킷 잔치."

"거짓말 마. 이 근처에는 마을이 없어. 아빠가 일주일 전에 음식을 구하러 갔다고."

찰리가 나를 돌아보았다. "우리가 어제 길에서 마주친 그자 아닐까? 아들한테 음식을 갖다줘야 한다며 서둘렀잖아."

"맞아. 그 사람도 이쪽으로 가고 있었어."

"회색 암말을 타고 있었어?" 소년의 얼굴에 한줄기 애처로운 희망이 어렸다.

찰리가 고개를 끄덕였다. "맞아, 회색 암말. 아들이 얼마나 착하고 자랑스러운지 모른다며 뽐내더라고. 죽을 만큼 걱정이 된대. 어서 빨리 너를 보고 싶어했어."

"아빠가?" 소년이 미심쩍다는 듯 물었다. "아빠가 정말 그랬어?"

"그래, 너한테 돌아갈 수 있게 돼서 무척 기뻐했어. 우리가 죽여야 했던 게 많이 안타깝네."

"뭐, 뭐라고?" 소년이 얼떨떨해 있는 사이 찰리가 소총을 빼앗아 개머리판으로 녀석의 머리를 갈겼다. 소년은 마차 안으로 쓰러져 잠잠해졌다. "저 모닥불로 커피나 끓여 마시자." 찰리가 마차 연결 부분을 뛰어넘으며 말했다.

이 뜻밖의 사건을 겪고 찰리는 기운이 넘쳤다. 피가 확 도는 덕에 숙취가 말끔히 풀렸다고 말했다. 그러고는 평소와 다르게 열성적으로 점심을 준비하기 시작했다. 소년도 먹을 만큼 넉넉히 만드는 데는 동의했지만 그전에 녀석의 상태부터 확인하라고 했다. 아까의 일격으로 죽었을지도 몰랐다. 머리를 넣어 마차 안을 보니 녀석은 멀쩡히 살아서 앉아 있었다. 그가 나에게 등을 돌렸다. "음식을 만드는 중이야." 나는 말했다. "싫으면 같이 안 먹어도 돼. 하지만 형이 네 몫까지 준비하고 있어."

"우리 아빠를 죽인 개자식들." 소년이 눈물을 흘리며 목멘 소리로 말했다.

"아, 그건 소총을 빼앗으려고 지어낸 이야기야."

그가 몸을 돌려 나를 보았다. 맞아서 찢어진 이마에서 가늘게 흘러내린 피가 눈썹 언저리에 고이고 있었다. "진짜예요? 하느님한테 맹세코 정말로?"

"하느님에게 맹세해봐야 나한테는 소용없어. 입만 아프지. 대신 내 말을 걸고 맹세하지. 어때?"

"그럼 회색 암말을 탄 남자는 못 본 거죠?"

"그래."

소년은 마음을 추스르고 마부석을 타넘어 내 쪽으로 기어내려왔다. 나는 그의 팔을 잡고 거들었다. 녀석의 다리가 후들거리길래 모닥불까지 부축해주었다. "외로이 죽을 뻔했다가 살아 돌아왔군." 찰리가 활기차게 말했다.

"소총 돌려줘요." 소년이 말했다.

"실망할 준비나 하는 게 좋을걸."

"우리가 떠날 때 돌려줄게." 나는 그렇게 말하고 돼지고기와 콩과 비스킷이 담긴 접시를 건넸다. 하지만 소년은 먹지 않고 슬픈 눈으로 음식을 물끄러미 보기만 했다. 마치 음식 자체에 얼마간 울적해지기라도 한 듯. "왜 그래?" 내가 물었다.

"이제 신물이 나요." 소년이 말했다. "다들 맨날 내 머리만 때려."

"운좋은 줄 알아. 네 대가리를 총알로 날려버리진 않았으니." 찰리가 말했다.

"다시는 안 때릴게." 내가 말했다. "잔꾀만 부리지 않으면. 자, 고기 식기 전에 어서 먹어."

소년은 접시를 깨끗이 비웠지만 이내 먹은 것을 다 게워냈다. 너무 오랫동안 음식을 못 먹다가 갑작스럽게 잔뜩 들어가니 위가 받아들이지 못하는 것이었다. 녀석은 땅바닥에 널브러진, 반쯤 소화되다 만 음식을 바라보며 앉아 있었다. 저걸 긁어모아 다시 먹을까 고민하는 듯했다. "어이." 찰리가 말했다. "네가 저기 손대는 순간 총으로 날려버릴 줄 알아." 나는 녀석에게 내 몫을 대부분 덜어주고는, 천천히 먹고서 바닥에 등을 대고 누워 심호흡하라고 알려주었다. 그는 그대로 따랐고, 별 탈 없이 십오 분이 지나갔다. 위에서 요란하게 꾸룩꾸룩 소리가 나긴 했지만. 소년이 일어나 앉더니 물었다. "이따 배고프지 않겠어요?"

"내 동생은 사랑을 위해 단식하는 중이야." 찰리가 말했다.

나는 얼굴이 빨개져서 아무 말도 안 했다. 형이 눈치챘을 줄이야. 그 장난기 가득한 눈을 차마 마주볼 수 없었다.

소년은 나를 보며 설명을 기다렸다. "여자친구가 있어요?" 나는 여전히 입을 닫고 있었다. "나도 여자친구가 있었어요." 녀석이 말했다. "적어도 아빠와 함께 테네시를 떠날 때까지는 내 여자였죠."

찰리가 물었다. "어쩌다 말도 음식도 없이 마차 세 대에 너 혼자 남겨진 거지?"

소년이 대답했다. "원래 여럿이서 캘리포니아의 강으로 가고 있었어요. 나랑 아빠랑 지미 삼촌이랑 톰 삼촌, 그리고 톰 삼촌의 친구랑 그 아내까지요. 그런데 아주머니가 먼저 죽어버렸어요. 음식을 계속 토하기만 했거든요. 아빠 말로는, 애초에 데려온 게 잘못이래요. 내 생각도 그래요. 우리는 아주머니를 묻고 다시 출발했죠. 그랬는데 톰 삼촌 친구가 집에 돌아갔어요. 마차랑 도구는 놓고 가겠다며, 너무 슬퍼서 그냥 돌아가 부인을 애도하고 싶다고 했어요. 아저씨가 400미터쯤 갔을 때 톰 삼촌이 총을 쏴버렸어요."

"그 사람 부인이 죽은 직후의 일이야?" 내가 물었다.

"이삼일 후에요. 삼촌은 맞히려고 한 게 아니라 그냥 겁만 주려고 했던 거예요. 재미 삼아. 삼촌 말로는 그래요."

"썩 친절한 행동은 아니군."

"네, 삼촌은 평생 친절하고 담쌓은 사람이었죠. 그런데 이어서 톰 삼촌이 술집에서 싸움에 휘말려 죽었어요. 배에 칼을 맞았는데, 삼촌 주변에 생긴 피 웅덩이가 마치 카펫이 깔린 듯 보였죠. 솔직히 톰 삼촌이 죽어서 우리 모두 기뻤어요. 같이 지내기 힘든 사람이었거든요. 다른 사람들도 그랬지만 그 인간은 특히 내 머리를 자주 쳤어요. 아무 이유도 없이, 그냥 심심풀이로요."

"너희 아빠가 그러지 말라고 하지는 않던?"

"아빠는 원래 말이 별로 없어요. 고독을 즐기는 부류죠."

"그래서 어떻게 됐는데?" 찰리가 물었다.

"그게, 톰 삼촌이 죽자 삼촌의 말을 팔고 마차도 팔려고 했지만 아무도 사지 않았어요. 형편없는 마차였거든요. 그래서 황소 두 마리로 마차 세 대를 끌게 했어요. 어찌될지 뻔했죠. 황소들이 굶주리고 목말라 죽고 말았어요. 등에 채찍자국이 가득한 채로요. 그래서 나랑 아빠랑 지미 삼촌만 남았죠. 마차는 말들이 끌고, 돈이 빠르게 줄어들고, 음식도 마찬가지였죠. 우리는 서로를 바라보며 모두 같은 생각을 했어요. 젠장."

"지미 삼촌도 고약한 인간이었냐?" 내가 물었다.

"돈을 전부 갖고 튀기 전까지는 좋은 사람이었어요. 그게 이 주전이었죠. 그 인간이 동서남북 어디로 튀었는지도 모르겠어요. 아빠와 나는 여기 발이 묶인 채 앉아서 어찌할지 궁리만 했죠. 그리고 아까 말한 대로, 일주일 전 아빠가 떠났어요. 금방 돌아올 줄 알았는데 왜 이렇게 안 오는지 모르겠어요. 음식을 나눠주어서 고마워요. 어제는 토끼 한 마리를 잡을 뻔하다 놓쳤어요. 어찌나 총알을 잘 피하던지. 게다가 탄약도 충분치 않고요."

"어머니는 어디 있어?" 찰리가 물었다.

"돌아가셨어요."

"유감이군."

"고맙습니다. 하지만 얼굴 한번 본 적이 없어요."

"네 여자친구 얘기나 해봐." 내가 말했다.

"이름은 애나고, 꿀 같은 빛깔의 머리를 가졌어요. 허리까지 길게 내려오는데, 그렇게 깨끗한 머리는 태어나서 처음 봤어요. 그리고 사랑에 빠져버렸어요."

"너도 화답받았니?"

"그게 무슨 뜻인데요?"

"그애도 널 사랑했냐고?"

"그런 것 같지는 않아요. 내가 안고 키스하려 했더니 밀쳐내던 걸요. 마지막에는, 한 번만 더 그러면 아빠랑 오빠들을 시켜 두들겨패주겠다고 했어요. 하지만 내가 부자가 될 것 같으니까 태도를 바꾸더라고요. 캘리포니아의 강에 가면 금이 개구리처럼 널려 있으니 가만히 서서 그릇에 주워담기만 하면 되잖아요."

"정말 그렇게 믿는 거냐?" 찰리가 물었다.

"신문에 그렇게 쓰여 있었어요."

"조만간 환상이 와장창 깨지겠군."

"그냥 거기 도착이라도 하면 좋겠어요. 여기 이렇게 멍하니 죽치고 있는 것도 지겨워요."

"이제 멀지 않았어." 내가 말했다. "저 고개만 넘으면 캘리포니아야."

"아빠가 딱 저쪽으로 갔어요."

찰리가 껄껄 웃었다.

"뭐가 그렇게 재밌죠?" 소년이 물었다.

"아무것도 아냐." 찰리가 대답했다. "굴러다니는 금을 줍느라 바쁜가보구나. 저녁 즈음에는 현금을 잔뜩 들고 돌아올 거야. 아무렴."

"아저씨는 우리 아빠를 몰라요."

"그래?"

소년이 콧방귀를 뀌더니 나를 돌아보았다. "아저씨 여자친구 얘기는 한마디도 안 했잖아요. 머리색이 뭐예요?"

"밤나무 같은 갈색이야."

"진흙 같은 갈색이겠지." 찰리가 말했다.

"왜 그딴 식으로 말하는 거야?" 나는 따져 묻고 가만히 노려보았지만 그는 대꾸하지 않았다.

"이름이 뭐예요?" 소년이 물었다.

나는 대답했다. "내가 알아내야 하는 게 그거야."

소년이 막대기로 땅바닥에 그림을 그렸다. "이름을 몰라요?"

"그 여자 이름은 샐리야." 찰리가 말했다. "나는 아는데 내 동생은 왜 모르는지 궁금하다면, 내 동생도 당연히 궁금해할 테지?"

"그게 무슨 뜻이야?" 나는 날카롭게 물었다. 여전히 대꾸가 없기에 일어나서 그를 내려다보았다. "대체 무슨 뜻이냐고?"

"난 그저 너를 올바른 길로 인도하려는 거야." 찰리가 말했다.

"무슨 말이야?"

"네가 5달러를 주고도 얻지 못한 걸 나는 공짜로 얻었다는 말이지."

나는 말하려다 도로 입을 다물었다. 호텔 계단에서 그녀와 마주쳤던 기억이 났다. 욕조에 물을 받느라 찰리의 방에 갔다오는 듯했는데 무척 기분이 상해 있었다. "대체 무슨 짓을 한 거야?"

"그쪽에서 먼저 제시하던데? 나는 할 생각도 없었다고. 손으로는 50센트, 입으로는 1달러, 거기에 50센트 더 주면 끝까지 해준다기에 나는 끝까지 해버렸지."

머릿속이 쿵쿵 울렸다. 나도 모르게 손이 비스킷을 향했다. "그래서 그 여자가 그렇게 속상해했던 거야?"

"진실을 굳이 알아야겠다면, 서비스가 형편없더라고. 그래서 감안해서 지불했지. 아니, 아예 지불하지 않았다고 해야 하려나. 그랬더니 모욕적으로 받아들이더군. 알겠지만, 네 마음을 알았더라면 나도 그 여자한테 손대지 않았을 거야. 하지만 난 그때 몸이 안 좋았어. 기억하지? 그래서 위로가 필요했다고. 미안해, 일라이. 하지만 그때 내가 느끼기로 그 여자는 누구나 쉽게 차지할 수 있었어."

나는 비스킷을 두 입에 다 먹고 또하나 집어들었다. "돼지기름 어디 있지?" 소년이 나에게 양철통을 건네자 나는 비스킷을 기름에 푹 담갔다.

찰리가 말을 이었다. "네가 5달러를 날린 거야 상관없지만, 아무 이유 없이 굶는 꼴은 더이상 보고 싶지 않았어." 기름진 음식이 들어가자 몸속의 피가 환호하며 용솟음쳤다. 하지만 여자에 관한 새로운 이야기에 충격을 받은 가슴은 먹먹하기만 했다. 나는 자리에 도로 앉아 비스킷을 씹으며 곰곰이 생각에 잠겼다. "돼지고기를 좀더 구울게." 찰리가 평화적으로 제안했다.

"남은 거 다 구워." 내가 말했다.

소년이 셔츠 주머니에서 하모니카를 꺼내더니 손바닥에 대고 톡톡 쳤다.

"식사에 맞는 곡을 불어드릴게요."

2장

캘리포니아

소년이 근처 목재더미에 숨겨둔 말을 캘리포니아 경계까지 함께 데려가면 안 되겠느냐고 물었다. 찰리는 반대했지만 나는 딱히 해될 것도 없다 싶어 녀석에게 오 분 안에 짐을 꾸리라고 말했다. 녀석이 데리고 온 건 병색이 완연한데다 안장도 마구도 없는 자그마한 말이었다. 털이 군데군데 빠져 생살이 드러나고 갈비뼈가 앙상했다. 우리의 염려스러운 표정에 소년이 말했다. "형편없어 보인다는 건 나도 알아요. 하지만 러키 폴은 거미가 벽을 기어오르듯이 이 가파른 산을 오를 수 있어요."

찰리가 나에게 물었다. "네가 할래, 아니면 내가 할까?"

내가 하겠다고 하자 찰리가 물러섰다. 어디서부터 말을 꺼내야 할지 난감했지만 우선 현실적인 문제부터 짚기로 했다.

"안장은 어디 있니?"

"담요가 있어요. 내 전용 충전재도 있고요." 녀석이 자기 엉덩이를 두드렸다.

"재갈은? 고삐는?"

"지미 삼촌이 가져가버렸어요. 나 참. 하지만 문제없어요. 러키 폴은 어디로 가야 할지 잘 알거든요."

"우리는 널 기다려주지 않을 거야."

소년은 밀에게 비스킷을 먹이며 말했다. "지금은 이해가 안 되겠지만 나중에는 알게 될 거예요. 푹 쉬고 잘 먹었으니 녀석도 어서 움직이고 싶어해요."

자신감 어린 말투에서 진심이 묻어났다. 나는 러키 폴이 소년의 말대로 뛰어난 말이기를 빌었지만, 실제로는 아니었다. 소년은 이내 뒤처졌다. 말은 가파른 고갯길을 오르는 데 아예 관심이 없었다. 뒤돌아보니 소년이 말의 머리와 목을 마구 때리고 있었다. 찰리는 껄껄 웃느라 님블에서 굴러떨어질 뻔했다. 나라고 그 광경이 우습지 않았던 건 아니지만 한가하게 웃는 것도 잠시, 이내 우리는 다시 진지하게 길을 나아갔다. 그리하여 네 시간 만에 눈 덮인 정상에 다다랐다. 텁은 눈을 다쳤는데도 전혀 비틀거리지 않았다. 처음으로 녀석과 내가 서로를 알고 이해한다는 느낌이 들었다. 더 좋은 말이 되려고 애쓰는 녀석의 노력이 전해졌다. 어쩌면 나만의 착각이나 바람이었는지 모르지만, 여행하다보면 이런저런 생각이 들기 마련이다.

반대쪽 내리막길은 한결 수월했다. 땅거미가 질 무렵에는 만년설이 쌓인 곳을 벗어나 야영을 했다. 아침 늦게까지 잔 다음 보통 속도로 캘리포니아로 향했다. 오후 늦게 높다란 소나무가 빽빽한 숲으로 들어섰다가 굽이굽이 이어지는 자그마한 강과 마주쳐서 잠시 멈추었다. 바로 눈앞에, 정신 멀쩡하던 수천 명의 남녀가 집도 가족도 영원히 등지고 떠나도록 이끈 문제의 강이 흐르고 있었다. 우리 둘은 잠자코 강을 바라보았다. 마침내 찰리가 주체 못하고 말에서 내려 강가에 쪼그려 앉더니 젖은 모래를 한 움큼 퍼올려 손가락으로 이리저리 뒤적였다.

나는 맞은편 강가의 400미터 북쪽에 있는 천막을 주시했다. 수염으로 뒤덮이고 꼬질꼬질하기 짝이 없는 고독한 얼굴이 천막 안쪽에서 내다보았다. 한 손을 들어 인사했지만 얼굴은 도로 쏙 들어가버렸다. "저기 진짜 살아 있는 금 채굴꾼이 있는 모양이야." 내가 말했다.

"너무 외진 곳에서 일하는데, 안 그래?"

"우리가 알 게 뭐야. 한번 들러서 어떻게 사는지 볼까?"

찰리가 모래를 도로 던졌다. "이 강에는 아무것도 없어, 형제."

"궁금하지 않아?"

"정 궁금하면 너나 가봐. 나는 볼일이나 보련다. 시시껄렁한 호기심에 소중한 시간을 낭비할 수야 없지."

찰리는 숲으로 걸어갔고 나는 텁을 몰고 상류로 가서 강 너머로 소리쳐 인사했다. 턱수염 남자는 기척이 없었다. 천막 앞에 부츠 한 켤레가 놓여 있고, 구덩이에 자그마한 모닥불이 지펴져 있었다. 안장이 땅바닥에 놓여 있었지만 말은 보이지 않았다. 내가 다시 소리쳐봤으나 여전히 묵묵부답이었다. 막대한 재물에 대한 정보를 공유하느니 차라리 맨발로 숲속으로 달아나는 편을 택한 것일까? 아니, 황량한 야영지의 정경을 보니 이자는 전혀 성공을 거두지 못한 게 뻔했다. 금을 탐하긴 하지만 정작 캘리포니아 특유의 말벌 둥지를 극복할 만큼 강렬한 갈망은 없는 사람이었다. 아무것도 못 찾고 굶주리다 미친 사람처럼 혼잣말이나 하다 죽겠지. 그의 벌거벗은 시신을 찌르레기가 쪼는 광경이 눈앞에 그려졌다. "어느 추운 날 아침에." 나는 말했다.

그 순간, 뒤에서 소총의 공이치기를 당기는 소리가 들렸다. "추운 날 아침이 뭐?" 내가 두 손을 들자 금 채굴꾼은 껄껄 웃으며 우위를 즐겼다.

"강바닥 아래 땅굴이 있을 줄은 몰랐겠지?" 총구가 내 허벅지를 아프게 찔러서 돌아보려 했다. "날 보기만 해봐. 대가리를 날려버릴 테니." 그가 씩씩거렸다.

"이럴 필요 전혀 없어." 나는 말했다. "당신을 해칠 뜻이 없다고."

그가 다시 내 다리를 쿡 찔렀다. "나는 아닌데, 어쩌나?" 그리고 애석하다는 듯 새된 웃음을 터뜨렸다. 미쳐버렸거나 미쳐가는 중이지 싶었다. 이자를 내버려두라던 찰리의 말이 옳았음을 깨닫고 짜증이 치밀었다. "당신 사냥꾼이지? 그치?" 그가 물었다. "뻘건 암컷 곰을 찾고 있지?"

"붉은 암컷 곰에 대해선 모르는데."

"여기 근처에 뻘건 암컷 곰이 하나 있어. 메이필드가 그 곰에 100달러를 현상금으로 걸었고. 그래서 곰 가죽을 노리는 사냥꾼들이 미친듯이 몰려오고 있지. 어제 아침에도 3킬로미터 북쪽에서 그 곰을 봤어. 한 발 쐈지만 너무 멀었지."

"그 곰이 뭘 어쨌든 관심 없어. 메이필드라는 사람도 모르고."

그가 내 다리를 다시 찔렀다. "야, 이 새끼야. 그 자식하고 같이 왔잖아. 내 강변에서 모래 확인하는 거 다 봤어."

"그 사람은 우리 형 찰리야. 우리는 오리건에서 내려왔고 이쪽은 처음이라 동네 사람은 아무도 몰라."

"메이필드는 이 지역 우두머리야. 내가 물자를 구하러 마을에 간 사이 사람들을 보내 내 야영지를 쑥대밭으로 만들었어. 아까 그 인간 메이필드가 아닌 거 확실해? 멍청하게 껄껄대는 얼굴을 분명히 봤는데."

"그 사람은 찰리라니까. 볼일을 보러 숲으로 들어갔어. 우리는 금을 채굴하러 남쪽으로 가던 길이야."

그가 텁의 반대쪽으로 돌아갔다가 다시 오는 소리가 났다. "장비는 어딨지?" 그가 물었다. "금을 채굴한다면서 장비도 없이 가?"

"새크라멘토에서 살 생각이야."

"그렇게 생각 없이 되는대로 굴었다간 돈만 날려. 바보나 도시에서 장비를 사지."

나는 이 화제에 딱히 할말이 없었다. 그가 내 허벅지를 찌르며 말했다. "내 말 안 들려?" 입을 다물고 있자 또 찔렀다.

"그만 좀 찔러."

그가 나를 찔렀다. "왜, 싫어?" 또 한번.

"그만하면 좋겠는데."

"네가 뭘 좋아하든 말든 내가 뭔 상관이야!" 이번에는 얼얼해진

다리에 총구를 꾹 눌러댔다. 그때 멀리서 나뭇가지 부러지는 소리가 나고 그가 돌아보느라 총구의 압박이 느슨해졌다. 나는 총열을 움켜쥐고 확 잡아당겼다. 금 채굴꾼은 숲 쪽으로 내뺐다. 몸을 돌려 방아쇠를 당겼지만 장전이 되어 있지 않았다. 내 권총을 꺼내려는데 찰리가 나무 뒤에서 걸어나와 도망가는 금 채굴꾼을 향해 태연히 총을 쏘았다. 총알은 그놈 머리에 맞았고, 뒤통수가 바람에 날리는 모자처럼 대가리에서 떨어져나갔다. 나는 말에서 내려 경련하는 시신을 향해 절뚝절뚝 걸어갔다. 다리가 어찌나 얼얼한지 분노가 치밀었다. 그자의 머리는 자주색 피로 범벅이고 뇌주름 사이에 거품이 부글부글 일었다. 나는 발을 들어올렸다가 부츠 굽에 체중을 실어 총상 구멍을 힘껏 내리찍었다. 남아 있던 두개골마저 함몰되어 죄 납작해지는 바람에 더이상 사람 머리로 보이지 않았다. 발을 드니 꼭 진창에서 빼내는 느낌이었다. 나는 시신 곁을 떠나 정처 없이 걸었다. 오로지 나 자신의 분노로부터 벗어나기 위해. 찰리가 내 이름을 불렀지만 따라오지는 않았다. 내가 이럴 때는 홀로 두는 편이 낫다는 것을 알고 있었다. 나는 800미터쯤 걸어가 가지가 넓게 퍼진 소나무 아래 앉아서 무릎을 가슴에 꼭 붙이고 온몸을 긴장했다 이완시켰다. 이를 너무 악다물어서 턱이 부러지겠다 싶어 가죽 칼집을 물었다.

이윽고 무릎을 꿇고 상체를 일으켜 바지를 내리고 다리 상태를 확인했다. 피부가 새빨개져 있었다. 선명히 찍힌 동그란 총구, 아니 정확히는 연달아 찍힌 총구 모양이 여섯 개의 붉은 0자를 그리고 있었다. 이 꼴을 보니 또다시 좌절감이 들고, 그자가 다시 살아나 내 손으로 직접 천천히 죽일 수만 있다면 얼마나 좋을까 싶었다. 돌아가서 그놈 시신을 훼손해주겠다고, 배때기에 총알을 박아넣겠다고 생각하면서 자리에서 일어났다. 하지만 다행히도 이내 마음을 돌렸다. 바지는 여전히 내려진 채였다. 나는 마음을 추스른 후 성기를 잡고 체면 구기는 짓을 했다. 어린 시절 욱하는 성질이 문제되었을 때 어머니에게 이렇게 하면 차분해진다고 배운 후로 무척 유용하게 써먹는 방법이었다. 끝나자 강으로 돌아갔다. 마음이 허하고 차갑긴 했지만 더이상 화가 나지는 않았다. 그자가 왜 나한테 시비를 걸었는지 도통 이해되지 않았다. 부당한 괴롭힘을 당하면 나는 늘 이성을 잃는다.

그자의 '소위' 땅굴을 찾아보았다. 나무 버팀대가 받쳐져 있고 랜턴이 걸린, 고개를 들고 다닐 수 있는 굴을 상상했지만 실제로는 간신히 기어서 통과할 정도밖에 되지 않았다. 강폭이 불과 몇 미터 정도로 가장 좁은 지점이었다. 우리는 시신을 끌고 와서 굴에 밀어넣었다. 내가 턱을 타고 땅 위를 몇 번 오가자 굴이 무너져내렸다. 그는 소지품도 거의 없었다. 주머니칼, 파이프, 편지 한 통. 그와 함께 묻은 편지의 내용은 다음과 같았다.

사랑하는 어머니

저는 외로이 지내고 있습니다. 이곳은 낮이 깁니다. 저의 좋은 벗이었던 말이 그만 죽고 말았습니다. 어머니가 해주던 음식이 떠오를 때면 내가 대체 여기서 뭘 하고 있나 싶어요. 곧 집으로 돌아갈 수 있으리라 봅니다. 거의 200달러어치의 사금을 채

취했거든요. 원하던 만큼은 아니지만 지금으로서는 만족합니다. 누이는 어떻게 지내나요? 딱히 그립지는 않지만요. 그 뚱보와 결혼했나요? 그 인간이 누이를 아주 멀리 데려갔길! 연기냄새가 언제나 코끝에 맴돕니다. 소리내어 웃은 게 언제였는지도 기억이 안 나네요. 어머니! 조만간 이곳을 떠날 겁니다.

사랑을 담아
아들 드림

지금 돌이켜보니 그 편지를 대신 부쳐줄 걸 그랬다. 하지만 앞서 말했듯이, 한번 열받았다 하면 눈에 뵈는 게 없는 내게 그런 생각이 떠오를 리 만무했다. 흐르는 차가운 물 아래 묻힌 머리 없는 해골을 떠올리면 쓸쓸함이 밀려든다. 죽어 마땅한 놈이었지만, 이성을 잃고 폭발한 것이 후회된다. 통제력의 상실은 두렵다기보다 무척 당혹스럽다.

시신을 처리하자 찰리와 나는 금을 찾아 주변을 뒤지기 시작했다. 쉽게 찾을 수 있었다. 야영지에서 20미터쯤 떨어진 곳에 그놈이 작은 나뭇가지로 십자가를 엮어 표시해둔 것이다. 200달러어치는 안 될 듯했지만 금가루나 조각을 다뤄본 적이 없어서 확신하지 못했다. 우리는 그것을 반씩 나눠가졌다. 나는 내 몫의 사금을 안장 가방 안에서 찾아낸 낡은 담배 주머니에 넣었다.

찰리는 그놈의 거처에서 밤을 보냈다. 나도 그러려고 했지만 죽은 남자와 말의 냄새가 코를 찔러 견딜 수 없었다. 말은 토막토막 잘려 천막 안쪽의 임시 건조대에 놓여 있었다. 그 유독한 냄새와 씨름하느니 차라리 별들을 지붕 삼아 모닥불 곁에서 자기로 했다. 춥긴 했지만 흔히 '겨울의 무게'라고 불리는 추위는 아니었다—살이 시릴 뿐 뼈와 근육까지 얼어붙을 만큼은 아니었다. 동이 트고 삼십 분쯤 지나 천막에서 나온 찰리는 얼굴이 십 년은 삭아 보이고 훨씬 꼬질꼬질해져 있었다. 가슴을 툭툭 치자 먼지구름이 피어올랐다. 그는 아침 목욕을 하는 게 좋겠다고 결정하고 금 채굴꾼의 냄비 하나를 꺼내 강가에서 물을 받은 뒤 모닥불에 올렸다. 그러고는 수심이 깊은 곳을 찾아내 옷을 벗고 뛰어들더니 차갑다며 새된 비명을 질러댔다. 나는 강기슭에 앉아 그가 물을 튀기고 노래를 부르는 모습을 바라보았다. 그는 전날 밤 술을 입에 대지 않았고, 변덕스러운 그에게 시비를 걸 만한 사람도 주변에 없었다. 형이 순수하게 행복해하는 보기 드문 광경에 나도 모르게 감상적이 되었다. 좀더 젊은 시절 찰리는 종종 즐겁게 노래를 부르곤 했다. 그러다 제독과 어울리기 시작하면서 예민하고 거친 남자가 되었다. 눈 덮인 높은 산들로 에워싸여 반짝이는 강물에서 즐겁게 뛰노는 찰리를 보고 있자니 한편으로 슬펐다. 그는 예전의 자아를 되찾은 듯했지만 그래봐야 잠시뿐, 이내 현재의 모습으로 돌아오리라는 걸 나는 알고 있었다. 그가 벌거벗은 채 강기슭을 후다닥 올라와 모닥불 곁에 섰다. 추위에 성기가 쪼그라들어서는, 수영을 하면 늘 어린 시절로 돌아간 기분이 든다고 농담을 했다. 그리고 모닥불에서 냄비를 들어올려 머리 위로 뜨거운 물을 끼얹었다. 덕분에 또 한바탕 기쁨에 찬 비명과 고함이 터져나왔다.

아침식사 후에 나는 찰리가 기분이 좋은 지금이 기회다 싶어 칫솔질을 한번 해보라고 권했다. "그래, 그거야." 나는 말했다. "위로 아래로. 자, 이제 혀를 박박 긁어." 그는 숨을 들이쉬어 혀에서 맴도는 박하향을 만끽하고는 놀라워했다. 그리고 칫솔과 치약을 돌려주며 말했다. "근사한데."

"그러게 내가 뭐랬어."

"머릿속이 다 맑아지는 느낌이야."

"샌프란시스코에서 형 칫솔을 사면 어떨까?"

"그래, 그게 좋겠다."

떠날 채비를 하고 있을 때 강 건너편 숲에서 소년과 러키 폴이 나왔다. 소년은 얼굴과 머리가 온통 피범벅인 것이 빈사 상태로 보였다. 나를 보고 한 손을 들었으나 바로 말에서 떨어졌다. 그리고 땅바닥에 뻗어 꼼짝도 하지 않았다. 러키 폴은 그런 소년에 아랑곳없이 강으로 가 물을 마셨다.

소년을 강물에 처넣자 화들짝 놀라며 깨어났다. 우리를 보고 반색하더니 몸을 일으켜 앉으며 재미있어했다. "흐르는 물에 내던져지기는 난생처음이에요." 그가 손바닥으로 강물을 찰싹 쳤다. "와, 씨, 차가워."

"어쩌다 이 꼴이 된 거야?" 내가 물었다.

"숲 초입에서 말을 탄 사냥꾼 네 명과 마주쳤어요. 붉은 곰을 찾고 있다더군요. 그런 곰을 못 봤다고 하자 그자들이 몽둥이로 내 머리를 쳤어요. 내가 흙바닥으로 떨어지니까 웃으면서 떠나갔죠. 정신이 들자 말에 올랐고, 폴이 알아서 아저씨들한테 온 거예요."

"우리한테 온 게 아니라 강물을 찾아서 온 거야." 찰리가 말했다.

"아니에요." 소년이 러키 폴의 얼굴을 톡톡 두드리고 쓰다듬으며 말했다. "녀석은 나랑 생각이 통해요. 그래서 필요한 일을 한 거예요.”

찰리가 말했다. “꼭 내 동생이랑 텁처럼 구는군.” 그리고 나를 돌아보았다. “너, 이 녀석이랑 친하게 지내야겠다. 무슨 위원회나 협회라도 만들지그래.”

“그자들이 어느 쪽으로 갔지?” 나는 소년에게 물었다.

“저능 동물 보호협회 같은 거.” 찰리가 말했다.

소년이 대답했다. “메이필드로 돌아간다고 말하는 걸 들었어요. 그게 마을 이름인가요? 아버지가 거기 있을지도 모르겠네요.”

“메이필드는 이 지역 우두머리의 이름이야.” 나는 어느 잡기 힘든 곰의 가죽에 현상금 100달러가 걸려 있다던 금 채굴꾼의 말을 찰리에게 전했다. 그는 곰 가죽에 그런 거액을 내겠다는 인간은 머저리라고 대꾸했다. 얼굴과 머리에서 피를 씻어내던 소년이 100달러만 있으면 평생 필요한 걸 다 살 수 있겠다고 말했다. 나는 강 건너 야영지를 가리키면서 모닥불에 몸을 말리고 천막을 임시 거처로 삼으라고 말했다. 이 말에 소년은 어리둥절했다. “아저씨들이랑 같이 갈 생각인데요.”

“아니, 안 돼.” 찰리가 말했다. “한 번은 웃고 넘겼지만 그걸로 끝이야.”

“이제 고개도 넘었으니 러키 폴이 제대로 실력 발휘를 할 거예요.”

“지난번에는 산길에 강한 녀석이라며.”

“평지에서는 기름처럼 매끈하게 달리죠.”

“절대 안 돼.” 찰리가 말했다.

소년이 애처로운 얼굴로 나에게 간청했지만 나는 네 갈 길이나 가라고 했다. 급기야 녀석이 울음을 터뜨리자 찰리가 한 대 치려고 나섰다. 내가 말리니 홱 뿌리치고 천막으로 돌아가 짐을 꾸렸다. 뭐가 문제인지 모르겠지만, 나조차 그저 소년을 보기만 해도 머리를 한 대 때리고 싶어졌다. 그야말로 폭력을 부르는 머리였다. 녀석은 이제 본격적으로 울고 있었다. 콧구멍으로 콧물이 줄줄 흐르며 거품까지 맺혔다. 오른쪽 콧구멍의 거품이 탁 터지기 무섭게 왼쪽 콧구멍에 거품이 생겼다. 나는 알아듣게 설명했다. 우리는 어린 애를 돌볼 여유가 없다고, 서둘러 이동해야 하는 위험한 여정이라고. 그래봐야 아무 소용 없는 듯했다. 자기 슬픔에 깊이 빠져서 내 말이 들리지도 않는 눈치였다. 녀석이 질질 짜는 것을 그치지 않으면 내가 두들겨팰지도 모르겠다는 두려움에, 결국 강 건너 금 채굴꾼의 야영지로 끌고 가서는 안장 가방에서 담배 주머니를 꺼냈다. 그리고 금을 보여주며 말했다. "이거면 고향에, 여자친구에게 돌아갈 수 있을 거야. 네 머리가 어깨에 온전히 붙어 있기만 하면 말이지. 저 천막 안에 말고기가 있어. 러키 폴이랑 나눠 먹고 오늘밤은 여기서 쉬는 거야. 그리고 동이 트자마자 돌아가도록 해. 왔던 길을 그대로 따라서." 나는 녀석에게 담배 주머니를 건넸다. 소년은 우두커니 서서 손에 쥔 주머니를 뚫어져라 보고 있었다. 곁눈으로 이 과정을 보고 있던 찰리가 우리 곁으로 와 섰다.

"뭐하는 거야?" 그가 나에게 물었다.

"정말 나한테 주는 거예요?" 소년이 말했다.

"대체 왜 이러는 거야?" 찰리가 물었다.

나는 소년에게 말했다. "고개를 넘어 쭉 북쪽으로 가. 잭슨빌에 도착하면 보안관을 찾아가서 상황을 설명해. 믿을 만한 사람인 것 같으면 금을 현금으로 바꿔달라고 부탁하고."

"우와!" 소년이 손안의 담배 주머니를 톡톡 던져 튕기며 말했다.

"난 반대야." 찰리가 말했다. "돈을 이렇게 날려버리다니."

나는 대꾸했다. "어차피 거저주운 돈이잖아. 우리가 궁한 것도 아니고."

"거저주운 돈이라고? 과연 그럴까? 왜 나는 건전하게 기지주운 행위 말고 뭔가 다른 일이 기억나는 걸까?"

"암튼 형 몫이 아니라 내 몫을 준 거야."

"내 몫 얘기가 여기서 왜 나와?"

"그러니까 그만 신경 끄라고."

"누가 뭐래?"

"그럼 됐어." 나는 다시 소년에게 집중하며 말했다. "보안관이 금을 바꿔주면 우선 새 옷을 사 입어. 더 나이들어 보이도록 차려 입어야 해. 되도록 커다란 모자를 사서 머리를 아예 가리는 게 나을 거야. 그리고 새 말도 마련하고."

"러키 폴은요?" 소년이 물었다.

"값을 얼마를 받든 팔아치워. 만약 사겠다는 사람이 없으면 그냥 버리는 게 좋을 거다."

소년이 고개를 저었다. "러키 폴하고는 절대 못 헤어져요."

"그럼 절대 고향에 못 돌아가. 녀석 때문에 시간을 지체하다가 돈이 다 떨어질 테고, 둘 다 굶어죽게 될 거야. 난 지금 너를 도우려는 거야. 그걸 모르겠냐? 내 말을 안 듣겠다면 금을 도로 가져가겠어."

소년은 입을 꾹 다물고 있었다. 나는 모닥불에 장작을 던져넣고 해가 지기 전에 옷을 잘 말리라고 지시했다. 녀석은 옷을 벗기는 했지만 널어두지 않고 진흙과 모래 위에 무더기로 쌓았다. 벌거벗은 녀석은 심통 나고 좌절감에 차서 우리 앞에 쭈뼛쭈뼛 섰다. 옷을 입었을 때도 매력이라곤 없었지만 나체를 보니 꼭 염소 같았다. 녀석이 또 울기 시작해서 나는 이만 손을 떼어야 할 신호라고 받아들였다. 텁에 올라타 녀석이 무사히 돌아가기를 빌어주었지만 어차피 빈말이었다. 의심할 여지 없이, 녀석은 저주받았기 때문이다. 저런 놈에게 금을 준 건 실수였지만 이제 와서 뺏을 수도 없는 노릇이었다. 녀석은 우두커니 서서 우리가 떠나가는 모습을 바라보며 울고 있었다. 그 뒤에서 러키 폴이 천막을 안에서 무너뜨리고 있었다. 나는 생각했다. 머릿속에 분류하고 저장해둘 불행한 이미지가 또하나 늘었군.

우리는 남쪽으로 향했다. 강기슭은 모래밭이지만 단단히 다져져 있어서 편하게 강을 사이에 두고 따로 떨어져 나아갔다. 햇살이 나무우듬지 사이를 비집고 들어와 얼굴을 데웠다. 반투명한 강물 아래 1미터는 됨직한 송어가 상류로 거슬러올라가고 있었다. 살이 통통하게 오른 몸으로 느긋하게 물살을 버티며 멈춰 있기도 했다. 찰리가 건너편에서 소리쳤다. 캘리포니아에 깊은 인상을 받았다고, 대기에 뭔가 특별한 게 있다고. 그는 '행운의 기운'이라고 표현했다. 나는 딱히 그런 걸 느끼지는 않았지만 그가 말하려는 바는 이해되었다. 그것은 이 흐르는 강물 같은 좋은 경치가 아름다움으로 마음을 달래줄 뿐만 아니라 황금빛 부를 선사할지도 모른다는 생각이었다. 대지 자체가 나를 보살피고, 나를 아껴준다는 생각. 골드러시*로 알려진 현상을 둘러싼 히스테리의 근원에는 바로 이런 생각이 자리해 있는지도 모르겠다. 사람은 운이라는 막연한 느낌을 갈망한다. 불행한 대중은 다른 사람들, 또는 어떤 목적지의 행운을 빌리거나 빼앗고 싶어한다. 유혹적인 개념이지만 주의해야겠다 싶었다. 나에게 행운이란 강인한 의지로 획득하거나 만들어내는 것이기 때문이다. 정직하게 쟁취해야지 속임수를 쓰거나 허세를 부려 얻을 수 있는 것이 아니다.

하지만 바로 그때, 이런 내 생각이 틀렸다고 캘리포니아가 증명하기라도 하는 일이 일어났다. 잠시 멈추어 물을 마시고 있는데 붉은 암컷 곰이 숲에서 나와 30미터도 채 안 되는 거리에서 강을 건너는 것이다. 다 자란 암컷 곰은 금빛이 도는 연한 적갈색이리라는 나의 상상과 달리 사과처럼 새빨겠다. 곰은 우리를 흘끗 보더니 숲으로 걸어들어갔다. 찰리가 권총을 점검하고 뒤를 쫓았다. 내가 가만히 서 있자 대체 뭘 기다리느냐고 물었다.

"그 메이필드라는 작자가 어디 사는지도 모르잖아." 나는 말했다.

"하류에 살겠지."

"우린 오전 내내 강을 따라 내려왔다고. 이미 지나쳐버렸다면? 죽은 곰을 내 말에 짊어지고 언덕과 산을 오르내리고 싶진 않아."

"메이필드는 가죽만 원해."

"그럼 누가 가죽을 벗겨?"

"한 사람이 쏘아 맞히면 다른 사람이 벗기는 거지." 그가 님블을 두고 걸어갔다. "정말 같이 안 갈 거야?"

---

*19세기 중반 미국에서 수많은 사람이 금을 채취하기 위해 서부로 몰려든 현상.

"뭐하러 잡아야 하는지 모르겠군."

"그럼 칼이나 준비해놔." 찰리는 휭하니 숲으로 달려갔다. 나는 한동안 가만히 서서 헤엄치는 송어를 보거나 팁의 악화되어가는 눈을 살피며 찰리의 총성이 울리지 않기를 헛되이 빌었다. 하지만 그는 예리한 추적자이자 뛰어난 명사수였다. 오 분 후 총성이 울리자 나는 운명을 받아들이고 칼을 챙겨 소리가 난 곳으로 갔다. 땅바닥에 쓰러진 짐승 옆에 찰리가 앉아 있었다. 숨을 헐떡이며 웃다가 곰의 배를 발로 쿡 찔렀다.

"100달러가 얼마나 큰돈인지 알아?" 모른다고 하자 그가 말했다. "자그마치 100달러라고."

나는 곰을 등이 바닥에 닿도록 굴리고 가슴 중앙에 칼을 꽂았다. 동물의 내장은 깨끗하지 않으며 사람의 것보다 불결하다는 느낌이 항상 들었다. 물론 우리가 몸속에 들이붓는 술 같은 독극물을 고려하면 터무니없는 생각이지만 도저히 떨칠 수가 없었다. 따라서 곰의 가죽을 벗겨야 하는 이 상황이 끔찍하고 원망스러웠다. 찰리는 숨을 돌리더니 메이필드라는 우두머리의 거처를 찾아보겠다며 자리를 떴다. 몇 킬로미터 전에 강에서 서쪽으로 이어지는 흔적을 보았다는 것이다. 사십오 분 후, 나는 손과 팔뚝에서 곰의 털과 피를 씻어냈다. 시커먼 눈구멍이 뚫린 가죽이 양치식물 무리 위에 펼쳐져 있었다. 가죽을 잃고 내 앞에 모로 누운 사체는 더이상 암컷도 수컷도 아닌, 그저 갈가리 찢긴 고깃더미에 불과했다. 엉덩이가 뚱뚱한 파리떼가 환장하며 모여들어 우글댔다. 어찌나 많이 꼬였는지 곰의 살은 거의 보이지도 않았다. 요란한 윙윙 소리에 내 머릿속 생각도 들리지 않을 지경이었다. 파리는 왜, 어떻게 이런 소리를 낸단 말인가? 마치 고함치는 것 같지 않은가? 윙윙 소리가 느닷없이 뚝 그치자 나는 손 씻기를 멈추고 고개를 들었다. 더 큰 포식자가 와서 날아가버린 줄 알았는데 파리는 모두 곰에 들러붙어 가만있었다. 그저 날개만 기분에 따라 펼쳤다 접었다 할 뿐이었다. 무엇 때문에 일제히 침묵한 걸까? 나는 결코 알 수 없을 것이다. 파리가 다시 요란하게 윙윙대기 시작하고 나서야 찰리가 새된 휘파람을 불며 정찰에서 돌아왔다. 그의 인기척에 파리들이 시커먼 떼를 이루며 날아올랐다. 사체를 보고 형이 즐겁게 인사말을 건넸다. "하느님의 작은 도살자군. 하느님의 칼이자 양심이어라."

메이필드 씨의 잘 꾸민 응접실처럼 동물 가죽과 머리와 솜으로 채운 매와 올빼미가 한데 잔뜩 모여 있는 곳을 나는 이때껏 본 적이 없다. 그곳은 메이필드 마을에 하나뿐인 호텔에 있었다. 호텔 이름도 메이필드에서 따온 메이필드스라는 사실은 별로 놀랍지 않았다. 이름의 주인은 책상에 앉아 있고, 앞에는 자욱한 시가 연기가 커튼처럼 드리워져 있었다. 우리의 직업도 정체도 방문 목적도 모르지만 그는 굳이 일어나 악수를 청하거나 인사말을 건네지 않았다. 머리를 잘 얻어맞는 소년이 묘사한 인상착의의 사냥꾼 네 명이 그의 양쪽에 둘씩 서 있었다. 거대한 덩치에, 염려의 기색이라곤 눈곱만치도 없이 자신만만하게 우리를 내려다보았다. 그러나 내 눈에는 용감하다기보다 골이 비어 보였다. 게다가 복장이 우스꽝스러우리만치 과해서 저렇게 온몸에 털과 가죽과 끈과 권총과 칼을 칭칭 두른 상태로 과연 똑바로 서 있을 수나 있는지 의아했다. 머리카락은 길고 지저분했으며 모자는 각각 잘 어울렸지만 난생처음 보는 종류들이었다. 운두가 높고 뾰족하며 챙은 널따랗고 흐느적거렸다. 저토록 괴상한 차림인데 어떻게 다들 비슷한지 의문이었다. 분명 저들 중 하나가 먼저 시작했으리라. 나머지가 자신을 따라 했을 때 그는 기분이 좋았을까, 아니면 너도나도 흉내내는 바람에 개인적 재능이 평가절하된다며 짜증스러워했을까?

메이필드의 책상 상판은 중간 크기의 소나무 그루터기였다. 대략 지름 1.5미터, 두께는 10에서 13센티미터쯤 되어 보였고 나무 껍질이 그대로였다. 내가 손을 뻗어 두툼한 껍질을 만지자 메이필드가 처음으로 입을 열었다. "뜯지 말게, 젊은이." 손을 휙 거두고 나니 질책을 듣자마자 순순히 그 권위에 굴복했다는 사실에 창피함이 몰려왔다. 그는 찰리에게 설명했다. "사람들이 워낙 껍질을 잡아뜯는 걸 좋아해서. 그것 때문에 미칠 지경이야."

"뜯으려던 게 아니라 그냥 만져봤을 뿐입니다." 상처받은 듯한 말투가 나오는 바람에 내 마음은 두 배는 더 빠르게 불편해지고 말았다. 나는 그 책상을 지금껏 접한 것들 중 가장 바보 같은 가구라고 결론내렸다.

찰리가 암컷 곰의 가죽을 건네자 메이필드의 얼굴은 소화불량이 역력한 표정에서 벌거벗은 젖가슴을 처음 보는 남자애의 표정으로 일변했다. "아!" 그가 소리쳤다. "아하!" 책상에는 각각 크기만 다르고 모양은 같은 황동 종이 세 개 놓여 있었는데, 그가 가장 작은 종을 흔들자 호텔에서 일하는 노파가 들어왔다. 곰 가죽을 자기 뒤쪽 벽에 걸라는 지시에 노파는 가죽을 탁 펼쳤다. 하지만 내가 제대로 긁어내지 않은 탓에 안쪽에 붙어 있던 시뻘건 지방과 피가 사방으로 튀어 유리창에 쩍쩍 달라붙었다. 역겨움에 얼굴을 찡그린 메이필드가 가죽을 깨끗이 만들어오라고 지시했다. 노파는 가죽을 도로 말고는 눈을 내리깐 채 응접실을 나갔다.

그사이 곰 가죽을 쟁취하는 영광을 빼앗겨 기분이 상한 사냥꾼들은 우리에게 무례하게 굴 기회만 엿보고 있는 듯했다. 이를 차단하기 위해 내가 우리 이름을 밝히자 그들은 입을 다물었다. 이제는 더욱 적의에 차서 우리를 미워하겠지만 겉으로 티를 내지는 못하리라. 찰리는 그자들이 너무 웃긴 나머지 참지 못하고 한마디했다. "당신들 넷은 무슨 옷 겹쳐입기 대회에라도 나가나?"

이 말에 메이필드가 껄껄 웃었다. 사냥꾼들은 서로를 어색하게 보았다. 그중 덩치가 가장 큰 자가 말했다. "이 지역 풍습을 모르나 보군."

"여기서 계속 지내다보면 나도 버펄로 꼴로 다니게 되려나?"

"여기서 지낼 건가?"

"지금은 그냥 지나가는 길이야. 하지만 이 고장을 잘 알고 싶어지는군. 돌아오는 길에 다시 들르더라도 놀라지 말라고."

"나는 세상 어떤 것에도 놀라지 않아."

"어떤 것에도?" 찰리가 놀라워하며 나를 향해 윙크했다.

메이필드가 사냥꾼들을 내보냈다. 어스름이 짙어지자 방에 불을 밝힐 사람을 불렀다. 중간 크기의 종을 울리니 아까와 다른 소리가 나고 다른 사람이 들어왔다. 열한두 살 먹은 중국인 남자아이였다.

아이는 놀라우리만치 정확한 동작과 가벼운 발걸음으로 돌아다니며 촛대마다 불을 붙였다. 단 0.5초도 허비하는 법이 없었다. 찰리가 말했다. "마치 자기 목숨이 달린 것처럼 움직이는군요."

"자기 목숨이 아니라 가족의 목숨이 달렸지." 메이필드가 말했다. "가족을 중국에서 데려오려고 돈을 모으고 있거든. 여동생과 어머니와 아버지. 아버지가 불구야. 솔직히 저 녀석이 하는 말의 반도 못 알아듣겠지만, 그래도 꼬마 새끼가 깡충거리며 일은 잘해." 아이가 작업을 마치자 응접실이 환해졌다. 녀석이 메이필드 앞에 서서 비단 모자를 벗고 절을 했다. 메이필드가 박수를 짝 치고 말했다. "자, 춤을 춰봐, 되놈!" 그 말에 아이는 품위라곤 없이 미친듯이 춤을 추었다. 뜨거운 석탄 위에 맨발로 선 사람 같았다. 결코 보기 좋은 광경은 아니었다. 아까까지 메이필드에 대한 판단을 못 내리고 있었다면 이제는 마음을 정할 수 있었다. 그가 다시 박수를 치자 아이는 지쳐서 숨을 헐떡이며 무릎을 꿇고 엎드렸다. 동전 한 움큼이 바닥에 던져졌고, 아이는 그것들을 모자에 주워담았다. 그리고 일어나 절을 한 뒤 발소리 하나 내지 않고 응접실에서 나갔다.

이윽고 노파가 붉은 가죽을 들고 돌아왔다. 불순물을 긁어내고 큰북에 가죽을 씌우듯이 팽팽히 당겨 받침대에 고정해놓았다. 크고 무거운 받침대를 문턱 너머로 잡아당기는 노파를 도와주려고 일어서자 메이필드가 내 귀에 다소 퉁명스럽게 들리는 투로 명령했다. "혼자 알아서 하게 두게." 노파는 기이한 빛깔의 곰 가죽을 우리 모두가 볼 수 있도록 받침대를 한구석으로 끌고 갔다. 그리고 이마를 훔치고 무거운 걸음으로 방에서 나갔다.

나는 말했다. "이런 일을 하기에는 너무 나이가 많아 보이는데요."

메이필드가 고개를 저었다. "노파지만 기운이 팔팔해. 나도 더 간단하고 쉬운 일을 시키려고 했지만 말을 안 듣더군. 열심히 일하는 걸 즐기지. 본인이 좋다는데 어쩌겠나."

"즐거워 보이지 않던걸요. 혹시 속으로만 기뻐서 낯선 사람은 눈치채지 못하는지도 모르겠지만."

"그 점에 대해선 더이상 신경쓰지 않는 게 좋을걸."

"그다지 신경쓴다고 할 수는 없는데요."

"내가 신경쓰이게 하고 있잖아."

찰리가 말했다. "가죽값을 계산할까요."

메이필드가 잠시 나를 주시하더니 찰리에게 시선을 돌렸다. 그리고 20달러짜리 금화 다섯 개를 책상 위로 던졌다. 찰리는 금화를 손안으로 그러모았다. 내게 두 개를 건네기에 순순히 받았다. 이 돈은 다른 때보다 함부로 써버리겠다고 작정했다. 돈 걱정이라곤 없는, 돈 걱정에 영혼이 좀먹지 않는 세상이란 어떤 모습일지 궁금했다.

메이필드가 셋 중 가장 큰 종을 들어 흔들었다. 곧이어 복도를 우르르 걸어오는 발소리가 들렸다. 나는 사냥꾼들이 몰려들어와 공격할 것에 반쯤 대비했다. 하지만 대신 짙게 화장한 매춘부들이 들어와 응접실을 가득 채웠다. 모두 일곱 명으로, 하나같이 레이스와 주름 장식이 된 옷을 입고 이미 취해 있었다. 그들은 매혹적이고 헌신적이고 사랑스럽고 활기찬 척하면서 우리를 위한 흥겨운 한판을 벌이기 시작했다. 그중 한 명은 아기처럼 말하는 것이 현명하다고 여기는 모양이었다. 나는 매춘부들의 출현으로 기분이 가라앉았지만 찰리는 더없이 신난 기색이었다. 메이필드에 대한 그의 관심이 점점 커져가는 것이 내 눈에도 보였다. 그 우두머리 남자를 지켜보다가 불현듯 찰리의 미래 모습을 목격하고 있는 기분이 들었다. 혹은 찰리에게 있을 법한 미래 모습이라고 할까. 우리역시 종종 크나큰 위험을 맞닥뜨리며 살아가니까. 죽은 금 채굴꾼의 말대로 찰리와 메이필드는 서로 닮아 보였다. 후자가 더 늙고몸이 불고 술에 배로 절었을 뿐이다. 그렇다, 내가 상점 주인의 체계적인 고독을 소망하듯이 찰리는 흥분과 폭력으로 점철된 나날을바랐다. 다만 더이상 직접 뛰어들지 않고 잘 무장된 병사들 뒤에서 명령하고 싶어했다. 정작 자신은 향수내음 가득한 방안에서 육감적인 여자들이 술을 따라주고, 엉덩이를 훤히 드러낸 채 히스테릭한 아기처럼 방바닥을 기어다니고, 웃음과 브랜디와 엉큼한 생각으로 몸을 부르르 떠는 광경을 즐기고 있으리라. 메이필드는 내가 제대로 열광하지 않는다고 여겼는지 짐짓 꾸민 어조로 물었다.

"여자들이 마음에 안 드나?"

"마음에 듭니다. 감사합니다."

"말할 때 입을 비쭉거리는 건 브랜디 탓인가?"

"브랜디 역시 훌륭하군요."

"연기가 너무 자욱하지, 안 그래? 창문을 열까? 선풍기를 틀까?"

"아무 문제 없습니다."

"집주인을 곁눈질하고 노려보는 것이 자네 동네 풍습인가보지."

그가 찰리를 보며 말했다. "오리건 시티에 딱 한 번 가본 적 있는데, 솔직히 별로 마음에 들지 않았다네."

"오리건 시티는 무슨 일로요?" 찰리가 물었다.

"정확히는 기억 안 나는군. 젊은 시절에는 온갖 미친 아이디어에 빠져 있었으니까. 종종 목적마저 흐릿해져버릴 정도였지. 하지만 오리건 시티에서 큰 손해를 봤던 건 확실해. 절름발이한테 강도를 당했거든. 설마 자네 둘 중에 절름발이는 없겠지?"

"우리가 걸어들어오는 걸 직접 봤잖습니까?" 나는 말했다.

"그때는 별로 신경쓰지 않았어." 그가 반쯤 진지하게 요구했다. "자네 둘, 지금 똑바로 서서 발꿈치를 딱 붙여봐도 괜찮겠나?"

"전혀 괜찮지 않은데요." 나는 말했다.

"우리 둘 다 다리는 멀쩡합니다." 찰리가 자신 있게 말했다.

"하지만 증명하지는 않겠다?" 메이필드가 나에게 물었다.

"당신이 시키는 대로 발꿈치를 붙여 보이느니 차라리 죽겠습니다."

"이 친구 영 싸가지가 없군." 메이필드가 찰리에게 말했다.

"우리 둘이 번갈아가며 그렇죠." 찰리가 말했다.

"그래도 난 자네가 더 마음에 들어."

"그 절름발이가 뭘 빼앗아갔나요?" 찰리가 물었다.

"25달러어치의 금이 든 주머니와 상아 손잡이가 달린 패터슨 콜트 연발권총. 그 총의 가격은 어림짐작도 할 수 없네. 피그킹이라는 술집에서였지. 자네들도 아는 곳인가? 이미 문을 닫았다고 해도 놀랍지 않네만. 그런 마을들은 흥망성쇠를 거듭하거든."

"여전히 영업하고 있습니다." 찰리가 말했다.

"그 강도는 날이 작은 낫처럼 휜 칼을 지니고 있었어."

"아, 로빈슨 말이군요." 찰리가 말했다.

메이필드가 허리를 꼿꼿이 폈다. "뭐라고? 자네 그자를 아나? 확실해?"

"제임스 로빈슨이죠." 찰리가 고개를 끄덕였다.

"뭐하는 거야?" 나는 물었다. 찰리가 손을 뻗어 내 허벅지를 꼬집었다. 메이필드는 잉크병을 집어들더니 이름을 받아 적었다.

"아직도 오리건 시티에 사나?" 그가 숨죽여 물었다.

"네. 그 날이 휜 칼을 아직도 가지고 다닙니다. 다리를 전 건 그때 잠시 다쳐서 그랬던 거고 지금은 완전히 나았어요. 하지만 피그 킹에 여전히 죽치고 있죠. 아무도 좋아하지 않는, 사실 전혀 말이 안 되는 농담을 날리면서."

"지난 세월 그자에 대해 몇 번이나 생각했어." 메이필드가 펜을 펜꽂이에 꽂고 말을 이었다. "그 낫칼로 그자의 배를 갈라버리겠어. 창자로 목을 매달아버릴 거야." 이 극단적인 선언에 나는 눈을 굴리지 않을 수 없었다. 창자는 성인 남자는커녕 어린애 몸무게도 견디지 못할 것이다. 메이필드가 물을 좀 빼겠다며 자리를 비웠다. 그가 없는 삼십 초 동안 나는 재빨리 찰리에게 소리 낮춰 말했다.

"로빈슨을 그렇게 넘겨버리면 어쩌자는 거야?"

"로빈슨은 반년 전 티푸스에 걸려 죽었어."

"뭐? 확실해?"

"그럼, 확실하지. 지난번 마을에 들렀을 때 미망인을 찾아갔는걸. 너 그 여자가 틀니를 한다는 거 알았냐? 틀니를 물잔에 담그는 걸 보고 토할 뻔했지 뭐야." 매춘부 하나가 지나가며 그의 턱을 간질였다. 그는 그녀에게 미소 짓더니 얼이 빠진 표정 그대로 나에게 물었다. "오늘밤 여기서 지내면 어떨까?"

"그냥 이동하자. 아침이면 또 숙취에 시달리느라 하루를 날리게 될 거야. 게다가 메이필드와 문제가 생길 수도 있어."

"문제가 생긴다면 우리가 아니라 그자에게겠지."

"문제는 문제야. 그냥 가자."

그가 고개를 저었다. "미안해, 형제. 벼락부자가 오늘밤 크게 한판 벌일 거야."

메이필드가 바지 단추를 채우며 화장실에서 나왔다. "이게 뭐야? 그 유명한 시스터스 형제가 비밀스럽게 속닥댈 줄은 상상도 못했는걸."

고양이 같은 매춘부들과 함께, 우리 뒤에서 방이 빙글빙글 돌고 있었다.

찰리는 브랜디 세 잔을 마시자 으레 그렇듯 얼굴이 진홍빛으로 물들었다. 슬슬 주정 부리려고 발동을 건다는 표시였다. 그는 메이필드에게 사업과 성공에 대해 물었다. 내 형이라는 사람이 공손한 어조로 말하는 걸 듣자니 거슬렀다. 메이필드는 애매모호하게 얼버무렸는데, 눈치를 보아하니 횡재로 얻은 부를 더할나위없이 빠르게 써버리고 있는 듯했다. 나는 둘 사이의 긴장 어린 농담에 신물이 나 조용히 술만 마셨다. 여자들이 계속 찾아와 나를 놀렸다. 내 무릎에 앉아서는 성기가 불뚝거리면 나와 내 물건을 비웃고 형이나 메이필드에게 가버렸다. 부풀어오른 성기를 가라앉히려고 서 있다가 형과 메이필드 역시 그곳이 불룩하다는 것을 알아차렸던 게 기억난다. 문명화한 신사들이 매일같이 원탁에 둘러앉아 그날의 사건에 대해 토론하는 동안 몸을 부르르 떨며 발기하는 것과 마찬가지 이치다. 브랜디에 온통 정신이 휘둘린 탓에 여자들 중 누가 누구인지도 분간할 수 없었다. 깔깔거리는 웃음소리와 향수냄새가 한데 뒤섞여 화려한 부케로 화하자 매혹되는 동시에 속이 울렁이며 욕지기를 느꼈다. 메이필드와 찰리는 표면적으로는 대화에 빠져 있었지만 실제로는 상대가 아니라 스스로에게 말하고 있으며 자기 말과 목소리만 듣고 싶어했다. 찰리는 내 칫솔을 비웃어댔고, 메이필드는 수맥 찾는 막대기는 미신이라고 설파했다. 끝도 없이 계속 그러는 꼴을 보니 둘 다 한심스러웠다. 사람이 제대로 취하면 방에 저 혼자 있는 것처럼 여기게 된다는 생각이 들었다. 자신과 다른 사람들 사이에 뚫을 수 없는 물리적 차단벽이 생겨나는 것이다.

브랜디를 한 잔, 또 한 잔 마시던 중 응접실 한구석 창가에 서 있는 낯선 여자가 눈에 띄었다. 핼쑥하고 다른 여자들처럼 육감적이지도 않고 걱정이나 수면부족 때문인지 눈가에 다크서클이 짙었다. 병약해 보이기는 해도 대단한 미인이었다. 옥빛 눈에 금발이 허리까지 내려왔다. 브랜디의 힘으로 어리석음과 배짱만 두둑해진 나는 그녀만 뚫어져라 바라봤고, 결국 그녀도 나를 돌아보지 않을 수 없었다. 그녀는 애처로운 미소를 지어 보였다. 내가 윙크하자 그녀의 애처로움이 두 배가 되었다. 이윽고 그녀가 문을 향해 응접실을 가로질렀다. 하지만 걸음을 옮기는 내내 시선은 내게서 떼지 않았다. 그녀가 방에서 나가자 나는 그녀가 살짝 열어두고 간 문을 한동안 가만히 응시했다.

"저 여자는 누구죠?" 나는 메이필드에게 물었다.

"누구 말인가?" 그가 반문했다.

"누-구-득?" 찰리가 말하자 창녀들이 모두 깔깔거렸다.

나는 응접실을 나갔다. 그녀는 복도에서 담배를 피우고 있었다. 내가 쫓아나온 것을 보고도 놀라지 않았지만 그렇다고 반색하는 것 같지도 않았다. 그녀가 방을 나서면 매번 남자가 쫓아왔고, 시간이 흐르면서 그것에 익숙해진 것 같았다. 나는 모자를 벗으려고 손을 들었으나 머리에는 이미 모자가 없었다. 나는 말했다. "당신을 잘 모르지만 저 방에 더 있고 싶진 않군요." 그녀는 아무 말도 없었다. "형과 나는 메이필드에게 가죽을 팔았어요. 그 덕에 죽치고 앉아 그의 허풍과 거짓말을 듣는 신세가 됐지만." 그녀는 여전히 나를 가만히 바라보며 담배 연기만 뱉어냈다. 입가에 미소가 어려 있었다. 무슨 생각을 하는지는 가늠할 수 없었다. "여기는 무슨 일로 왔습니까?"

"여기 살아요. 메이필드 씨의 경리로 일하고 있죠."

"호텔에서 지냅니까, 아니면 다른 곳에 숙소가 있나요?" 나는 말하면서도 생각했다. 이런 질문을 하다니 얼간이가 따로 없군. 브랜디 탓에 헛말이 나왔어. 브랜디를 끊든가 해야지! 다행히 그녀는 그렇게 속이 좁지 않았다. "호텔방 하나를 쓰고 있어요. 하지만 가끔 재미 삼아 빈방에 들어가 자곤 하죠."

"그게 재미있나요?" 나는 물었다. "호텔방이 다 똑같지 않아요?"

"표면적으로는 똑같죠. 하지만 사실 방마다 큰 차이가 있어요."

나는 뭐라고 대답해야 할지 몰랐지만 술기운에 허튼소리를 지껄일 뻔했다. 막 말을 내뱉으려고 입을 여는 찰나 마음속 깊이 자리한 이성이 제어해준 덕분에 다시 입을 다물고 침묵을 지켰다. 그녀가 담배를 버릴 장소를 찾아 두리번대자 나는 내심 자축했다. 내가 처리하겠다며 나서자 그녀는 그을린 꽁초를 내 손바닥에 버렸다. 나는 꽁초를 꽉 움켜쥐어 불을 끄면서 침착하게 그녀를 응시했다. 통증에 대한 역치가 얼마나 높은지 보여주고 싶었다. 언제나 남다르게 높았으니까. 브랜디를 끊겠어! 나는 재와 까맣게 탄 담배종이를 수머니에 넣었다. 그녀의 태도에서는 여전히 이질감과 기리감이 느껴졌다. 나는 말했다. "어떤 사람인지 잘 모르겠군요, 아가씨."

"그게 무슨 뜻이죠?"

"당신이 행복한지 슬픈지 미쳤는지 어떤지 전혀 모르겠습니다."

"나는 아파요."

"어디가 아픈가요?"

그녀가 원피스 주머니에서 손수건을 꺼내더니 엽기적인 재밋거리라도 되는 양 얼룩진 핏자국을 내보였다. 하지만 나는 그것을 가볍게 받아들이지 않았다. 오히려 핏자국을 보고 분노가 치밀었다. 나는 어리석게도 그녀에게 죽어가고 있느냐고 물은 것이다. 그녀의 표정이 침울해지자 나는 사과의 말을 주절주절 늘어놓았다. "대답할 필요 없습니다. 내가 너무 취해서 그만 헛소리를…… 부디 용서해주십시오. 제발요."

그녀는 용서한다고 말하지는 않았지만 그렇다고 화난 것 같지도 않았다. 나는 아무런 실수도 하지 않았던 양 밀고 나가기로 했다. 되도록 태연한 어조로 말했다. "실례가 안 된다면, 이제 어디로 갈 건가요?"

"딱히 정해둔 곳은 없어요. 밤에는 이 호텔 말고 달리 갈 곳도 없고요."

"그렇군요." 나는 혀를 찼다. "그럼 복도에서 날 기다리고 있었군요."

"아니요."

"문을 살짝 열어뒀잖습니까? 따라오라는 뜻으로."

"그렇지 않아요."

"아무래도 그랬던 것 같은데요."

복도에서 삐걱 소리가 났다. 그녀와 내가 돌아보니 계단 꼭대기에 사냥꾼 하나가 서 있었다. 우리 대화를 엿듣고 있었던 것이다. 그의 얼굴에는 웃음기라곤 없었다. "그만 방으로 가봐." 그가 여자에게 말했다.

"댁이 무슨 상관이지?" 그녀가 물었다.

"나는 메이필드 씨의 부하야."

"나 역시 마찬가지야. 그리고 지금은 그분의 손님과 이야기를 나누는 중이고."

"계속 그딴 식으로 굴면 곤란해질걸."

"누구와?"

"뻔하지. 그분과."

"당신." 나는 사냥꾼에게 말했다.

"뭐야?"

"당장 꺼져."

그자는 잠시 가만있더니 아청색 턱수염 속으로 손을 넣어 뺨과 턱을 긁었다. 그리고 돌아서서 계단을 내려갔다. 그녀가 말했다. "저자는 늘 날 따라다녀요. 그래서 밤에 방문을 잠가둬야 하죠."

"메이필드가 당신 남자인가요?"

그녀가 매춘부로 가득한 응접실을 가리켰다. "그는 특별히 어느 여자와 가까이 지내지 않아요." 의심스러우리만치 모호한 대답에 내가 낙심한 표정을 짓자 그녀가 덧붙였다. "하지만 우리 둘은 아무 사이도 아니에요. 이쩌다 가끔 보는 것뿐이죠."

문 안쪽에서 형의 요란한 웃음소리가 터져나왔다. 찰리의 웃음소리는 아둔하게 들린다. 말하자면 당나귀 울음소리 같다고 할까. "이 마을은 그다지 인상이 좋지 않군요." 나는 말했다.

그녀가 내 쪽으로 한 발짝 다가왔다. 몸을 기울여 내게 키스하려는 걸까? 아니, 그저 비밀을 말해주려는 것이었다. "아까 그 사냥꾼이 동료들과 당신 형제에 대해 하는 얘기를 들었어요. 뭔가 꿍꿍이가 있어요. 정확히는 못 알아들었지만, 매일 밤마다 술을 퍼마시던 자들이 오늘은 안 마시고 있어요. 조심해야 해요."

"이미 너무 취해서 조심하기는 글렀답니다."

"그럼 파티장으로 돌아가는 게 좋겠어요. 메이필드와 딱 붙어 있는 게 상책이에요."

"아뇨, 거기에는 일 분도 더 있기 싫습니다. 그저 자고 싶을 뿐이에요."

"메이필드가 방을 정해줬나요?"

"아뇨."

"안전한 곳을 찾아드릴게요." 그녀가 나를 복도 끝으로 데려가 주머니에서 열쇠를 꺼내고 문을 열었다. 소리내지 않으려고 조심하는 그녀의 걸음걸이를 나도 어느덧 흉내내고 있었다. 어둑한 방으로 들어가자 그녀는 문을 닫고 나를 벽에 기대세우고는 자기가 초를 찾을 때까지 얌전히 있으라고 했다. 그녀가 보이지는 않았지만 움직이는 소리가 들렸다. 발걸음, 서랍 안과 탁자 위를 뒤지는 손. 그녀가 가까이에서 부산히 움직이고 있지만 무엇을 하는지 알 수 없는 이 상황이 사랑스럽게 느껴졌다. 그 순간 나는 그녀를 좋아하기로 결심했다. 나를 위해 시간을 들이고 관심을 보이다니 우쭐했다. 이런 사소한 것으로도 얼마든지 삶에 만족하며 살 수 있겠다는 생각이 들었다.

그녀가 촛불을 밝히고 커튼을 걷어 달빛을 들였다. 다른 호텔방과 조금도 다를 바 없는 방이었다. 퀴퀴한 먼지냄새가 난다는 점을 빼면. 그녀가 설명했다. "열쇠가 없어져서 늘 비어 있는 방이에요. 메이필드 씨가 늑장을 부리느라 여태 자물쇠 수리공을 안 불렀죠. 사실 열쇠는 없어진 게 아니라 내가 갖고 있었어요. 혼자 있고 싶을 때면 때때로 여기 오죠."

나는 예의 바르게 고개를 끄덕이고 말했다. "네, 당신이 나를 사랑한다는 게 이제 명확해졌군요!"

"아뇨." 그녀가 얼굴을 붉히며 말했다. "그런 게 아니에요."

"다 보입니다. 속절없이 사랑에 빠져들고, 밀려드는 감정을 막지 못하는 것이요. 그렇다고 마음 상할 필요는 없어요. 이런 일은 다반사니까. 내가 길을 걸을 때면 매번 마주 오는 여인의 눈에 열정과 갈망이 가득하거든요." 나는 작은 침대에 털썩 드러누워 이리저리 몸을 굴려보았다. 그녀는 나를 보며 즐거워했지만 그렇다고 좀더 같이 있고 싶은 정도는 아닌지 문을 향해 몸을 돌렸다. 내가 몸을 앞뒤로 들썩거리자 침대가 애처로이 삐걱거렸다. 그녀가 말했다. "그만 구르는 게 좋을 거예요. 사냥꾼들 숙소가 바로 이 아래예요."

"아, 그자들 얘기는 그만해요. 그놈들은 전혀 문제가 안 됩니다. 한입거리도 안 되는 작자들이죠."

"하지만 살인자들이에요." 그녀가 속삭였다.

"나도 그런걸요." 나는 속삭였다.

"그게 무슨 뜻이죠?"

그녀의 표정에는 뭔가 특별한 게 있었다. 창백함과 불확실성. 그래서 나는 이성을 잃고 일종의 잔혹성 혹은 야수성에 사로잡혀버렸다. 나는 일어나 큰 소리로 말했다. "죽음은 지상의 모두에게 찾아올지니!" 어디서 주워들은 말인지는 모르겠으나 이 탓에 끔찍한 영감이 떠올랐다. 나는 침대에서 일어나 비틀비틀 걷다가 권총을 들고 바닥을 향해 발사했다. 어마어마하게 커다란 총성이 울렸다. 소리가 벽에 튕기는 바람에 두 배는 더 커졌고 방안이 연기로 자욱했다. 겁에 질린 그녀는 몸을 휙 돌려 방에서 나가 열쇠로 문을 잠갔다. 나는 문으로 걸어가 자물쇠를 풀고 문을 활짝 연 뒤 엉망이 된 침대에 앉아서는 권총들을 꺼내 공이치기를 젖히고 겨누었다. 쿵쿵 뛰는 심장박동을 느끼며 전대미문의 싸움이 시작되기를 기다렸다. 하지만 오 분 후 눈꺼풀이 무거워졌다. 십 분 후 나는 사냥꾼들이 총성을 듣지 못했다는 결론을 내렸다. 방에 없었거나 엉뚱한 방

에 총을 쏜 것이다. 나는 목숨을 건 모험을 포기하고, 양치질을 하
고 잠이 들었다.

아침 하늘은 화창했다. 열린 창문으로 시원한 바람이 불어와 침대에 누운 내 얼굴을 간질였다. 옷을 다 입은 채였고, 문은 잠겨 있었다. 경리가 나를 보호하려고 밤에 돌아왔던 것일까? 열쇠 꽂히는 소리가 나더니 그녀가 들어와 매트리스 가장자리에 걸터앉으며 미소 지었다. 찰리는 어떻냐고 묻자 그녀는 무사하다고 대답했다. 그리고 함께 산책을 하자고 했다. 여전히 반쯤은 죽은 사람 같았지만 달콤한 향이 풍겼고 분을 바른 얼굴이 아름다웠으며 이 방에 억지로 온 것 같지는 않았다. 나는 침대에서 일어나 창가로 가서 창틀에 몸을 기대고 거리를 내다보았다. 이쪽저쪽으로 오가는 남녀들이 아침인사를 주고받고 고개를 숙이거나 모자를 살짝 들거나 했다. 그녀가 목을 가다듬고 말했다. "어젯밤 나더러 어떤 사람인지 잘 모르겠다고 했죠. 그런데 이제 보니 당신 역시 어떤 사람인지 잘 모르겠군요."

"어째서죠?"

"우선 세상에, 대체 왜 바닥에 대고 총을 쐈죠?"

"솔직히 그 일은 부끄럽습니다." 나는 인정했다. "놀랐다면 정말 미안해요."

"대체 왜 그랬어요?"

"술에 너무 취하면 때때로 무기력해지면서 마음 한편에 죽고 싶다는 생각이 들거든요." 나는 생각했다. 지금 누가 누구에게 피 묻은 손수건을 보여주고 있는 거람?

"왜 무기력해졌던 거죠?"

"누구나 그렇지 않나요? 때때로 우울이 스멀스멀 기어올라오죠."

"하지만 당신은 굉장히 기분이 좋았다가 느닷없이 변해버렸잖아요."

나는 어깨를 으쓱했다. 길에 낯익은 남자가 보였지만 언제 어디서 만났는지 기억나지 않았다. 거동이 묵직하면서 멍하고, 어디 하나 갈 곳 없는 사람처럼 정처 없는 걸음걸이였다. "아는 사람이에요." 내가 손으로 가리키며 말하자 그녀가 일어나 다가왔지만 이미 그자는 사라져 보이지 않았다. 그녀가 옷매무새를 가다듬으며 물었다. "함께 산책할 거예요, 말 거예요?"

나는 가루 치약을 약간 먹고 그녀에게 이끌려 복도로 나갔다. 메이필드의 응접실을 지날 때 열린 문틈으로 책상에 엎드려 잠든 우두머리가 보였다. 술병과 여송연 재와 쓰러진 종 세 개가 널브러진 난장판 한가운데 머리와 양팔을 얹고 자고 있었다. 그 옆 바닥에는 덩치 큰 매춘부 하나가 벌거벗은 채 똑바로 드러누워 자고 있었다. 얼굴은 옆으로 돌리고 있었다. 나는 잠에 빠진 그 몸을, 숨쉴 때마다 오르내리는 젖가슴과 배를 잠시 가만히 지켜보았다. 도덕적 태만의 표본이라 할 만했다. 음모가 엉기고 들러붙은 성기를 보고 흠칫 놀랐다. 맞은편 벽의 수사슴 뿔에 내 모자가 걸려 있었다. 나는 넓은 방을 성큼성큼 가로질러 모자를 집어들었다. 그리고 돌아오면서 모자챙에서 재를 털다가 뭔가에 발이 걸려 넘어졌다. 곰 가죽을 씌워둔 받침대였는데, 이제 보니 붉은 가죽이 사라지고 없었다. 떼어낸 것이 아니라 서둘러 되는대로 잘라낸 것이었다. 나는 상인방 아래 서 있는 경리를 돌아보았다. 그녀는 눈을 감은 채 천천히 머리를 돌리고 있었다. 그 모습을 보며 나는 생각했다. 저 여인은 삶의 무게에 짓눌려 옴짝달싹할 수도 없다고.

길은 온통 진창과 깊은 물웅덩이로 변해 있었다. 건너편으로 가로지르려면 연달아 놓인 나무판자를 더듬더듬 밟으며 가는 수밖에 없었다. 즐거워하는 그녀의 맑은 웃음소리가 아침을 풍요롭게 했다. 그녀의 웃음소리와 맑고 시원한 대기. 그 둘은 지금도 여전히 행복감을 선사하며 나를 깨끗하게 해준다. 내게 그것이 모험처럼 느껴지다니 뜻밖이었다. 온갖 험난한 위험을 다 겪은 내가 그녀의 손을 잡고 들썩이는 판잣길을 이끄는 정도에 그랬다니. 게다가 살짝 속이 메스꺼웠는데, 덕분에 이 상황이 더욱 코믹하게 느껴져서 즐거웠다. 건너편에 도착했을 때 내 부츠는 진흙이 덕지덕지했지만 그녀의 부츠에는 먼지 하나 없었다. 그것을 본 그녀가 말했다. "고마워요." 마른 나무판이 깔린 인도에 안전하게 도착한 그녀는 내 팔을 꼭 잡고 여섯 걸음 정도 걷더니 손을 놓고 머리를 매만졌다. 굳이 떨어져 설 필요는 없어 보였지만 품위와 원칙의 문제인 듯했다. 내 팔의 감촉을 즐겼고 더 오래 잡고 싶었으리라 나는 믿는다. 뭐, 희망사항일 뿐이지만.

나는 물었다. "메이필드 씨 밑에서 일하는 건 어떤가요?"

"보수는 좋지만 함께 지내기 힘든 사람이에요. 자기가 옳다는 걸 늘 과시하고 싶어하거든요. 대박을 치기 전까지만 해도 좋은 사람 이었는데."

"돈을 굉장히 빨리 써버리고 있는 것 같더군요. 다 바닥나면 원래 모습으로 돌아가지 않을까요?"

"변하긴 하겠지만, 원래로 돌아가지는 않을 거예요. 또다른 세번째 인격이 탄생하겠죠. 두번째보다 세번째가 더 형편없지 않을까 싶어요." 내가 가만있자 그녀가 덧붙였다. "뭐, 단정하기는 이르죠." 잠시 후 그녀가 다시 내 팔을 잡았다. 나는 자랑스러웠다. 걸음을 옮기는 다리에 당당함과 자신감이 흘러넘쳤다. 나는 말했다. "오늘 아침 방문이 잠겨 있더군요. 나중에 다시 내 방으로 왔나요?"

"기억 안 나요?" 그녀가 물었다.

"유감스럽게도요."

"어머, 솔직히 불쾌하네요."

"무슨 일이 있었죠?"

그녀가 잠시 생각하더니 말했다. "정말 알고 싶다면 스스로 기억해낼 거예요." 그리고 뭔가가 떠올랐는지 다시 웃음을 터뜨렸다. 다이아몬드처럼 화사한 소리였다.

"당신의 웃음소리는 시원한 물 같군요." 나는 말했다. 그러고는 울컥했다. 눈물이 쏟아질 것만 같았다. 거참, 이상하지.

"갑자기 진지해졌네요." 그녀가 말했다.

"진지함하고는 거리가 먼 사람인데요." 나는 대꾸했다.

마을 끝에 이르자 우리는 다시 나무판자를 건너 호텔로 돌아갔다. 나는 지난밤을 보낸 방과 침대를 생각했다. 담요 위에 남겨진 내 자국이 떠올랐다. 그 순간 기억났다. "우는 남자예요!"

"누가요?" 그녀가 물었다. "무슨 얘기예요?"

"아까 창문에서 낯익은 남자를 봤다고 했잖아요. 몇 주 전 오리건에서 만난 사람이었어요. 오리건 시티를 막 벗어났을 때 혼자 말을 끌며 걸어오는 남자를 마주쳤죠. 크나큰 상심에 빠져 있었는데 우리 도움을 거절하더군요. 슬픔이 너무 깊어서 이성을 잃은 듯했어요."

"이제는 운세가 나아진 것처럼 보이던가요?"

"그런 것 같지는 않던데요."

"가엾어라."

"히스테리에 빠진 사람치고는 굉장히 빨리 걷긴 했어요."

그녀가 잠시 침묵하더니 내 팔을 놓았다.

"어젯밤 샌프란시스코에 무슨 중요한 일이 있다고 했잖아요."

나는 고개를 끄덕였다. "허먼 웜이라는 사람을 찾고 있는데, 거기 사는 모양이에요."

"찾고 있다니, 그게 무슨 뜻이에요?"

"뭔가 나쁜 짓을 했으니 대가를 치르게 해달라는 부탁을 받았거든요."

"하지만 당신은 보안관이 아니잖아요?"

"정반대의 직업이죠."

그녀의 얼굴에 수심이 어렸다. "웜이라는 사람이 대단한 악인인가요?"

"몰라요. 그 점이 좀 불확실하죠. 들은 바로는 도둑이랍니다."

"뭘 훔쳤는데요?"

"사람들이 흔히 훔치는 걸 훔쳤겠죠. 아마 돈이 아닐까요." 거짓말을 하니 마음이 불편해졌다. 주의를 돌릴 셈으로 구경할 만한 뭔가를 찾아 두리번거렸지만 마땅한 게 없었다. "솔직히 말하자면, 사실 단돈 1페니도 안 훔쳤을 겁니다." 그녀가 시선을 떨구었다. 나는 약간 껄껄대다 말했다. "완전히 결백하다 해도 전혀 놀랍지 않죠."

"죄 없는 사람을 잡아가는 게 일상인가요?"

"내 직업에는 일상이라고 할 만한 게 전혀 없답니다." 별안간 이 이야기는 더 하고 싶지 않아졌다. "이런 얘기는 그만했으면 좋겠군요."

그녀는 무시하고 물었다. "이런 일을 즐기나요?"

"건건이 달라요. 어떤 일은 별난 장난 같고, 또 어떤 일은 지옥 같죠." 나는 어깨를 으쓱했다. "어떤 행위에 보수가 주어지면 그 자체로 존중할 만한 일이 되죠. 한 사람의 목숨이 내게 달려 있다는 점에서 중요한 일을 한다는 생각이 들 때도 있답니다."

"한 사람의 죽음이 달려 있는 거겠죠." 그녀가 지적했다.

그녀가 내 직업을 아는지 긴가민가하던 나는 그 말에 안심했다. 이미 알고 있으니 굳이 설명할 필요가 없었다. "뭐, 표현하기 나름이겠죠."

"그만두고 싶었던 적은 없나요?"

"그만두고 싶습니다." 나는 인정했다.

그녀가 다시 내 팔을 잡았다. "그 뭐이라는 사람을 처리한 다음에는요? 그때는 뭘 할 거죠?"

"오리건 시티 외곽에 작은 집이 있어요. 형이랑 같이 살고 있죠. 지대는 아름답지만 집은 비좁고 외풍이 심해요. 이사를 가고 싶은데 새집을 구할 시간이 없어요. 형에게는 불쾌한 지인이 많아요. 전통적인 수면 시간에 대한 존중이라곤 없는 작자들이죠." 하지만 그녀는 내 대답에 오히려 불안해했다. 나는 물었다. "질문이 뭐였죠?"

"당신을 다시 만날 수 있으면 좋겠어요."

가슴이 욱신거리는 상처처럼 부풀어올랐다. 난 완전히 머저리야, 나는 생각했다. 그리고 "반드시 그렇게 될 겁니다"라고 장담했다.

"이번에 떠나면 두 번 다시 보지 못할 테죠."

"여기로 돌아올 겁니다. 약속하죠." 그녀는 믿지 않았다. 혹은 부분적으로만 믿는 듯했다. 내 얼굴을 보면서 코트를 벗어보라고 말했다. 나는 그 말을 따랐다. 그녀는 겹겹이 걸친 옷가지 가운데 화사한 파란색 실크 숄을 끌러서는 내 한쪽 어깨에 두르더니 띠를 묶고 몸에 꼭 맞게 매듭을 조였다. 그리고 몇 걸음 물러나 나를 바라보았다. 그녀는 무척 슬프고 아름다워 보였다. 짙게 화장해 태곳적 매력을 풍기는 눈이 촉촉이 젖어 있었다. 나는 띠에 두 손을 댔지만 뭐라고 말해야 할지 생각나지 않았다.

그녀가 말했다. "언제나 이렇게 매고 있어야 해요. 그럼 이걸 볼 때마다 내가 생각날 거예요. 여기로 돌아오겠다는 약속도요." 그녀가 천을 쓰다듬으며 미소 지었다. "당신 형이 이걸 부러워할까요?"

"꼬치꼬치 알려 들 기예요."

"그래도 멋지지 않나요?"

"아름답게 반짝이는군요."

나는 코트 단추를 채워 숄을 감추었다. 그녀가 다가와 양팔로 나를 안고는 내 가슴에 옆얼굴을 대고 미친듯이 뛰는 심장소리를 들었다. 그리고 작별인사를 하고 돌아서서 호텔로 들어갔다. 하지만 나는 그전에 그녀의 페티코트 주머니에 메이필드에게서 받은 40달러를 몰래 넣었다. 꼭 돌아오겠다고 소리쳤지만 그녀는 반응이 없었다. 나는 그 자리에 홀로 서서 줄줄이 이어지는 이런저런 생각에 잠겼다. 건물 안으로 들어가고 싶지 않았다. 계속 밖을 돌아다니고 싶었다. 큰길에서 벗어난 곳에 한 줄로 늘어선 집들이 보이길래 그쪽으로 걸어갔다.

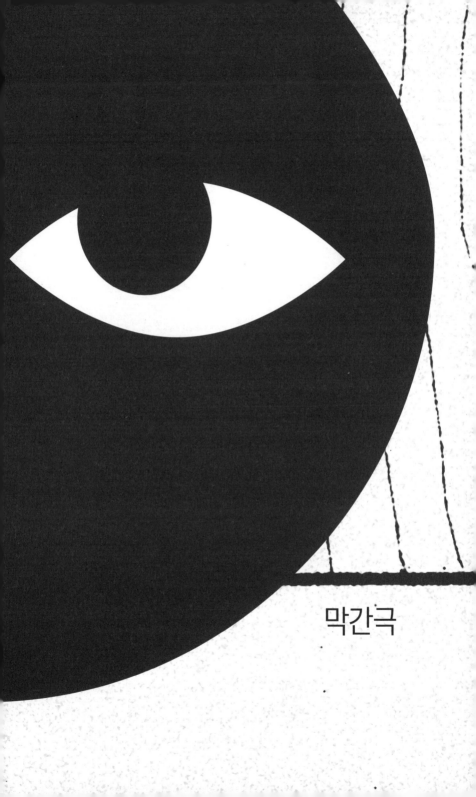

막간극

일고여덟 살쯤 되어 보이는 여자아이와 우연히 마주쳤다. 아이는 모자부터 신발까지 최고급으로 빼입고 어느 집 마당 울타리 앞에 뻣뻣이 서 있었다. 페인트칠을 새로 했는데도 고풍스러운 그 집을 아이는 강렬한 혐오 또는 적의를 담은 눈길로 노려보고 있었다. 두 손을 꽉 맞잡고 미간을 찡그린 채, 격렬히 흐느끼는 게 아니라 소리 없이 차분히 울고 있었다. 내가 다가가 무슨 일이냐고 묻자 아이는 악몽을 꾸었다고 했다.

"방금 악몽을 꾸었다고?" 해가 하늘 높이 떠 있었기에 나는 그렇게 물었다.

"밤에요. 근데 방금 전까지 까먹고 있다가 저 개를 보고 생각났어요." 아이가 울타리 건너편에 잠들어 있는 뚱뚱한 개를 가리켰다. 다리 하나가 개의 몸통에서 떨어져 있는 것을 알아채고 나는 소스라치게 놀랐다. 하지만 자세히 보니 그것은 개가 씹고 있던 새끼 양이나 송아지의 대퇴골이었다. 살과 연골이 아직 붙어 있어서 토실해 보였던 것이다. 나는 소녀에게 미소 지었다.

"저게 개다리인 줄 알았어." 나는 말했다.

소녀가 뺨에서 눈물을 훔쳤다. "개다리 맞아요."

나는 고개를 젓고 일러주었다. "그건 개 몸 아래 깔려 있어. 보이지?"

"아니에요. 잘 봐요." 소녀가 휘파람을 불자 개가 깨어나 일어났다. 정말로 다리 하나가 없었으며, 그것도 하필 그 뼈다귀와 가까운 쪽 다리였다. 하지만 잘린 부위의 피부가 아문 지 오래된 게 일 년쯤 지난 상처로 보였다. 그래서 나는 혼란스러운 와중에도 꿋꿋이 주장했다. "땅바닥에 있는 건 새끼 양의 대퇴골이란다. 개의 다리가 아니야. 다리는 예전에 잘려서 더이상 아픔을 느끼지 않아. 모르겠니?"

이 말에 아이가 화를 내더니 좀전에 집을 바라볼 때처럼 적의에 가득 찬 눈길로 나를 보았다. "개는 **지금도** 아파해요." 아이가 고집을 부렸다. "엄청난 고통에 시달린다고요!"

아이가 격분하는 바람에 나는 놀라 한 걸음 물러섰다. "참 별난 애로구나."

"산다는 것 자체가 별난 법이죠." 아이가 맞받아쳤다. 나는 대꾸할 말을 찾지 못해 말문이 막혔다. 어쨌든 내가 이해하기에도 틀린 말은 아니었다. 아이가 이어서 상냥하고 순진한 목소리로 말했다. "하지만 내 꿈에 대해선 묻지 마요."

"저 개가 나오는 꿈이었다고 아까 말했잖니."

"저 개는 일부일 뿐이에요. 울타리랑 집이랑 아저씨도 나왔어요."

"네 꿈에 내가 나왔다고?"

"어떤 아저씨가 있었어요. 내가 모르고 관심도 없는 아저씨였어요."

"좋은 사람이었니, 나쁜 사람이었니?"

아이가 나직이 말했다. "보호받는 사람이었어요."

그 말에 바로 집시 마녀와 문과 염주가 떠올랐다. "어떻게 보호받지? 무엇으로부터 보호받는데?"

하지만 아이는 질문에는 답하지 않고 이렇게 말했다. "나는 여기를 걷다가 이 개를 봤어요. 녀석이 싫었어요. 그래서 독약을 먹여 죽이려는데 앞쪽 마당에 주먹만한 먹구름이 나타나 빙빙 도는 거예요. 구름이 점점 커져 곧바로 30센티미터, 60센티미터, 3미터가 되더니 저 집만큼 커졌죠. 먹구름이 회전하면서 바람이 세게 불었는데 너무 차서 얼굴이 아렸어요." 아이가 눈을 감고 고개를 살짝 뒤로 젖혔다. 그때의 느낌을 회상하듯이.

"개한테 어떤 독을 먹였는데?" 나는 아이의 오른손 손마디에 묻은 검은 알갱이 잔여물을 알아채고 물었다.

"구름은 계속 커졌어요." 끔찍한 아이는 목소리를 높이며 점점 불안감 가득한 어조로 말을 이었다. "그러고 나서 나는 바람에 날려 구름 가운데로 들어가 빙빙 돌며 조금씩 아래로 떨어졌죠. 세 발 달린 개가 죽은 채 내 곁에서 같이 빙빙 돌지만 않는다면 바람이 잦아들리라는 생각이 들었죠."

"무시무시한 꿈이로구나, 얘야."

"세 발 달린 개가 죽은 채 내 곁에서 빙빙 돌고 있었다고요!" 아이가 한 번 손뼉을 치더니 몸을 휙 돌려 가버렸다. 홀로 남겨진 나는 어안이 벙벙한 채 적잖은 불안감에 휩싸였다. 믿을 만한 말동무가 간절했다. 아이가 모퉁이를 돌아 사라지자 나는 다시 개를 보았다. 땅바닥에 엎드린 개는 입에 거품을 물고, 숨을 쉬느라 오르내려야 할 갈비뼈가 꼼짝하지 않았다. 죽은 것이 분명했다. 집의 창문에서 커튼이 움직이자 나는 몸을 돌려 그 아이처럼 부리나케, 하지만 반대 방향으로 도망갔다. 한 번도 뒤돌아보지 않고. 메이필드에 안녕을 고하고 당분간 벗어나 있어야 할 때였다.

막간극 끝

메이필드의 응접실을 지나치며 들여다보니 그와 벌거벗은 여자는 보이지 않고 가죽 받침대는 바로 세워져 있었다. 복도 끝에 매춘부 하나가 머리를 내 옆방 문에 대고 서 있었다. 나는 그녀에게 걸어가면서 찰리를 봤느냐고 물었다. "방금 나를 여기로 내보냈어요." 피부에 초록빛이 도는 것이 브랜디 때문에 극심한 숙취에 시달리는 듯했다. 트림이 올라오자 그녀는 주먹 쥔 손으로 입을 막았다. "아, 이런." 그녀가 말했다. 나는 내 방문을 열며 찰리에게 어서 오라고 전해달라고 부탁했다. "그러긴 힘들겠네요. 곧장 내 침대로 가서 한동안 조용히 쉴 거예요." 나는 그녀가 주먹으로 벽을 짚으며 비틀비틀 걸어가는 모습을 지켜보았다. 찰리의 방문은 잠겨 있었다. 노크하자 그는 혼자 있고 싶은 마음이 역력히 전달되는 으르렁 소리를 냈다. 내가 소리치자 그가 벌거벗은 채 문을 열고는 들어오라며 손짓했다.

"어디 갔었어?" 그가 물었다.

"밤을 함께 보낸 여자랑 산책했어."

"어떤 여자?"

"예쁘고 날씬한 여자."

"예쁘고 날씬한 여자가 있었어?"

"형이야 웃고 떠느느라 정신이 없어서 못 봤겠지. 지금 얼굴이 얼마나 빨간지 알아?"

메이필드의 화난 목소리가 응접실에서 웅웅대며 들려왔다. 곰 가죽이 없어졌다는 말에 찰리의 몸이 굳었다. "없어졌다니? 저게 무슨 말이야?"

"말 그대로 없어졌다고. 사라져버렸어. 받침대가 쓰러져 있고 가죽은 잘려나갔던데."

그가 잠시 고민하더니 옷을 입기 시작했다. "메이필드와 얘기 좀 해야겠어." 그는 바지를 입으며 끙끙거렸다. "우리는 어젯밤 아주 좋은 시간을 보냈다고. 그 더러운 사냥꾼 자식들 중 하나가 월급 받는 주제에 메이필드를 등쳐먹은 게 분명해."

그가 방에서 나가자 나는 나지막한 고리버들 의자에 털썩 앉았다. 매트리스가 바닥에 끌어내려져 칼로 갈가리 찢기고, 그 충격으로 충전재가 삐져나와 있었다. 나는 생각했다, 무분별한 폭력 행사에 대한 형의 애호가 과연 사라질 날이 올까? 그와 메이필드가 언쟁을 벌이는 소리가 들렸지만 세세한 내용은 들리지 않았다. 온몸이 피로로 무지근해 반쯤 잠이 들었을 때 찰리가 돌아왔다. 잔뜩 굳은 얼굴에 두 주먹을 꽉 쥔 나머지 손마디가 새하얬다. "목소리 높이는 법을 잘 아시더군. 거만한 씹새끼 같으니라고."

"우리가 훔쳐갔다고 생각하는 모양이지?"

"거의 확신하고 있어. 왜인지 알아? 사냥꾼 하나가 네가 가죽을 옆구리에 끼고 복도를 서둘러 걸어가는 것을 봤다고 주장하거든. 우리 방이랑 짐을 뒤져보라고 했더니 그건 위신이 떨어지는 짓이 라며 마다하더군. 그리고 매춘부한테 뭐라고 속삭이자 그년이 부 랴부랴 나가버렸어. 사냥꾼들을 찾으러 갔겠지." 그가 창문으로 가서 큰길을 내려다보았다. "이런 개수작을 부리다니 가만 안 두 겠어. 지금 몸 상태만 괜찮았어도 곧장 잡으러 갔을 텐데." 그가 나를 돌아보았다. "너는 어때, 형제? 한판 뜰 준비는 돼 있어?"

"얼추."

그가 실눈을 뜨며 물었다. "코트 안에 그건 뭐야?"

"여자한테 받은 선물이야."

"퍼레이드라도 할 모양이지?"

"그녀를 기억하기 위한 천일 뿐이야. 어머니 표현을 빌리자면, 봄보니에레*라고 할 수 있지."

그는 혀로 이를 핥으며 빨아들이는 소리를 내고는 단호히 말했 다. "벗어버려."

"이거 아주 비싼 거야."

"그년이 너를 갖고 논 거야."

---

* 주로 봉봉 캔디를 담은 답례품 상자를 가리키는 이탈리아어.

"아주 진지한 사람인데."

"네 꼴이 꼭 상품으로 받은 거위 같아."

나는 매듭을 풀고 숄을 벗어서 깔끔하게 네모로 접었다. 소중히 간직하되 혼자 있을 때만 보기로 했다. "그래, 얼굴이 빨간 게 누구라고?" 찰리가 말했다. 그리고 창문으로 돌아서더니 유리창을 두드리며 말을 이었다. "아하, 시작인가보군."

나는 창가로 다가가 내다보았다. 응접실 바닥에 누워 있던 매춘부가 가장 덩치 큰 사냥꾼과 이야기하고 있었다. 그는 선 채로 잠자코 들으며 담배를 말고 고개를 끄덕였다. 그리고 그녀가 말을 마치자 뭔가 지시를 내렸다. 그녀는 호텔로 돌아왔다. 나는 그녀가 시야에서 사라질 때까지 지켜보다가 다시 사냥꾼을 보았다. 창가에 있는 우리를 알아차리고는 챙이 흐느적대는 뾰족한 모자 아래로 노려보고 있었다. "대체 어디서 저런 모자를 구했을까?" 찰리가 궁금해했다. "필시 직접 만들었을 거야." 사냥꾼이 담배에 불을 붙이고 연기를 내뿜더니 호텔과 반대 방향으로 걸어갔다. 찰리가 다리를 찰싹 때리고 침을 뱉었다. "인정하기 싫지만 우리가 졌어. 금화를 이리 내. 내 것도 돌려줄 거야."

"돈을 돌려주는 건 죄를 인정하는 거나 마찬가지야."

"안 그러면 싸우거나 달아나는 수밖에 선택지가 없어. 지금 우리 상태로는 싸우지도 달아나지도 못해. 그냥 빨리 끝내버리자고." 그가 다가와 내 앞에 서서 손을 내밀었다. 나는 주머니를 툭툭 쳤다. 꿍꿍이가 뻔히 드러나는 애처로운 무언극이었다. 거뭇하게 수염이 올라온 목을 긁으며 그가 말했다. "그 여자한테 줬지,

그렇지?"

"내가 직접 번 돈이야. 어디에 쓰든 형이 상관할 바 아냐." 형을 상대한 매춘부가 주먹 쥔 손으로 입을 막던 기억이 나서 나는 말했다. "형도 줘버렸잖아?"

"그런가? 그 생각은 못했는데." 형이 지갑을 확인하더니 쓴웃음을 터뜨렸다. "여자도 공짜로 마음껏 즐기라고 메이필드가 그랬는데."

응접실에서 다시 고함이 터져나왔다. 종이 울리고 유리창이 깨졌다.

"우리 주머니를 털어 돈을 돌려주겠다는 말은 하지 마." 나는 말했다.

"아니, 그렇게까지 그자와 친구가 되고 싶진 않아. 우선 내 짐부터 챙기고, 그다음에 네 짐을 챙기러 가자. 네 방 창문으로 빠져나가 무사히 탈출할 수 있길 빌자고. 꼭 싸워야 한다면 싸우겠지만, 하루만 더 쉬었더라면 좋을 텐데. 그럼 컨디션도 완전히 회복되고." 그는 가방을 들고 방을 훑어보고는 물었다. "전부 챙겼지? 그렇지? 좋아. 순수한 침묵 속에서 복도를 나아가자고."

순수한 침묵이라, 나는 속으로 생각하며 찰리와 함께 내 방으로 살금살금 걸어갔다. 그 표현이 왠지 시적으로 느껴졌다.

우리는 내 방 창문으로 빠져나가 바깥 통로 전체를 덮은 지붕 돌출부를 따라서 몰래 걸어갔다. 우리에게 꽤 유리한 상황이었기에 텁과 님블이 묶여 있는 호텔 맨 끝의 마구간까지 누구에게도 발각되지 않고 이동할 수 있었다. 반쯤 갔을 때 찰리가 높다란 간판 뒤에 멈추더니 바로 아래 말뚝에 기대서 있는 가장 덩치 큰 사냥꾼을 내려다보았다. 다른 사냥꾼 세 명이 합류해서는 얼추 빙 둘러서서 지저분한 턱수염을 달싹거리며 이야기를 나누었다. "저치들은 이 지역 사향쥐 사냥꾼들 사이에서 꽤 악명 높겠어." 찰리가 말했다. "하지만 살인자들은 아냐." 찰리가 대장을 가리켰다. "저자가 가죽을 훔친 게 분명해. 한판 붙게 되면 내가 저자를 맡지. 나머지는 총성이 울리는 동시에 걸음아 나 살려라 도망갈걸."

사냥꾼들이 흩어지자 우리는 돌출부 끝까지 걸어가 땅으로 뛰어내린 다음 살금살금 마구간으로 들어갔다. 뻐드렁니 마구간지기가 텁과 님블 곁에 서서 멍하니 말들을 바라보고 있었다. 우리가 인사하자 그자는 화들짝 놀라더니 마지못해 안장을 말에 얹었다. 그 모습에 미심쩍어했어야 했는데, 어서 빠져나가야 한다는 데 정신이 팔려 미처 신경쓰지 못했다. 가방을 안장에 묶고 있는 찰리와 나의 뒤에서 사냥꾼들이 소리 없이 나타날 때까지도. 알아차렸을 때는 이미 늦었다. 총구가 심장을 겨누고, 완전히 그들 손아귀에 갇힌 신세가 되고 말았다.

"메이필드를 떠날 모양이지?" 가장 덩치 큰 사냥꾼이 말했다.

"떠나려고." 찰리가 말했다. 나는 그가 이 상황을 어떻게 요리할지 알 수 없었다. 다만 그는 총을 뽑기 전 엄지로 검지를 튕기는 습관이 있었고, 내 귀는 그 소리에 대단히 예민하게 길들여져 있었다.

"메이필드 씨에게 진 빚을 갚기 전에는 못 떠나지."

"메이필드 씨라니." 찰리가 말했다. "사랑하는 주인님이군그래. 솔직히 말해봐. 그의 침대 정리도 네가 하지? 기나긴 겨울밤 두 손으로 발도 덮혀주고, 안 그래?"

"100달러를 내놓지 않으면 죽여버리겠어. 뭐, 어차피 죽이겠지만. 내가 털과 가죽을 잔뜩 걸치고 있으니 느릴 줄 알겠지만 곧 상상 이상으로 빠르다는 걸 알게 될 거다. 내 총알이 네 몸에 줄줄이 박혀도 놀라지 마."

찰리가 말했다. "너는 느려. 하지만 옷 때문은 아니야. 대가리가 문제지. 네놈이 진창과 눈밭에 숨어 있다가 잡는 짐승보다 못하니."

사냥꾼이 껄껄 웃었다. 혹은 짐짓 유쾌하고 온후한 분위기를 자아내려 웃는 척했다. 그리고 말했다. "네놈이 밤새 술을 처마신다는 얘기에 생각했지. 오늘밤은 술을 한 방울도 입에 안 대겠다고. 아침에 이자를 죽일 경우에 대비해 푹 쉬고 컨디션을 조절하겠다고. 그리고 이제 아침이 됐으니, 이거 하나만 더 묻겠어. 돈을 돌려줄 건가, 아니면 가죽을 돌려줄 건가?"

"네놈이 나한테서 얻어갈 건 죽음뿐이야." 찰리가 날씨 이야기를 하듯 태평히 말하자 나는 목덜미 털이 곤두서고 손이 욱신거리고 떨렸다. 그는 이런 상황에 참으로 멋지게 대처한다. 일말의 두려움도 내비치지 않고 침착하기 그지없이. 항상 이런 식인 것을 수없이 봐왔는데도 번번이 찬탄이 샘솟았다.

"너를 쏴죽여버리겠어." 사냥꾼이 말했다.

"내 동생이 숫자를 셀 거야." 찰리가 말했다. "셋에 동시에 총을 뽑자고."

사냥꾼이 고개를 끄덕이고 권총을 총집에 꽂았다. "원하면 백까지 세어도 좋아." 그리고 손을 풀듯이 폈다 접었다.

찰리는 뚱한 표정을 지었다. "바보 같은 소리. 다른 말을 생각해봐. 마지막으로 남기는 한마디인데 그럴싸해야지."

"할 거야, 낮이 저물고 밤이 깊도록. 내가 그 유명한 시스터스 형제를 죽인 경험담을 손자들에게도 전해주지."

"그나마 말이 좀 되는군. 유머러스한 각주로 써먹으면 되겠어." 찰리가 나에게 말했다. "이자가 우리 둘 다 죽이겠다는군, 일라이."

"형과 함께 말을 타고 다니며 일해서 무척 행복했어."

"하지만 이제 영원히 안녕을 고할 때인가?" 찰리가 물었다. "이자를 자세히 살펴보면 가슴에 심장이 없다는 걸 알 수 있어. 겉만 번지르르하지. 마음속 깊은 곳에서는 이게 실수라고 말하고 있는데도 못 알아채다니."

"숫자나 세, 씹새끼야." 사냥꾼이 말했다.

"자네 묘비에 그렇게 새겨주지." 찰리가 말하며 큰 소리로 손가락을 튕겼다. "셋을 세, 형제. 천천히 박자에 맞춰서."

"두 사람 다 준비됐지?" 나는 물었다.

"준비됐어." 사냥꾼이 말했다.

"좋아." 찰리가 말했다.

"하나." 나는 말했다. 그리고 찰리와 동시에 권총을 들어 네 발을 발사했다. 각각의 총알은 표적을 정확히 찾아가 두개골을 하나씩 박살냈다. 사냥꾼들은 땅바닥에 쓰러지더니 다시는 일어나지 않았다. 내가 기억하는 한 더없이 매끄럽고 더없이 효율적이며 나무랄 데 없는 살인이었다. 놈들이 쓰러지기 무섭게 찰리가 껄껄 웃어젖혔다. 나 역시 마찬가지였다. 하지만 나는 안도감에서였고, 찰리는 정말 웃겨서 웃은 듯하다. 그저 운이 좋았다는 말로는 부족하다. 보통 사람이 평정을 잃는 상황에서도 침착성을 유지하는 강인한 정신이 필요하다. 아청색 턱수염을 기른 사냥꾼이 아직 헐떡이고 있길래 다가가서 내려다보았다. 그는 혼란에 빠져 눈을 사방으로 굴리고 있었다.

"무슨 소리였지?" 그가 물었다.

"총알이 너를 파고드는 소리."

"총알이 내 어디를 파고들었다고?"

"머리."

"느낌이 없어. 거의 소리가 안 들려. 다른 사람들은 어디 있지?"

"바로 곁에 쓰러져 있다. 그자들 머리에도 총알이 박혔지."

"그래? 얘기하고 있어? 말소리가 안 들리는데."

"아니, 죽었어."

"하지만 난 안 죽었고?"

"그래, 아직은."

"윽." 그의 눈이 감기고 꼼짝도 하지 않았다. 내가 물러서는 순간, 다시 부르르 떨며 눈을 떴다. "너희 둘을 죽이고 싶어한 건 짐이었어. 난 아니야."

"알았어."

"자기 덩치가 크니까 대단한 일을 해내야 한다고 믿었지."

"지금은 죽어버렸지만."

"밤새 그 이야기를 해댔어. 우리에 대한 책이 나올 거라고. 너희가 우리 옷을 놀려서 화가 났거든."

"이제 와서 무슨 상관이겠어. 눈 감아."

"이봐?" 사냥꾼이 말했다. "어이?" 눈이 내 쪽을 향했지만 보이지는 않는 듯했다.

"눈을 감아. 괜찮아."

"나는 이러고 싶지 않았어." 그가 불평했다. "짐은 너희를 쉽게 해치울 수 있을 거라고 생각했어. 그리고 모두에게 떠벌릴 생각이었지."

"그만 눈 감고 편히 쉬도록 해." 나는 말했다.

"윽. 윽. 윽." 이윽고 생명이 빠져나가고 그는 숨을 거두었다. 나는 텁에게 돌아가 안장을 챙겼다. '셋까지 세기'는 우리가 예전부터 써먹은 수법이었다. 부끄럽지도 자랑스럽지도 않았다. 대단히 나쁜 상황에서만 써먹고, 덕분에 여러 차례 목숨을 구한 것만으로 충분하다.

우리가 떠나려는데 위쪽 다락방에서 발소리가 들렸다. 마구간지기가 싸움을 구경하려고 떠나지 않고 숨어 있었던 것이다. 안타깝게도 그는 우리의 숫자 세기 속임수까지 목격해버렸다. 우리는 사다리를 올라 그를 찾아냈다. 건초 꾸러미가 여기저기 높다랗게 쌓여 있어 기막힌 은신처를 만들어준 덕분에 시간이 걸렸다. "나와, 녀석아." 나는 소리쳤다. "오늘 죽일 만큼 죽였으니 너는 살려주겠다고 약속하지." 저쪽 구석에서 쪼르르 발소리가 들렸다. 그쪽으로 총을 발사했으나 건초더미가 총알을 삼켜버렸다. 또다시 멈춤, 또다시 발소리. 찰리가 말했다. "자식아, 나와. 우리는 너를 죽일 거야. 탈출하려 해봐야 소용없어. 상식적으로 해결하자고."

"흑흑흑." 일꾼이 울었다.

"너는 지금 우리 시간만 허비하고 있어. 우리는 바쁜 몸이야."

"흑흑흑."

마구간지기를 신속히 처리한 후 메이필드의 응접실로 갔다. 그는 노크한 게 우리임을 알고 어찌나 충격을 받았는지 한동안 말하지도 움직이지도 못했다. 나는 그를 소파에 앉혔다. 그는 가만히 앉아 형언하기 어려운 제 운명을 기다렸다. 나는 찰리에게 말했다. "어젯밤이랑 딴사람 같은데."

"이 모습이 진짜야." 찰리가 말했다. "저자를 처음 본 순간 알아봤어." 그리고 메이필드를 향해 말했다. "짐작했겠지만, 당신 부하 넷 모두 우리가 처치했어. 게다가 마구간지기도 뜻하지 않게 죽여야 했고. 이건 전적으로 당신 잘못이라는 점을 분명히 하고 싶군. 우리는 선의에서 붉은 곰 가죽을 가져왔고, 그게 사라진 일과는 아무 관련 없어. 그러니 부하들과 마구간지기의 죽음은 전적으로 당신 책임이야. 우리가 아니라. 당신이 꼭 동의할 필요는 없어. 내 말을 알아듣기만 하면 돼. 알아들었나?"

메이필드는 대답하지 않았다. 그저 내 뒤쪽 벽의 한곳을 뚫어져라 보기만 했다. 뭘 보나 싶어 돌아보니 아무것도 없었다. 다시 돌아보니 그는 두 손으로 얼굴을 문질러대며 마른세수를 하고 있었다.

"좋아." 찰리가 말을 이었다. "이제부터 할 말이 마음에 들진 않겠지만, 당신이 우리 형제에게 끼친 피해를 보상해줘야겠어. 내 말 듣고 있어, 메이필드? 그래, 이제 털어놔. 금고는 어디 있지?"

메이필드가 한동안 잠잠하기에 나는 그가 질문을 듣지 못했나 싶었다. 찰리가 다시 물으려고 입을 여는 찰나 메이필드가 대답했다. 속삭임이나 다름없는 소리였다. "말하지 않겠다." 찰리가 그에게 걸어갔다. "금고가 어디 있는지 말해. 안 그러면 권총으로 머리를 패줄 거야." 메이필드가 아무 말도 않자 찰리는 총집에서 권총을 꺼내 총신을 움켜쥐었다. 잠시 가만있다가 메이필드의 정수리를 호두나무 손잡이로 내리쳤다. 메이필드가 소파에 뒤로 벌러덩 널브러져 머리를 감싸안고 억누른 신음을 흘렸다. 끽끽 이를 가는 듯한 소리가 내가 듣기에도 더없이 품위 없었다. 곧 머리에서 피가 흘렀다. 찰리가 손에 손수건을 쥐여주며 그를 일으켜 앉혔다. 메이필드는 보통 그러듯 손수건을 뭉쳐 상처를 누르는 게 아니라 탁자보인 양 펼쳐서 머리에 얹었다. 정수리가 벗어져서 피에 젖은 손수건이 쉽게 들러붙었다. 도대체 무슨 생각으로 그런 걸까? 무심코 떠오른 걸까, 아니면 어디서 주워들은 방법일까? 메이필드는 뚱한 표정으로 우리를 보았다. 한쪽 다리에만 부츠를 신었고 다른 쪽 발

가락은 빨갛게 부어 있었다. 나는 그것을 가리키며 말했다. "동창
凍瘡에 걸렸나, 메이필드?"

"동창이 뭐지?"

"네 발처럼 되는 거지."

"내 발이 뭐 어때서?"

"동창에 걸린 거야." 나는 말했다.

찰리가 손가락을 퉁겨 나를 조용히 시키고 메이필드의 관심을
돌렸다. "이번에는 대답하지 않으면 두 번 팰 거야."

"절대 넘겨주지 않겠어."

"금고는 어딨지?"

"나는 그 돈을 벌려고 열심히 일했어. 네놈들은 절대 못 뺏어가."

"좋아." 그가 권총 손잡이로 두 번 연달아 치자 메이필드는 다시
소파에서 꼬꾸라져 흐느끼며 한탄했다. 찰리가 손수건을 그대로
둔 채 치는 바람에 불쾌하고 축축한 소리가 울렸다. 다시 바로 앉
히자 메이필드는 턱을 악다문 채 헐떡였다. 머리 전체가 피로 범벅
이었다. 손수건에서 피가 뚝뚝 떨어졌다. 아랫입술을 내밀어 용기
를 과시하려 했지만 우스꽝스럽기만 했다. 정육점에서 내건 고깃
덩어리 같았다. 피가 턱과 목을 타고 흘러내려 옷깃이 젖어들었다.
찰리가 말했다. "이제 분명히 해야 할 것 같군. 당신 돈은 이미 사
라졌어. 명백한 진실이자 현실이야. 계속 저항하면 당신을 죽이고
금고를 찾으면 그만이야. 곰곰이 생각해봐. 이미 몰수된 것 때문에
왜 폭행과 죽음까지 당해야 하지? 생각해봐. 이건 무의미해."

"이러나저러나 죽일 거잖아."

"꼭 그렇지는 않아." 내가 말했다.

"그럼." 찰리가 거들었다.

"맹세할 수 있나?" 메이필드가 물었다.

찰리가 나를 보며 눈으로 물었다―살려둬? 나는 눈으로 대답했다―아무려나. 그가 말했다. "돈을 넘긴다면 우리가 당신을 처음 봤을 때 그대로 내버려두지. 살아 숨쉬는 모습으로 말이야."

"맹세해."

"맹세하지." 찰리가 말했다.

메이필드가 그를 가만히 살피며 거짓의 흔적을 찾았다. 그리고 만족한 듯 나를 건너다보았다. "자네도 맹세하나?"

"형이 그렇다고 하면 그런 거야. 하지만 굳이 필요하다면 나도 맹세하지. 죽이지 않겠다고."

그가 묵직해진 손수건을 머리에서 치워 내던졌다. 바닥에 떨어지며 철퍼덕 소리가 나자 대단히 혐오스럽다는 표정으로 바라보았다. 그리고 조끼를 바로 하고 일어났다가 비틀거리더니 도로 주저앉았다. 당장이라도 기절할 듯한 기색이었다. "술을 좀 마셔야겠어. 머리도 씻어야 하고. 이런 꼴로 내 호텔을 돌아다닐 수는 없어." 내가 브랜디를 한 잔 가득 따라주자 그는 길게 두 모금 만에 마셨다. 찰리는 화장실로 가서 수건 몇 장과 물그릇과 손거울을 가지고 와 메이필드 앞의 나지막한 탁자에 내려놓았다. 그가 씻고 매무새를 가다듬는 모습을 우리는 가만히 지켜보았다. 아무 감정도 드러내지 않는 그에게 나는 묘하게 감탄했다. 모아둔 돈과 금을 몽땅 잃게 생겼는데 일상적으로 면도하듯 태연히 외모를 가다듬다니. 무슨 생각을 하는 건지 호기심이 일어 물어보았다. 계획을 짜고 있다고 답하길래 다시 어떤 계획이냐고 물었다. 그가 손거울을 탁자에 뒤집어 내려놓고는 말했다. "그야 전적으로 당신들이 나한테 돈을 얼마나 남겨주느냐에 달렸지."

"남겨준다고?" 찰리가 눈썹을 치켜세우며 말했다. 그는 메이필드의 책상 서랍을 뒤지는 중이었다. "아무것도 안 남겨놓을 거라고 이해한 줄 알았는데."

메이필드가 외쳤다. "아무것도? 다 가져가겠다는 거야?"

찰리가 나를 보았다. "그럴 계획 아니었어?"

나는 말했다. "내가 오해한 게 아니라면, 처음 계획은 저자를 죽이는 거였어. 그런데 마음을 바꿨으니 이 새로운 사안에 대해 적어도 얘기해볼 수는 있겠지. 솔직히 저자를 무일푼 신세로 만드는 건 좀 잔인하긴 해."

찰리는 눈이 어두워지며 생각에 잠겼다. 메이필드가 말했다. "무슨 생각을 하느냐고 물었으니 말해주지. 나 같은 사람이 오늘 자네 둘한테 당한 것처럼 된통 깨진 후에는 전혀 다른 두 가지 인생이 앞에 놓여 있다는 생각을 했네. 상처받은 마음을 품고 세상으로 걸어나가 마주치는 모든 사람에게 광기 어린 증오를 뿜어댈 수도 있겠지. 아니면 마음을 비우고 새로 시작해 자랑스러운 것들로 다시 채우려 노력할 수도 있고. 황폐한 마음을 비옥하게 만들고 뭔가 새롭고 긍정적인 태도를 기르는 거야."

"즉흥적으로 지어내는 말일까?" 찰리가 나에게 물었다.

"나는 두번째 길을 가려고 하네." 메이필드가 말을 이었다. "나는 스스로를 되찾을 필요가 있어. 무엇보다 목적의식을 새로이 하겠어. 내가 누구이며, 혹은 누구였는지 되새기겠어. 이곳에서 편하게 살다보니 게으름뱅이가 된 것 같거든. 자네들에게 이렇게 쉽게 강탈당하는 것이 바로 그 예라고 할 수 있지."

"자신의 무대책과 비겁함을 게으름으로 표현하다니." 찰리가 말했다.

"게다가 다섯 사람이나 죽었는데 우리가 자기 재산을 쉽게 뺏어간다고 했어." 나는 말했다.

"표현력에 문제가 있는 사람이군." 찰리가 말했다.

메이필드가 말했다. "내 바람은, 솔직히 까놓고 말하지, 자네들 고향인 오리건 시티까지 갈 경비를 받는 거네. 낫칼을 가진 제임스 로빈슨이라는 씹새끼를 당장 찾아가서 응징해야 하거든."

그가 이 말을 하는 순간, 나와 형은 똑같이 사악한 계획을 떠올렸다.

"나름 괜찮은 것 같은데." 찰리가 말했다.

"하지만 너무 비극적이야." 나는 말했다.

"나한테 이런 짓을 저지르고서 그런 범죄자는 보호해준다는 게 말이 되나?" 메이필드가 분개하며 말했다. "내 복수를 도와주는 건 정당할뿐더러 적절한 결정이야. 내가 번 재산을 모두 털어가지 않고 조금 남겨준다면 자네들에게도 부분적으로나마 면피가 될 테고."

이 독선적인 발언이 그의 운명을 결정했다. 우리는 메이필드에게 100달러를 남겨주기로 했다. 그 정도면 오리건 시티에 가서 그대로 처박히기에 적당한 금액이었다. 그곳에서 누구든 붙잡고 묻자마자 로빈슨이 죽었음을 알게 될 테고, 우리가 그 사실을 처음부터 알고 있었음을 깨닫고는 이 장난을 쓰라린 원한 속에 곱씹을 터였다. 우리는 금고에서 인장이 찍힌 금화 100달러를 꺼내 그에게 주었다. 금고는 호텔 지하실에 있었다. 열린 금고를 바라보며 메이필드가 말했다. "내 평생 행운이 찾아온 건 저때가 처음이었지. 금고가 금화와 지폐로 가득찼어. 어쨌든 상상도 못할 정도로 많은 돈이었지." 그가 근엄하게 고개를 끄덕였다. 하지만 허세는 이내 격렬한 감정에 자리를 내주고 말았다. 얼굴이 시무룩해지더니 눈물이 주르륵 흘러내렸다. "씨발, 행운을 계속 잡고 있기란 힘든 법이지!" 그가 말했다. 그리고 얼굴을 훔치며 한껏 진심을 담은 격한 어조로, 하지만 나직하게 욕설을 퍼부었다. "내겐 더이상 행운이 남아 있지 않은 기분이 들어. 그게 사실이겠지." 죽은 쥐의 꼬리를 잡고 들듯이 자그마한 돈주머니의 끈을 쥔 모습이 애처롭기 짝이 없었다. 우리는 밖으로 따라 나가 그가 옷매무새를 가다듬고 안장 가방을 안장에 매는 모습을 지켜보았다. 한바탕 연설을 하고 싶은 모양이었지만 말이 자연스레 나오지 않는지, 아니면 우리가 청중으로 부족하다고 여겼는지 끝내 입을 열지 않았다. 그는 말에 올라 무뚝뚝하게 고개를 끄덕인 뒤 떠나갔다. 그 눈은 이렇게 말하고 있었다—너희 둘 정말 마음에 안 들어. 우리는 지하실로 돌아가 금고의 내용물을 확인했다. 모두 1,800달러에 달하는 화폐를 둘이 나누어 챙겼다. 금화는 다 들고 갈 수가 없어서 지하실 한구석 나무 받침대에 놓인 배불뚝이 난로 밑에 숨겨두었다. 지저분한 작업이었다. 난로를 앞뒤로 움직이려면 먼저 양철 연통부터 해체해야 했고, 결국 둘 다 새까만 검댕을 뒤집어썼다. 하지만 숨기고 나니 세상 그 누구도 이 보물을 찾아내지 못하리라 싶었다. 어느 누가 이런 구석을 들여다보겠는가. 금화는 어림짐작으로 1만 5천 달러쯤 될 듯했다. 내 몫만 쳐도 현 재산의 세 배도 넘었다. 퀴퀴한 지하실을 벗어나 계단을 올라서 빛 속으로 들어서자 동시에 두 가지를 느꼈다. 이런 엄청난 행운에 대한 기쁨과, 더 큰 기쁨이 느껴지지 않는다는 허무함. 혹은 나의 기쁨이 거짓이거나 강요된 것이라는 두려움. 아마도 인간은 애초에 진정으로 행복해질 수 없나보다. 어쩌면 세상에 진실한 행복 따위는 없는지도 모른다.

호텔 복도를 걸어가자니 메이필드가 머리를 다친 채 떠났고 사냥꾼들이 보이지 않는다는 소식에 매춘부들이 야단법석을 떨고 있었다. 나는 찰리의 매춘부를 발견했다. 아까보다 아주 살짝 안색이 돌아와 있었다. 나는 그녀를 한쪽으로 데려가 경리는 어디 있는지 물었다.

"사람들이 병원에 데려갔어요."

"괜찮나?"

"그럴 거예요. 걸핏하면 병원에 실려가니."

나는 그녀의 손에 100달러를 쥐어주었다. "돌아오면 이걸 전해줘."

그녀가 돈을 응시했다. "어머나, 하느님 아버지가 납셨네."

"이 주 후에 돌아올 거야. 그때 만약 그녀가 돈을 받지 못했다는 걸 알게 되면 대가를 치르겠지. 내 말 알겠어?"

"선생님, 저는 그저 여기 복도에 가만히 서 있었을 뿐이랍니다."

나는 20달러짜리 금화를 집어들었다. "이건 당신 거야."

그녀는 금화를 주머니에 넣었다. 그리고 찰리가 사라진 쪽을 응시하며 물었다. "그쪽 형이 나한테 100달러를 주지는 않겠죠."

"그럴 거 같군."

"당신 몸에는 낭만의 피가 흐르는 것 같은데, 그렇죠?"

"우리 형제에게는 같은 피가 흘러. 그저 다르게 사용할 뿐이지."

나는 돌아서서 걸어갔다. 여섯 걸음쯤 떼었을 때 그녀가 물었다. "그 여자가 뭘 어쨌길래 이 돈을 받는지 말해줄래요?

나는 멈춰서서 생각했다. 그리고 말했다. "그녀는 아름다웠고, 그리고 내게 친절했어."

가엾은 매춘부의 표정이라니. 그녀는 내 말을 어떻게 이해해야 할지 몰랐다. 그저 자기 방으로 돌아가 문을 쾅 닫더니 새된 비명을 두 번 질렀다.

마을을 떠나 강여울을 따라서 나아갔다. 모리스와 만나기로 한 날보다 며칠 늦었지만 형이나 나나 별로 걱정하지 않았다. 지난 36시간 동안 있었던 일을 음미하며 분류하고 있는데 찰리가 낄낄거렸다. 팁을 타고 앞서가던 나는 뒤돌아보지 않고 외쳤다. 뭐가 그리 재미있냐고.

"아버지가 죽은 날을 생각하고 있었어."

"그게 왜?"

"너랑 나는 집 뒤 들판에 앉아서 점심을 먹고 있었지. 그때 아버지와 어머니가 말다툼하는 소리가 들렸어. 뭘 먹었는지 기억나?"

"무슨 소리를 하려는 거야?"

"사과를 먹고 있었어. 어머니가 보자기로 싼 사과를 들려 우리를 밖으로 보냈지. 곧 대판 싸움이 벌어지리라는 걸 알았던 거야."

"빛바랜 빨간 보자기였지." 나는 말했다.

"맞아. 덜 익은 초록색 사과였어. 네가 사과를 먹고 인상 쓰던 게 기억나. 그런 꼬맹이가 사과맛을 알았다니, 지금 생각하니 신기하군."

"사과맛이 시큼했던 건 기억나." 기억이 생생히 되살아나면서 입술이 절로 오므라지고 군침이 혀를 휘감았다.

찰리가 말했다. "열기로 푹푹 찌는 무더운 날이었지. 우리는 풀이 높이 자란 들판에 앉아 사과를 먹으며 부모님의 고함소리를 들었어. 아니, 나는 듣고 있었어. 너도 들었는지는 모르겠군."

듣다보니 그 광경이 생생히 떠올랐다. "나도 들었던 것 같아." 나는 말했다. 그 순간 들었다는 확신이 생겼다. "뭐가 부서졌지?"

"맞아. 정말 기억하는구나."

"뭐가 부서지고 어머니가 비명을 질렀어." 목이 메어서 간신히 눈물을 참았다.

"아버지가 주먹으로 창문을 박살낸 뒤 도끼 손잡이로 어머니 팔을 쳤지. 아주 지랄발광이었어. 더 미치기 전에 내가 어머니를 도우러 집에 들어갔을 때는 완전히 정신이 나가 있었어. 소총을 들고 들어갔는데도 나를 알아보지 못했거든."

"사람이 어떻게 그렇게까지 미치지?"

"때로는 그런 일도 있는 법이지."

"정말 완전히 미쳐버렸다가 정상으로 돌아올 수 있어?"

"정말 완전히 미친다면 힘들 것 같아."

"그런 기질이 아버지에게서 자식에게 대물림된다고 들었어."

188

"그런 생각은 못해봤는데. 왜, 너도 미친 것 같아?"

"가끔 무기력한 기분이 들어."

"그건 다른 거야."

"그래야 할 텐데."

"내가 맨 처음 가졌던 소총 기억나? 아버지는 그걸 콩알총이라고 불렀어. 하지만 내가 방아쇠를 당기자 더이상 못 놀리게 됐지." 찰리가 잠시 침묵했다. "두 발을 쐈어. 하나는 팔에, 또하나는 가슴에. 가슴에 맞자 쓰러져버렸지. 바닥에 누워 나를 향해 욕을 해대더군. 끝도 없이 욕하고 증오하고 저주하고. 그런 증오는 그전에도 그후에도 본 적이 없어. 아버지라는 사람이 바닥에 드러누워 진득거리는 피를 울컥울컥 내뱉으며 욕설을 뱉어대는 거야. 어머니는 의식을 잃었고. 팔이 심하게 부러져서 고통에 기절한 거였어. 자기 아들이 남편을 살해하는 광경을 보지 않았다는 점은 다행이라고 생각해. 아무튼 아버지는 머리를 떨구더니 숨을 거뒀어. 나는 시신을 집 밖으로 끌고 나가 마구간으로 갔어. 돌아오니 어머니가 깨어나 있었어. 고통 때문인지 공포 때문인지 넋이 나갔더군. 계속 이렇게 말했어. '저건 누구 피지? 바닥에 저건 누구 피야?' 나는 내 피라고 말했어. 달리 어떻게 말해야 할지 몰랐거든. 그리고 어머니를 일으켜 밖으로 데리고 나가 마차에 태웠어. 마을까지 가는 데 한참 걸렸어. 마차가 덜컹거릴 때마다 어머니가 비명을 질러댔지. 팔뚝이 갈매기 모양으로 꺾여 있었거든. 마치 총알을 장전하려고 꺾어놓은 엽총 같았지."

"그리고 어떻게 됐어?" 나는 뒷일이 기억나지 않아서 물었다.

"어머니가 약을 먹고 부목을 댔을 쯤에는 이미 늦은 오후였지. 집으로 반쯤 돌아갔을 때야 네 생각이 났어." 그가 헛기침을 했다. "네가 그 일로 마음 상하지 않으면 좋겠어, 형제."

"괜찮으니 염려 마."

"나는 정신이 없었어. 그리고 너는 늘 구석에 조용히 앉아 자기 세계에 빠져 있었고. 하지만 아까 말했듯이, 그날은 어마어마하게 더운 날이었어. 그리고 당연히, 내가 자리를 뜨자마자 니는 모자를 벗어버렸고. 금발에 하얀 피부인 어린애가 네다섯 시간 동안 불볕 아래 앉아 있었던 거야. 어머니는 약에 취해 마차에서 잠이 들었고, 나는 어머니를 그대로 둔 채 황급히 마차에서 내려 너를 보러 갔어. 네가 화상을 입을까 걱정하지는 않았어. 근처를 어슬렁거리던 코요테에게 잡아먹혔거나, 제 발로 강으로 걸어가 물에 빠져 죽었을까 걱정했지. 그래서 네가 멀쩡하게 그 자리에 그대로 앉아 있는 걸 보고 안심했어. 너를 데리러 언덕을 뛰어내려갔지. 그런데 네가 불타듯이 새빨개져 있는 거야. 눈의 흰자위까지 피범벅인 양 새빨갰지. 이 주 동안 장님 신세였고, 피부는 양파 껍질처럼 허물이 벗겨졌어. 그렇게 해서 일라이 네 얼굴이 주근깨투성이가 된 거야."

3장

허먼 커밋 웜

항구를 처음 본 순간 정신이 멍해졌다. 어찌나 많은 배가 정박해 있는지, 말도 안 되는 생각이지만 돛대들이 서로 뒤엉킨 듯 보였다. 수백 개가 빽빽이 모여 있는 것이 마치 가지 없는 나무로 이루어진 거대한 숲이 파도에 들썩이는 듯했다. 찰리와 나는 해변을 따라 사람과 짐을 헤치며 나아갔다. 주위가 온통 북새통이었다. 온갖 인종과 나이대의 사람들이 바삐 움직이고 고함치고 밀치고 싸워댔다. 소와 양이 이쪽저쪽으로 몰려가고, 마차가 목재와 벽돌을 싣고 진창길을 올랐다. 건물을 짓는 망치질 소리가 도시에서 바다를 향해 메아리쳤다. 어디선가 웃음소리가 들렸는데 즐겁다기보다 광기나 악의가 어린 소리 같았다. 텁이 불안해했고, 나 역시 마찬가지였다. 여태껏 조금이나마 비슷한 광경도 본 적 없었다. 큰길과 골목이 뒤얽힌 미로에서 어떻게 사람을 찾을지 막막했다. 어디를 봐도 수상쩍고 어둡고 비밀스럽게 느껴졌다.

"모리스를 찾아보자." 나는 말했다.

"그자는 벌써 몇 주째 우리를 기다리고 있어." 찰리가 말했다.
"몇 시간 더 기다린다고 상황이 달라지진 않아." 물론 형은 이곳
분위기를 좋아했다. 전혀 불안한 기색이 없었다.

배들은 꽤 오랫동안 정박한 듯한데 아직 화물을 내리지 않고 있
었나. 지나가는 사람에게 왜 그런지 물었나. 그는 맨발이고 옆구리
에 닭 한 마리를 끼고 있었는데, 말하는 내내 닭의 머리를 사랑스
럽게 쓰다듬었다.

"선원들이 배를 버리고 도망갔거든요." 그가 말했다. "금을 찾
고 싶어 안달났으니 몇 초도 더 못 기다리겠죠. 바로 근처에서 강
물이 졸졸 흐르는 소리가 들리는데 누가 하루에 1달러를 받고 밀
가루 상자를 나르겠습니까?" 그는 눈을 껌벅이며 수평선을 보다
말을 이었다. "종종 이 배들을 보며, 뉴욕과 보스턴에서 난처해진
투자자들이 무력하게 분노하는 모습을 상상하면 기분이 좋아져요.
질문 하나 해도 될까요? 지금 막 샌프란시스코에 도착한 거죠? 인
상이 어떤가요?"

"이곳이 어떤 곳인지 어서 더 알고 싶군." 찰리가 말했다.

남자가 대꾸했다. "난 샌프란시스코에 대한 느낌이 그날그날 기
분에 따라 달라진답니다. 혹은 이 도시가 내 기분을 바꾸어놔서 생
각까지 달라진다고 할까요? 어쨌든 어떤 날은 이곳이 진정한 친구
같다가, 며칠 후에는 가장 악랄한 적 같기도 해요."

"오늘 아침은 어떤가요?" 내가 물었다.

"지금은 중간입니다. 별일 없이 괜찮은 하루를 보내고 있죠."

찰리가 말했다. "왜 아무도 배의 화물을 훔쳐가지 않지?"

"아, 많이들 훔쳐갑니다. 화물이 무사한 배는 선장이 완강하게 지키고 있거나 별 가치 없는 것들이 실려 있는 경우죠. 공짜 밀이나 면에는 이제 모두 관심 없어요. 아니, 거의 모두라고 해야 하려나." 그가 만에 떠 있는 작은 배를 가리켰다. 남자 혼자 노를 저어 높다란 배 사이로 나아가고 있었다. 작은 배에 과할 만큼 많은 짐이 실려 있었고 남자는 배가 기울지 않도록 최대한 조심하며 노를 저었다. "저기 저 사람은 스미스라는 친구예요. 나랑 잘 아는 사이죠. 저자가 해변에 도착하면 뭘 할 것 같습니까? 병든 노새의 목에 저 묵직한 상자를 묶어서 밀러 잡화점으로 끌고 갈 겁니다. 밀러는 헐값으로 물건을 사들이고, 스미스는 등골 빠지게 일해서 받은 돈을 카드놀이 한판에 날려버리겠죠. 아니면 간신히 한 끼 식사를 하든지. 여러분이 우리의 이 멋진 도시에서 식사하는 즐거움을 이미 누렸는지 궁금하군요. 아마 아니겠죠? 그랬더라면 창백한 얼굴로 신을 향해 끝도 없이 욕을 퍼붓고 있을 테니까요."

찰리가 말했다. "메이필드에서는 매춘부한테 25달러를 줬어."

남자가 말했다. "샌프란시스코에서는 바에서 매춘부와 같이 앉는 데만 그 금액을 내야 해요. 한판 뛰려면 최소한 100달러는 내야 하고요."

"세상에 누가 그런 거액을 냅니까?" 내가 물었다.

"그런 거액을 내려고 남자들이 줄을 서는걸요. 매춘부들은 하루 열다섯 시간 일하고, 소문으로는 수천 달러씩 벌어들인다죠. 신사

분들, 이곳에서는 절약과 합리적 소비의 전통이 사라지고 없다는 점을 이해해야 합니다. 그냥 더이상 존재하질 않아요. 예를 들어, 얼마 전에 내가 사금을 채취하고 돌아왔거든요. 꽤 큰 주머니가 금가루로 두둑했죠. 그리고 미친 짓이라는 걸 잘 알면서도 가장 값비싼 음식점에 들어가 성대한 식사를 주문했어요. 석 달 내내 차가운 땅바닥에서 야영하며 송어, 돼지비계, 또 송어로 끼니를 때우고 고된 노동으로 등골이 휘었으니, 일종의 온기와 사치를 간절히 바랐던 겁니다. 벨벳을 쓰다듬을 수만 있다면 얼마를 내든 상관없었죠. 그래서 고기와 감자와 에일맥주와 아이스크림을 시켜서 풍성한 식사를 했습니다. 딱히 맛있지는 않았어요. 고향에서는 50센트면 충분했을 식사 한 끼에 자그마치 30달러를 현찰로 내야 했죠."

찰리가 분개했다. "바보나 그런 돈을 내고 밥을 먹을 거요."

"동의합니다. 100퍼센트 동의해요. 그리고 그런 바보들로 이루어진 도시에 온 것을 환영합니다. 더불어 같이 바보가 되는 것이 불쾌한 경험이 아니기를 빌어드리죠."

해변을 따라 800미터쯤 아래쪽에 거대한 목재와 굵은 밧줄로 만든 도르래가 해안선 멀찍이 있었다. 좌초한 증기선을 끄는 중이었다. 널따란 챙이 달린 검은색 모자와 맞춤양복을 입은 남자가 말들을 채찍질하며 도르래를 돌리고 있었다. 왜 저러는지 묻자 닭을 든 남자가 말했다. "스미스와 같은 야망을 품었지만 머리가 좀더 잘 돌아가는 사람이지요. 저 남자는 버려진 배가 자기 거라고 주장합니다. 그래서 얼마 전 선견지명을 발휘해서 사둔 한 뼘짜리 땅으로 끌고 가려는 거예요. 배에 지주를 받쳐 똑바로 세우고, 선실을 하숙방이나 상점으로 세놓아 삽시간에 돈을 벌 거랍니다. 여러분에게도 좋은 교훈이 될 겁니다. 돈은 강에서 벌어들이는 게 아니라 강에서 일하는 사람들에게서 벌어들이는 것이라는 교훈요. 지상에서 금을 캐는 데는 그야말로 갖가지 방법이 있어요. 용기와 행운, 화물을 나르는 노새의 바지런함만 있으면 됩니다. 이미 너도나도 뛰어든데다 마지막 금가루 한 톨까지 탕진하고 싶어 안달한 사람들이 겹겹이 쌓인 도시를 두고 왜 굳이 고생하겠습니까?"

"그럼 당신은 왜 직접 상점을 열지 않나요?" 나는 물었다.

이 질문에 놀란 그는 어떻게 대답할지 잠시 고민했다. 그러더니 슬픈 눈으로 고개를 저었다. "이곳에서 내 역할은 정해져 있는 것 같군요."

어떤 역할이냐고 물으려는 찰나 바람결에 무슨 소리가 들려왔다. 멀리서 뭐가 부서지거나 갈라지는 나직한 소리에 이어 소금기 짙은 대양의 공기를 휘파람 소리가 갈랐다. 도르래 밧줄 하나가 끊어진 것이었다. 검은색 양복의 남자가 모래밭에 모로 누운 말을 굽어보며 서 있었다. 더는 채찍질하지 않는 것으로 보아 말은 죽어가거나 죽은 듯했다.

"여기는 거친 곳 같군요, 그렇지 않나요?" 나는 남자에게 말했다.

"거칠죠. 그 때문에 나 역시 망가진 것 같아 걱정입니다. 확실히 여러 사람을 망쳐놨어요." 그는 스스로에게 되뇌듯 고개를 끄덕이며 말을 이었다. "네, 나도 망가져버렸어요."

"어떻게요?" 나는 물었다.

"어떻게 안 망가지겠어요?" 그가 반문했다.

"고향으로 돌아가 다시 시작할 수는 없어요?"

그는 고개를 저었다. "어제 한 남자가 오리엔트호텔 지붕에서 뛰어내리는 걸 봤죠. 땅에 떨어질 때까지 내내 껄껄 웃어대더군요. 그러다 바닥에 닿자 몸이 산산이 부서졌어요. 사람들은 그가 취했다고 하지만, 직전에 내가 만났을 때만 해도 멀쩡했습니다. 당신도 알아차렸는지 모르겠지만 이곳에는 사람의 중심에 독이 스며드는 듯한 느낌이 있어요. 가능성의 광기죠. 호텔에서 뛰어내린 사람의 마지막은 샌프란시스코의 집단정신의 구현입니다. 나는 완전히 이해해요. 솔직히 말하자면, 그 순간 박수갈채를 보내고 싶은 열망에 휩싸였죠."

"이야기의 요점이 뭔지 모르겠군요." 나는 말했다.

"이곳을 떠나 고향으로 돌아갈 수는 있습니다. 하지만 처음 고향을 떠났을 때의 나로 돌아갈 수는 없어요." 그가 설명했다. "모두가 낯설게 느껴질 거예요. 다른 사람들도 나를 알아보지 못할 거고요." 그가 고개를 돌려 도시를 바라보면서 닭을 쓰다듬고 낄낄 웃었다. 아스라이 한 발의 총성이 들렸다. 발굽소리에 이어 여자의 비명이 들리더니 킥킥대는 웃음으로 변했다. "야망과 탐욕과 야심으로 가득하군!" 남자는 그렇게 내뱉고는 도시로 걸어가 사람들 속으로 사라졌다. 해변에서는 채찍을 든 남자가 죽은 말에서 멀찍이 떨어져서 만과 수많은 돛대를 바라보고 있었다. 모자는 벗은 채였다. 그는 불확신에 빠져 있었고, 나는 그가 부럽지 않았다.

모리스의 호텔방 문을 노크했지만 대답이 없었다. 찰리가 자물쇠를 따고 안으로 들어가니 향수와 왁스 같은 꾸밈 도구들이 문 옆 바닥에 쌓여 있는 것이 보였다. 하지만 그외에는 전혀 흔적이 없었다. 옷도 가방도 없고, 침대는 정돈되었고, 창문은 모두 닫혀 있었다. 모리스가 며칠 전 떠났다는 느낌이 들었다. 찰리와 내게는 돌발적이고 우려스러운 상황이었다. 우리가 지체하긴 했지만 아무리 늦어지든 모리스는 기다리기로 되어 있었다. 게다가 사전에 아무 말 없이 사라지다니 그답지 않았다. 혹시 호텔 주인에게 메시지를 남겼는지 확인해보자고 제안하자 찰리는 어서 가서 물어보라고 했다. 문으로 향하는데 침대 옆 벽에 커다란 검은 뿔 같은 것이 달려 있는 게 보였다. 광택 나는 황동 종이 뿔 안쪽에 걸려 있고, 그 아래 안내문이 적혀 있었다. 서비스가 필요하면 종을 울리고 말하세요.

내가 종을 울리자 방 한가득 소리가 울려퍼졌다. 찰리가 화들짝 놀라 목을 쭉 빼고 살펴보았다. "뭐하는 거야?"

"동부 호텔에 이런 시스템이 있다는 얘기를 들었어."

"무슨 시스템?"

"잠깐 기다려봐." 곧이어 벽 속에서 여자 목소리가 작고 아득하게 흘러나왔다.

"안녕하세요? 모리스 씨?"

찰리가 사방을 둘러보았다. "벽 뒤에 여자가 있는 거야? 어디서 나는 소리지?"

"여보세요?" 목소리가 되뇌었다. "도움이 필요하신가요?"

"어서 말해." 찰리가 시켰지만 나는 이유 없이 수줍어져서 그더러 말하라고 손짓했다. 그가 소리쳤다. "내 목소리 들립니까?"

"희미하게 들립니다. 뿔에 입을 대고 말해주세요."

찰리는 재미있어했다. 침대에서 일어나 다가가서 얼굴을 완전히 뿔에 밀어넣었다. "어떤가요? 좀 낫나요?"

"훨씬 잘 들리네요." 목소리가 말했다. "뭘 도와드릴까요, 모리스 씨? 돌아오셔서 다행이에요. 그 턱수염 기른 키 작고 이상한 남자와 떠났을 때 무척 염려했답니다." 이 말에 찰리와 나는 시선을 교환했다. 그는 다시 뿔에 대고 말했다. "나는 모리스가 아닙니다. 그를 만나러 오리건에서 왔어요. 같은 회사에서 일하거든요."

목소리가 멈칫했다. "그럼 모리스 씨는 어디 있죠?"

"나도 모릅니다."

"우리는 방금 도착했어요." 끼어들어야 할 것 같아 내가 말했다.

"누구죠?" 목소리가 물었다.

"내 동생입니다." 찰리가 말했다.

"그럼 지금 두 분이 같이 있는 거군요."

"우린 늘 둘이 함께하죠." 나는 말했다. "내가 태어난 날 이후로요." 찰리도 여자도 내 농담을 알아듣지 못했다. 못 들은 척했다는 게 맞을 것이다. 여자가 까탈스러운 목소리로 말했다. "모리스 씨 방에는 허락을 받고 들어간 건가요?"

"문이 잠겨 있지 않던데요." 찰리가 거짓말했다.

"그래서요? 다른 사람이 빌린 방에 들어가서 이렇게 호출하시면 안 되죠."

"그 점은 사과하죠. 사실 며칠 전 만나기로 약속이 되어 있는데 그만 사정이 생겨 늦었거든요. 그래서 서두르다보니 결례를 저지르고 말았군요."

"누구와 만나기로 했다는 말은 없었는데요."

"비밀로 했을 겁니다."

"흐음."

찰리가 물었다. "턱수염 기른 남자와 떠났다고 했는데, 혹시 웜이라는 사람 아니었나요? 허먼 웜?"

"이름은 묻지 않았어요. 그 사람도 굳이 알려주지 않았고요."

"턱수염이 무슨 색이었죠?" 내가 끼어들었다.

"동생분이세요?"

"붉은색이었나요?" 나는 물었다.

"네, 붉은색이었어요."

"모리스는 언제 떠났습니까?" 찰리가 물었다.

"나흘 전에요. 내일 오전까지의 숙박료를 미리 냈어요. 예정보다 일찍 떠나는 셈이니 그만큼 환불해드리겠다고 했지만 받지 않으셨어요. 진짜 신사라니까요."

"우리한테 메시지를 남기지는 않았고요?"

"네."

"어디로 간다는 말은 없었습니까?"

"빛의 강으로 간다고 했어요. 그 얘기를 하면서 붉은 턱수염의 남자랑 웃더군요. 이유는 모르겠지만."

"두 사람이 함께 웃었다는 겁니까?"

"둘이 동시에 웃었어요. 이유도 같을 테죠. 지도에서 그런 이름의 강을 찾아봤지만 없던데요."

"모리스 씨가 협박당하는 것처럼 보이지는 않던가요? 예를 들어 억지로 떠난다든가."

"그렇게 보이진 않았어요."

찰리가 곰곰이 생각하더니 말했다. "둘이 친구가 되다니 별일이군."

"내 생각에도 그래요." 목소리가 동의했다. "모리스 씨가 그 남자를 안 좋아하는 줄 알았거든요. 그런데 갑자기 둘도 없는 단짝이 돼서는 방에 같이 틀어박혀 나오지를 않더군요."

"정말 우리한테 아무 메시지도 안 남겼나요?"

"남겼다면 내가 알았겠죠." 그녀가 거만하게 대꾸했다.

"그럼 아무것도 안 남기고 갔다는 겁니까?"

"그렇게 말하지는 않았는데요."

찰리가 뿔을 노려보았다. "뭘 남기고 갔는지 말해주면 정말 고맙겠군요."

여자의 숨소리가 들리더니 이윽고 말했다. "노트예요."

"무슨 노트요?"

"모리스 씨의 기록이 담겨 있어요."

"어떤 기록이죠?"

"몰라요. 안다고 해도 말하지 않겠지만요."

"개인적인 기록인가요?"

"네. 그래서 더 안 보고 바로 덮어버렸죠."

"어떤 내용이었나요?"

"샌프란시스코로 오는 여정 초기에 날씨가 좋지 않았다고 적혀 있었어요. 그만큼만 읽고도 당황했죠. 난 고객의 사생활을 존중하거든요."

"네."

"우리 호텔은 숙박객들의 사생활을 절대적으로 존중해요."

"이해합니다. 그 노트는 지금 어디 있나요?"

"내 방에 있어요."

"우리한테 보여주시면 참으로 감사하겠습니다."

그녀가 주저했다. "그러긴 힘들겠는데요."

"우린 그의 친구예요."

"그럼 왜 메시지를 남기지 않았을까요?"

"대신 그 노트를 남겨둔 거겠죠."

"깜박 잊고 간 거예요. 침대 발치의 뭉쳐진 시트 속에 있었어요. 참, 서둘러 짐을 꾸려 떠나면서 계속 어깨 너머를 힐끔거리더군요. 내가 보기엔 두 분을 피하고 싶었던 게 아닐까 싶은데요."

"그럼 그 노트를 보여주지 않을 생각입니까? 그런가요?"

"고객을 위해 옳은 일을 하는 게 내 본분이에요."

"잘 알겠습니다." 찰리가 말했다. "그럼 점심식사와 에일맥주를 방으로 보내주겠습니까?"

"우리 호텔에 묵을 건가요?"

"하룻밤만요. 이 방도 괜찮을 것 같군요."

"모리스 씨가 돌아오면요?"

"웜과 함께 떠났다면 돌아오지 않을 겁니다."

"그래도 돌아오면요?"

"샴페인 매출이 오르겠죠. 참으로 행복한 재회가 될 테니까."

"뜨거운 음식과 차가운 음식 중 어느 것이 좋으신가요?"

"뜨거운 음식, 에일맥주를 곁들여서요."

"두 분 다 뜨거운 정식으로요?"

"맥주를 곁들여서요."

통화를 끝내고 찰리는 도로 침대에 누웠다. 무슨 상황 같냐고 묻자 그는 대꾸했다. "어떻게 돌아가는 건지 나도 모르겠다. 일단 그 노트를 꼭 봐야 해."

"그 여자가 보여줄 것 같지 않은데."

"두고 보면 알겠지."

나는 창문을 열고 소금기 섞인 공기로 상체를 내밀었다. 호텔은 가파른 언덕에 자리해 있었는데, 머리를 땋고 비단옷을 입고 진흙투성이 슬리퍼를 신은 중국인들이 황소 한 마리를 몰고 언덕을 올라오고 있었다. 황소가 움직이지 않으려고 버티자 그들이 손으로 엉덩이를 때렸다. 새들의 합창 같은 중국어는 극히 이질적이고 생소했지만 그 낯섦 덕에 아름답게 들렸다. 아무래도 욕설을 퍼붓는 듯했다. 그때 노크소리가 나더니 뚱뚱하고 입술이 얇디얇은 여자가 점심식사를 들고 들어왔다. 음식은 뜨겁지 않고 미지근했다. 에일맥주는 시원하고 맛있어서 단번에 반을 들이켰다. 이 한 모금에 얼마를 쓴 건지 묻자 그녀는 술잔을 유심히 살폈다. "3달러요." 그리고 말했다. "두 분 합쳐서 17달러예요." 지금 바로 달라는 눈치였다. 찰리가 일어나서 20달러 금화를 건넸다. 그리고 주머니에서 거스름돈을 찾는 여자의 손목을 잡고는, 허락 없이 모리스 방에 들어온 무례의 대가로 그냥 받지 않겠다고 말했다. 그녀는 사양하지는 않았지만 감사인사를 하지도 않았다. 오히려 그 돈 때문에 기분이 상한 듯 보였다. 찰리가 금화를 하나 더 꺼내 내밀자 급기야 얼굴이 굳어졌다.

"이건 뭐죠?"

"노트값이에요."

"아까 말했듯이, 드릴 수 없어요."

"물론입니다. 가지겠다는 게 아니에요. 그저 잠시 빌려 보려는 거죠."

"절대 안 돼요." 그녀의 주먹 쥔 두 손이 빨개졌다. 심한 모욕을 받은 듯 쿵쿵대며 방에서 나갔는데, 내 짐작에는 방금 거둔 이 도덕적 승리를 몇몇 직원 혹은 모두에게 떠벌리려고 서두르는 듯했다. 찰리와 나는 앉아서 함께 식사했다. 그 여인의 운명을 생각하니 슬퍼졌다. 나의 염려스러운 표정을 본 찰리가 말했다. "내가 노력했다는 건 너도 알잖아." 나는 인정하는 수밖에 없었다. 음식은 가격에 비해 별것 없었다. 여자가 빈 접시를 가지러 돌아오자 찰리가 일어나 맞았다. 그녀는 머리를 꼿꼿이 들고 우월한 표정으로 말했다. "다 드셨나요?" 찰리는 대답 대신 상체를 숙이며 여자의 배에 한 방 먹였다. 여자는 의자에 쓰러져 앉아 몸을 숙이고는 질질 침을 흘리며 캑캑거렸고, 그 와중에도 호흡을 가다듬고 평정을 되찾으려 애썼다. 나는 그녀에게 물잔을 갖다주며 사과한 뒤 중요한 사정이 있어서 그 노트를 꼭 봐야 한다고, 무슨 수를 쓰든 결국은 보게 될 거라고 설명했다. 찰리가 덧붙였다. "더이상 해를 끼치고 싶진 않아. 하지만 그 노트를 보기 위해서라면 무슨 짓이든 하리라는 걸 알아둬." 소리 없는 분노에 사로잡힌 그녀의 귀에 우리 말이 설득력 있게 들릴 리 없었다. 하지만 내가 자기 방으로 끌고 가자 별다른 저항 없이 일기장을 건넸다. 20달러 금화를 억지로 들이대자 마지못해 받아들었다. 그것으로 끔찍한 구타에 대한 모욕감이 줄어들었다면 다행이지만 그랬던 것 같지는 않다. 그랬대도 미미한 정도이리라. 찰리도 나도 신체적 약자에게 이런 식으로 폭력을 행사하는 것을 좋아하지 않았다. 누군가는 이것을 '황색 폭력'이라고 부를 것이다. 하지만 다음 페이지에 드러나듯이 그것은 필요에 따른 타당한 일이었다.

  헨리 모리스의 일기 중, 그가 허먼 키밋 웜과 손잡고 제독의 정찰병이자 오랜 심복이라는 지위를 저버리게 된 이해하기 힘든 경위에 관한 내용만 따로 간추리겠다.

★ 거의 일주일간 좀처럼 보이지 않던 윔이 오늘 느닷없이 접근했다. 호텔 로비를 가로지르는데 슬며시 곁으로 오더니 험한 길을 지날 때 숙녀를 부축하는 신사처럼 내 팔꿈치를 잡는 것이었다. 당연히 화들짝 놀라 그의 팔을 뿌리쳤다. 그러자 그는 상처받은 표정으로 따져 물었다. "우리 결혼하기로 한 사이 아니던가요?" 아침 아홉시였지만 척 봐도 취해 있었다. 나는 그에게 좀 그만 쫓아다니라고 말했다. 이 말에는 그자만이 아니라 나도 놀랐다. 요 며칠간 밤낮으로 감시당하고 있다는 느낌이 들었지만 어디까지나 막연한 감이었을 뿐 입 밖으로 표현해본 적은 없었기 때문이다. 하지만 켕겨하는 얼굴을 보니 나를 미행했던 게 분명했고, 그의 허를 찌른 것이 기뻤다. 그가 1달러를 빌려달라고 하기에 거절했다. 내 대답에 그는 먼지투성

이에 해진 중산모를 머리에 탁 얹더니 양 엄지손가락을 조끼 주머니에 꽂고 당당하게 고개를 높이 쳐들고는 호텔을 나갔다. 차양을 지나 거리의 환하고 따스한 햇살 속으로 들어서자 기뻐하며 햇볕을 흠뻑 받아들이려는 듯 양팔을 벌렸다. 그리고 쓰레기를 잔뜩 싣고 언덕을 오르는 마차 뒤에 태연히 올라탔다. 어찌나 민첩한지 마부는 알아차리지도 못했다. 우아한 퇴장임을 부인할 수는 없었다. 처음 보았을 때보다 몰골이 형편없어지긴 했지만. 술보다는 전반적인 자기학대 때문일 것이다. 그에게서 지독한 악취가 풍겼다. 오리건 시티에서 자기를 죽이러 오는 두 사람이 도착하기도 전에 먼저 죽어버린다 해도 전혀 놀랄 일은 아니다.

★ 기이한 하루였다. 아침에 웜이 또 로비에서 나를 기다리고 있었다. 그가 알아차리기 전에 내가 먼저 그를 보았다. 겉모습은 전보다 한결 나았다. 옷을 세탁하고 수선했으며, 목욕도 했다. 턱수염을 빗질하고, 얼굴도 말끔했다. 24시간 전 내게 다가와 말을 건 남자와는 딴사람처럼 보였다. 이윽고 계단 앞에 있는 나를 발견하더니 서둘러 로비를 가로질러 내 손을 잡고 전날의 행동을 진심으로 사과했다. 내가 사과를 받아들이자 실로 감동받은 표정을 지었다. 그러자 이번에는 내가 감동받았다. 혹은 잠시 주저하게 되었다고 할까. 잘 안다고 생각했던 사람에게서 미처 몰랐던 모습을 보았기 때문이다. 더더욱 놀랍게도 그는 내게 점심을 사고 싶다고 했다. 나는 배고프지 않았지

만 초대를 수락했다. 어제만 해도 궁핍하고 지저분한 몰골이던 인간이 무슨 행운을 맞았기에 이렇게 달라졌는지 호기심이 생겼다.

우리는 그가 고른 식당으로 갔다. 볼품없는 쓰레기통처럼 보이는 다 쓰러져가는 판잣집에 블랙 스컬이라는 간판이 달려 있었다. 검정과 빨강 체크무늬의 가죽 안대를 차고 이가 다 빠진 데다 고약한 냄새를 풍기는 식당 주인이 열광적으로 윔을 맞았다. 영 미덥지 않아 보이는 주인이 '일'은 어떻게 되어가느냐고 묻자 윔은 두 단어로 대꾸했다. "번쩍번쩍 빛나지." 내가 듣기엔 아무 뜻도 없어 보였지만 식당 주인은 무척이나 재밌어했다. 그는 커튼이 쳐진 구석 자리로 우리를 안내했다. 그리고 맛없는 스튜 두 그릇과 빵 한 덩어리를 가져왔다. 빵에서 톡 쏘는 냄새가 나는 것이 곰팡이가 슬었나 싶었다. 계산서는 내오지 않았다. 여기 주인과 어떤 사이냐고 묻자 윔은 아직 현실로 닥치지는 않았지만 언젠가 '물거품으로 돌아갈 사이'라는 데 전 재산을 걸겠다'고 속삭였다.

식사가 끝나자 식당 주인이 탁자를 치우고 커튼을 쳐주었다. 그러자 직전까지 유쾌하고 침착하던 윔이 돌변해 진지하고 딱딱해졌다. 그는 삼십 초쯤 생각을 정리하더니 마침내 내 눈을 응시하며 말했다. "나는 당신을 지켜봐왔습니다. 사실이에요. 처음에는 당신의 약점을 파악하기 위해서였지요. 솔직히 인정할게요. 사람을 사든 내 손으로 하든 당신을 죽일 생각이었습니다." 왜 그런 생각을 품었느냐고 묻자 그가 말했다. "그야 당연히 당신을 처음 본 순간부터 제독이 보낸 자라는 걸 알았으니까요." 나는 모호하게 반문했다. "제독이라뇨? 뭐하는 사람이죠?" 그는 나의 어수룩한 연기에 고개를 저으며 싹 무시하고는 말을 이었다. "하지만 이내 당신에 대한 생각이 바뀌었어요, 모리스 씨. 왜 그랬는지 말해주겠습니다. 당신은 부정직한 부분이라곤 한 점도 없는 사람이기 때문입니다. 예를 들어흔히 사람들은 아침인사를 하면서 서로 얼굴을 마주할 때는 미소를 짓다가 상대를 지나치자마자 얼굴에서 웃음을 싹 지우지요. 그 웃음은 거짓 웃음이고, 그 사람은 거짓말쟁이에요. 안 그런가요?" 나는 대꾸했다. "하지만 누구나 그러는걸요. 그저 예의상." 그가 말했다. "당신은 그렇지 않아요. 당신의 미소는 비록 은근하긴 하지만 상대방과 헤어진 후에도 오랫동안 입가에 머물러 있죠. 다른 이와 소통하는 데서 진정한 기쁨을 느끼는 거예요. 나는 당신의 그런 모습을 여러 번 보았습니다. 저런 사람을 내 편으로 만들 수 있다면 손대는 일마다 성공하겠다 싶었죠. 어제 아침 만났을 때 이 이야기를 꺼내려고 했는데, 알다시피 방법이 잘못됐죠. 솔직히 당신과 대면할 생각을 하니 너무 긴장된 나머지 술을 한잔 하면 용기가 생기지 않을까 했거든요." 그가 그때를 회상하며 고개를 숙였다. 그리고 말했다. "오늘 아침 헛간에서 잠이 깨자 이루 말할 수 없는 수치심이 밀려들었어요. 사실 처음 있는 일도 아닙니다. 하지만 오늘은 그 감정이 너무나 막강했죠. 살면서 그토록 통렬한 수치심을 느끼기는 처음이었습니다. 두 번 다시 경험하고 싶지 않을 정도였어요. 자기혐오의 한계에 맞닥뜨린 기분이었어요. 누군가는 이걸 통찰이라고 부르겠죠. 뭐든 마음대로 불러도 좋아요. 하지만 나는 오늘 하루를 시작하며 인생을 바꾸기로 맹세했습니다. 몸을 정화하고, 정신을 정화하고, 당신과 비밀을 공유하기로 말이죠. 왜냐하면 당신은 선한 사람이고, 선한 사람이야말로 내 인생에 그 무엇보다도 간절히 필요한 존재니까요."

그 열정적인 연설에 내가 무슨 반응을 보이기도 전에 웜은 주머니에서 닳디닳은 종이 뭉치를 꺼내 내 앞에 놓더니 살펴보라고 했다. 페이지마다 복잡한 숫자들과 계산, 과학 공식이 휘갈겨져 있었다. 뭐가 뭔지 전혀 알 수 없었다. 결국 나는 무지를 인정했다. "무슨 뜻인지 전혀 모르겠는데요." 그가 대꾸했다. "대단히 중요한 발견의 핵심 이론입니다." "무슨 발견이죠?" "일생일대의 과학적 사건이라고 할 수 있죠." "어떤 사건인데요?" 고개를 끄덕이면서 그가 종이들을 대충 그러모아 코트 안쪽에 쑤셔넣었다. 그리고 종이 모서리가 목깃 너머로 비쭉 나와 있는 채로 낄낄 웃으며 내가 만만치 않은 사람이라는 양 바라보았다. "증거를 원하는군요." 다 안다는 듯한 말투였다. "아닙니다." 나는 반박했다. "어쨌든 증거를 보여드리죠." 그는 코트에서 시계를 꺼내 확인하더니 자리에서 일어났다. "이제 가봐야겠어요. 내일 아침 호텔로 찾아가겠습니다. 직접 증거를 보여주고, 그다음에 당신 의견을 듣도록 하죠. 결정도요." "무슨 결정 말입니까?" 나는 물었다. 그가 대체 무슨 제안을 하려는 건지 도통 감이 잡히지 않았다. 하지만 그는 그저 고개를 저으며 말했다. "내일 아침 얘기하지요. 혹시 다른 약속이 있습니까?" 나는 그 웃긴 남자에게 없다고 말했다. 그는 내 손을 움켜쥐더니 중요한 볼일이 있는 듯 부랴부랴 떠났다. 나는 그가 의자와 탁자를 피해 걸어가는 모습을 지켜보았다. 그는 껄껄 웃으며 사라졌다.

★ 침대에서 일어나기 무섭게 웜이 문을 노크했다. 새 중절모를 써서 한결 단정해 보였다. 내가 그렇게 말하자 모자를 벗어 자세히 보여주었다. 내부의 바느질 상태, 송아지가죽 밴드의 부드러움, 그가 '대체적인 세련됨과 부유함'이라고 칭한 특징들. 낡은 모자는 어떻게 했느냐고 묻자 대답을 피했다. 재차 묻자 거리에서 무방비하게 햇볕을 쬐고 있던 비둘기를 덮어버리는 데 썼다고 털어놓았다. 비둘기는 모자의 무게 때문에 빠져나올 수 없었다. 그리하여 모자가 이리저리 달리다 모퉁이를 돌아 사라질 때까지 지켜보면서 죄책감 어린 즐거움을 만끽했다는 것이었다. 그가 이야기하는 동안 나는 그의 발치에 놓인 뚜껑 덮인 상자를 알아차렸다. 뭐냐고 묻자 그는 손가락 하나를 들어올렸다. "아."

곧 수수께끼 같은 실험이 시작되었다. 방 한가운데 자그마한 탁자에 상자의 내용물이 놓였다. 길이 90센티미터에 폭 60센티미터의 작은 나무상자, 신선한 흙냄새를 풍기는 삼베 자루, 붉은 벨벳 자루, 똑바로 세워진 양철통. 창가로 가 커튼을 걷으려 했지만 웜은 그대로 두라고 했다. "비밀 유지도 그렇고, 실험 효과를 극대화하기 위해서요." 그가 설명했다. 나는 탁자로 돌아와 그가 자루 속의 흙을 삼분의 이쯤 상자에 붓고 표면이 평평해지도록 고르고 다지는 모습을 지켜보았다. 이어서 나에게 벨벳 자루를 건네며 뭐가 들었는지 보라고 했다. 나는 금가루를 확인하고 그렇게 말했다. 그는 자루를 도로 가져가 금가루를 상자에 뿌렸다. 당연히 나는 충격받았다. 왜 그러는지 물었으나 그는 대답 대신 금가루가 뿌려진 모양을 잘 기억하라고 지시했다(작은 원 모양이었다). 그리고 남은 흙을 뿌려 금가루를 덮고, 족히 오 분은 흙더미를 꾹꾹 누르고 손바닥으로 때려 진흙처럼 단단하게 만들었다. 어찌나 열심히 두드리던지 얼굴에 구슬땀이 잔뜩 맺혔다. 이어서 내 세숫대야를 가져와 상자 위로 천천히 물을 부어 거의 가득 채웠다. 기묘한 작업을 마치자 그는 물러서서, 필시 당혹스러운 표정이었을 나를 향해 웃었다. 그리고 말했다. "이것은 금 채굴지의 모형입니다. 세상의 반을 미치게 만든 것의 축소판이죠. 금 채굴꾼에게 가장 큰 도전은 이것입니다—분명히 바로 지금 발아래에 있을 그것을 어떻게 찾아낼 수 있을까? 유일한 해답은 노력과 행운이지요. 전자는 고생스럽고, 후자는 믿을 수가 없어요. 그래서 지난 몇 년간 나는 세번째 방법을 강구했습니다. 더 쉽고 더 확실한 방법을요." 그가 양철통을 들고 뚜껑을 돌렸다. "내가 잘못 알고 있다면 바로잡아주시죠, 모리스 씨. 하지만 나는 이 공식 덕분에 마침내 그 방법을 찾아냈다고 확신합니다." 그

214

가 양철통을 건네기에 나는 마시라는 뜻이냐고 물었다. "고통스러운 죽음을 바라는 게 아니라면 마시지 말라고 충고하고 싶군요." 그가 말했다. "강장제 아닌가요?" 나는 물었다. "일종의 수맥 막대기예요." 이 말을 하는 그의 목소리가 무척이나 이상했다. 목이 죈 것처럼 으스스하고 괴상한 소리였다. 관자놀이의 혈관이 불뚝불뚝 튀어나왔다. 그는 고개를 숙이더니 양철통의 내용물을 상자에 부었다. 냄새가 독한 자줏빛 액체였다. 물보다 걸쭉하지만 금방 녹아 사라져버렸다. 삼십 초쯤 지나도록 물을 열심히 쳐다보았지만 아무 변화도 없었다. 고개를 들어 웜을 보았다. 눈꺼풀이 반쯤 감겨 있어서 졸리나보다 싶었다. 실험의 실패가 자명해 보여 위로하려고 막 입을 여는 순간, 그의 눈에 차츰 금빛이 어리며 반짝였다. 다시 상자로 눈을 돌린 나는 심장이 목구멍으로 튀어나올 뻔했다. 하느님께 맹세컨대, 눈앞에서 금빛 원이 묵직한 검은 흙 사이로 반짝반짝 빛나고 있었다!

나는 이 실험에 그야말로 경탄해 마지않았다. 내가 감탄과 질문을 마구 쏟아내자 웜은 무척 기뻐했다. 그리고 곧이어 이 액체에 대한 계획을 털어놓았다. 강의 인적 드문 구간을 막고 어둠을 틈타 이 액체를 부은 후—당연히 훨씬 많은 양이 필요하다—효과가 나타나면 강으로 들어가 느긋하게 금을 채취하면 된다는 것이다. 금이 빛나는 시간은 아주 짧지만 전통적인 방법으로는 몇 주나 걸릴 양을 한 번에 채취할 수 있다고 했다. 한 구역에서 금을 다 찾아내면 차례차례 다른 구역으로 이

동해 반복한다. 금이 무더기로 쌓이고 나면 액체의 비밀 제조법을 백만 달러에 팔아넘기고 여생을 '반가운 성공의 비단결 같은 팔'에 안겨 지내겠다고 했다. 이쯤 되자 나는 꽤 동요했다. 내 평생 이토록 놀라운 발명은 들어본 적이 없었다. 딱 하나 질문이 남았지만 꺼내기가 주저되었다. 그의 기분을 상하게 하거나 이 고무된 분위기를 망치고 싶지 않았다. 하지만 꼭 짚고 넘어가야 했기에 간단히 말을 꺼냈다. "왜 나한테 이렇게 다 터놓는 겁니까? 내가 당신의 신뢰를 배반하지 않을 줄 어떻게 알지요?" "당신과 한편이 되기로 한 이유는 이미 설명했는데요." 윔이 대답했다. "이 계획을 실행하려면 조력자가 필요합니다. 그리고 나는 당신이 바로 적임자라고 확신하고요." "하지만 나는 지금 당신을 감시하며 보수를 받고 있어요. 당신은 나 때문에 살해될지도 모른다고요!" 나는 소리쳤다. "네, 그렇죠. 하지만 하나 물어봐도 될까요? 제독은 내가 죽어야 하는 이유가 뭐라고 하던가요?" "당신이 도둑이라고 했어요." "내가 뭘 훔쳤다고 했죠?" "그 얘기는 하지 않았습니다." 윔이 단호히 말했다. "말하고 싶어도 못했을 겁니다. 새빨간 거짓말이니까요. 이 액체의 비밀 제조법을 넘기지 않아서 나를 죽이려는 거예요. 육 개월 전 오리건 시티에서 그자를 찾아가 캘리포니아로 가는 경비를 대달라고 부탁했죠. 그리고 방금 보여준 것과 비슷한 실험을 해 보인 뒤, 나로서는 더없이 관대한 제안을 했습니다. 경비를 부담하면 그 보답으로 이익의 반을 넘겨주겠다고요. 그는 처음에는 동의하며 전적인 지지와 협조를 약속했죠. 그런데 내가 제조법을 알려주려 하지 않자 분개하며 내 얼굴에 권총을 겨누었습니다. 술에 취해 제대로 조준도 못하면서요. 그자가 비틀거리는 틈을 타 책상에서 문진을 집어던졌죠. 운좋게 이마에 정통으로 맞고 꼴사납게 쓰러지더군요. 황급히 달아나 카펫 깔린 계단을 세 단씩 뛰어내려가는데 뒤에서 쩌렁쩌렁한 목소리가 들렸어요. '절대 도망 못 가, 웜. 내 부하들이 비법을 뺏은 뒤 너를 토막 낼 거다!' 나는 그 말을 믿었습니다. 그래서 모리스 씨, 당신이 도착했을 때도 놀라지 않았지요. 내가 놀랐고 지금도 여전히 놀라는 점은 당신 같은 신사가 그 살인자이자 깡패의 앞잡이가 되기를 택했다는 사실입니다."

그의 이야기는 그럴싸하게 들렸다. 특히 육 개월 전 제독이 머리에 상처를 입어 붕대를 감고 있던 것을 떠올리니 더욱 그러했다. 나는 망설여졌다. 한동안 방안을 서성이며 상황을 찬찬히 따져보고 가능성을 검토했다. 그러다 결국에는 적잖이 자포자기해서 물었다. "도대체 나한테 뭘 기대하는 겁니까? 내가 당신에게 뭘 해주길 바라는 거죠?" "그야 분명합니다. 나와 파트너가 되어 금을 캡시다. 수익은 반씩 나누고요. 지금 얼마가 있든 우리의 첫 여행에 투자하자고요. 얼마 안 되는 내 저축은 식량을 구하는 데 써야 하거든요. 이 방에서 금을 찾는 액체를 대량으로 제조하게 도와주십시오. 강가에 야영지를 만들 때도 거들어주고요. 무엇보다 이 일의 얼굴과 목소리가 되어주면 고맙겠습니다. 난 당신과 달리 의사소통에 젬병이거든요. 특허니 변호사니 계약이니 하는 복잡하고 끔찍한 행정적 업무들을 처리해줘요. 나는 그런 일에 대단히 서투르니까요. 뭐, 하긴 모두 나중 일입니다. 일단 지금은 함께 황야로 가서 이 비법이 제대로 통하는지 확인해야겠죠." "제독이 내 새로운 동맹을 어떻게 생각할 것 같습니까? 당신이 나한테 뭘 부탁하는지 제대로 알고는 있는 거예요?" 이 말에 그가 다가와 양손을 내 어깨에 얹었다. "당신은 독재자 밑에서 심부름꾼 노릇이나 할 사람이 아닙니다, 모리스 씨. 그보다 더 나은 사람이에요. 나와 함께 세상으로 나가 독립을 선언합시다. 많은 것을 얻게 될 겁니다. 부는 그중에서 아주 작은 일부에 지나지 않아요." 이 말에 마음이 무거워졌다. 웜은 내게 고민할 시간이 필요하다는 걸 이해한다며, 내일 아침 대답을 들으러 올 테니 혼자 생각해보라고 했다. 나는 침대에 쓸쓸히 앉아 있었다. 상자는 여전히 탁자에 놓여 있고, 빛은 점점 어스레해지더니 완전히 사라졌다.

★ 몇 시간이 지나도록 그대로 앉아 있다. 답은 내 앞에 놓여 있다. 명백하다. 하지만 너무도 대담한 답이라 감히 상상할 수가 없다. 이 문제를 의논할 사람도 없다. 나 스스로 결정해야 한다. 너무 불안하다.

★ 뜬눈으로 밤을 새웠다. 오늘 아침 웜이 돌아왔을 때, 빛의 강으로 향하는 여정에 동참하겠다고 공식적으로 선언했다. 그는

천재가 분명하다. 지금 일을 그만두기는 싫지만 마음 가는 대로 따르기로 했다. 내가 진정 원하는 삶이란 무엇인가? 과거를 돌이켜보니 한심스럽다. 지금까지는 그저 지시에 따르며 살아왔지만 더이상 타인에게 좌지우지되지 않겠다. 오늘 나는 새로 태어났으며, 내 인생은 다시 나의 것이 될 것이다. 앞으로 완전히 달라지겠다.

찰리와 나는 짙은 침묵 속에 앉아 이 놀라운 이야기를 곱씹었다. 탁자를 손가락으로 훑어보니 흙먼지가 묻어났다. 내가 떨리는 손을 보여주자 찰리는 일기장을 한쪽으로 던지고 말했다. "다 사실이야. 확실해. 제독이 아주 구체적으로 내린 지시가 한 가지 있거든. 웜을 죽이기 전에 수단 방법 가리지 말고 '비법'을 알아내야 된다고 했지. 그 비법이라는 게 뭔지 물으니 나는 알 것 없다고 하더라고. 하지만 웜은 무슨 소리인지 알 거고, 일단 비법을 손에 넣으면 목숨을 걸고 지켜야 한다고 했어."

"왜 미리 얘기하지 않았지?"

"제독이 비밀로 하라고 시켰거든. 어차피 미리 알았어도 뭐가 달라지겠어? 너무 막연한 이야기라 나도 거의 잊고 있었는데. 제독의 명령에는 항상 모호하고 비밀스러운 데가 있어. 지지난번 일

기억해? 놈을 죽이기 전에 먼저 눈을 멀게 만들었잖아."

"그것도 제독이 시킨 거야?"

찰리는 고개를 끄덕였다. "놈은 무슨 뜻인지 알 거라고 했어. 총알을 먹이기 전에 '어둠 속에 한동안 앉아 있도록' 하라고 했지. 이 비법이라는 것도 그 비슷한 얘기인가보다 했는데." 그가 침대에서 일어나 창가로 가더니 뒷짐을 지고 언덕 위를 응시했다. 일 분 혹은 그 이상 침묵한 후 마침내 엄숙하고도 부드러운 목소리로 입을 열었다. "제독의 적들을 제거해도 나는 전혀 마음에 걸리는 게 없었어, 형제. 그자들은 늘 여러모로 혐오스러웠거든. 시시한 악당이거나, 자비심과 품위가 부족한 작자들이었지. 하지만 기발한 발명을 했다는 이유로 사람을 죽이자니 꺼림칙하군."

"나도 그래. 형이 그렇게 말해주니 무척 기뻐."

그가 콧김을 내뿜었다. "어떻게 해야 할 것 같아?"

"형은 어떻게 해야 할 것 같아?"

우리 둘 다 그 답을 몰랐다.

블랙 스컬은 모리스의 묘사대로였다. 좁은 골목에 나무와 양철 폐품을 짜맞춰 양옆의 훨씬 커다란 벽돌 건물에 덧대어 지은 식당이었다. 마치 천천히 짜부라져가는 인상이었다. 내부도 보잘것없고 꼴사나웠다. 짝이 안 맞는 의자와 탁자가 여기저기 흩어져 있고, 더없이 무질서하고 불운해 보이는 부엌의 난로 연통에서 매캐한 연기가 새어나왔다. 안 그래도 배가 별로 고프지 않았는데 안을 둘러보니 식욕이 싹 사라졌다. 말고기냄새가 코를 찔렀다. 일기에 등장했던 체크무늬 안대를 한 남자가 키가 크고 그림처럼 아름다운 여자와 구석에 서 있었다. 그녀의 밝은 초록색 민소매 실크 가운은 언뜻 어울리지 않는 듯하면서 멋들어져 보였다. 두 사람은 무슨 재미난 일에 정신이 팔려 있는지 우리가 옆에 자리잡았는데도 알아차리지 못했다.

여자는 대단히 아름다웠다. 가운은 그 매력의 극히 일부에 지나지 않았다. 팔이 어찌나 섬세하고 아름다운지 당장이라도 손을 얹고 싶어졌다. 얼굴 역시 보기 드문 미인이었다. 그 인디언 여자가 멋진 옆얼굴을 돌려 초록 눈동자로 나를 보았을 때 나는 고개를 홱 돌려버렸다. 마치 내 몸을 뚫고 반대편의 어느 지점을 바라보는 듯했기 때문이다. 그녀의 시선이 닿는 순간 영혼이 차가운 얼음물을 뒤집어쓰는 것 같았다. 식당 주인이 기계적으로 우리를 힐끗 보더니 고개를 끄덕이고는 다시 게임으로 돌아갔다. 그 게임을 묘사해보겠다.

여자가 양손을 폈다. 오른쪽 손바닥에 자그마한 천조각이 놓여 있었다. 자기 옷과 같은 천으로, 가장자리가 굵은 금실 한 가닥으로 꿰매어져 있었다. 영문을 모르겠지만 그 천조각에 어쩐지 마음이 끌렸다. 계속 보고 있자니 기분이 좋아지면서 미소가 떠올랐다. 식당 주인도 그 천조각을 보며 웃고 있었다. 찰리는 보고 있기는 했지만 역시 냉담한 표정이었다.

"준비됐어?" 여자가 식당 주인에게 물었다.

그는 천에서 시선을 떼지 않고 온몸을 긴장시켰다. 그리고 고개를 끄덕이며 말했다. "됐어."

그가 그 말을 입 밖에 내자마자 여자가 천조각을 손가락과 손마디 사이로 이리저리 스르륵 옮겼다. 어찌나 빠르고 민첩한지 잘 보이지도 않았다. 이윽고 그녀가 양손을 주먹 쥐고 식당 주인 앞에 내민 뒤 나지막하고 단조로운 목소리로 말했다. "골라."

"왼손." 그가 말했다.

여자가 왼손을 폈다. 천조각이 없었다. 오른손을 펴자 초록색과 금색의 네모난 천조각이 나타났다. 구깃구깃 뭉쳐 있다가 스르르 펴졌다. "오른손이야." 그녀가 말했다.

식당 주인이 그녀에게 1달러를 건네고 말했다. "다시."

여자가 양 손바닥을 위로 폈다. "준비됐어?"

그가 그렇다고 했다. 게임이 시작되자 나는 더욱 집중해서 보았다. 식당 주인이 그것을 눈치챘는지 여자가 주먹을 쥐자 나더러 골라보라고 했다. 나는 천조각이 어느 손에 있는지 확신했기에 기꺼이 참여했다. "오른손." 그녀가 주먹을 폈으나 비어 있었다. "왼손." 그녀가 말했다. 나는 주머니에서 1달러를 꺼내 게임에 참여하려고 했다.

"나 아직 안 끝났어." 식당 주인이 말했다.

"딱 한 판만 하게 해주지그래."

"방금 한 판 했잖나."

"서로 번갈아가며 합시다."

그가 투덜거렸다. "나는 일부러 시간을 예약해뒀어. 내가 끝난 다음에 하라고. 어쨌든 지금은 온전히 집중해야 하니 방해 마시지." 그가 여자에게로 돌아서서 1달러를 건넸다. "시작하지." 그가 말하자 그녀의 손이 매끄럽게 움직였다. 나는 구경꾼 역할을 받아들이고 가능한 한 유심히 그녀의 손을 관찰했다. 태어나서 뭔가를 그토록 집중해서 본 것은 그때가 처음이리라. 그녀의 손이 멈추자 나는 천조각이 왼손에 있다는 데 전 재산을 걸 수도 있을 것 같았다. "왼손" 하고 식당 주인이 말하자 기대감에 몸이 떨렸다. 그러나 세상에, 여자가 주먹을 펴자 아무것도 없었다. 식당 주인은 괴로워하며 펄쩍 뛰었다. 실제로 두 발이 땅에서 약간 떨어지기까지 했다. 아무런 내색도 하지 않았지만 속으로는 나 역시 맥이 풀렸다. 찰리도 내내 게임을 지켜보고 있었는데, 반쯤은 재미있고 반쯤은 성가신 듯했다.

"뭐하는 게임이지?" 그가 물었다.

"천조각이 어디 있는지 맞히는 거야." 식당 주인이 순진하게 대꾸했다.

"그게 무슨 재미야? 얼마나 자주 맞히나?"

"한 번도 맞힌 적 없어."

"얼마나 자주 했는데?"

"수도 없이 했지."

"돈을 내다버리고 있군."

"다들 그러지 않나." 그가 우리를 좀더 유심히 보더니 말했다. "뭘 원하는지 물어도 되겠나? 식사를 하러 온 건가?"

"웜을 찾고 있어."

그 이름을 듣자 식당 주인의 얼굴이 시무룩해지며 눈에 마음의 상처가 그득해졌다. "정말이야? 그자를 찾아내면 안부나 전해주게나!" 쓰라린 어조에 찰리가 호기심이 동해 물었다. "그자와 다투었나?"

"빛과 그림자의 속임수로 나를 홀리고는 몇 번이나 공짜로 밥을 처먹었지. 약속을 깨고 달아나리라는 걸 알아봤어야 했는데."

"어떤 약속이었는데?"

"댁이 알 바 아냐."

내가 끼어들었다. "빛의 강으로 함께 가기로 했나?"

그가 긴장해서 물었다. "그걸 어떻게 알지?"

"우리는 웜의 친구야." 찰리가 말했다.

"웜에게 나 말고 다른 친구는 없어."

"오래전부터 절친한 사이였는데."

"미안하지만 못 믿겠는걸."

"우리는 친구가 맞아." 나는 말했다. "그리고 그의 다른 친구들도 알아. 예를 들어, 얼마 전에 여기서 그와 함께 식사한 모리스 씨가 있지."

"뭐? 그 멋이나 부린 쪼그만 녀석 말이야?"

"둘이 같이 강으로 갔다고 들었는데."

"웜이 그런 계집애 같은 놈이랑 비밀을 공유했을 리 없어." 하지만 그는 잠시 생각에 잠기더니 우리 말을 사실로 받아들인 듯 한숨을 쉬었다. "오늘 내 기분이 별로야. 혼자 조용히 게임이나 하고 싶군. 식사를 할 거면 아무데나 가서 앉고, 아니면 그냥 나가."

"어디서 금을 채취할 계획이었는지 혹시 아나?"

식당 주인은 대꾸하지 않았다. 그저 여자와 다시 게임을 시작했다. 그녀가 주먹을 쥐자 그가 말했다. "오른손."

"왼손이야." 여자가 말했다.

그는 또 1달러를 냈다. "다시." 그가 말하자 여자의 손이 춤추듯 움직였다.

"우리는 그의 채굴지에 찾아갈 생각이야." 내가 말했다.

여자가 주먹을 내밀자 식당 주인이 날카롭게 말했다. "왼손."

"오른손." 그녀가 말했다.

"마지막으로 언제 봤는지 말해주겠나?" 나는 물었다.

"혼자 있고 싶다는 말 못 들었나보지?" 그가 물었다.

찰리가 코트 자락을 젖혀 쌍권총을 드러냈다. "아는 걸 전부 털어놓는 편이 좋을 거야. 지금 당장."

식당 주인은 놀라거나 겁먹지 않았다. "당신들이 언젠가 찾아올 거라고 허먼이 말했지. 그냥 헛소리인 줄 알았지만."

"언제 마지막으로 봤지?" 내가 물었다.

"사오일 전에. 새 모자를 자랑하더군. 다음날 아침 강으로 출발하니 데리러 오겠다고 했어. 나는 여기 이 식당에 머저리처럼 앉아 몇 시간이나 기다렸고."

"하지만 어느 강인지는 말하지 않았고? 무슨 단서도 없나?"

"상류로 거슬러올라 수원까지 가겠다고 늘 말했지."

"그가 채굴권을 사놓은 강 말이야?"

"그래."

"당신은 왜 거기로 안 가지?"

"왜, 그자를 쫓아서? 그런 다음에는? 팀에 끼워달라고 조르라고? 아니, 그자가 나와 함께할 생각이었다면 데리러 왔을 거야. 그런데 다른 작자랑 가기로 결정해버린 거지."

찰리는 식당 주인의 태도가 영 거슬리는 모양이었다. "하지만 약속은 어떡하고? 금을 받아야 할 것 아냐?"

"돈에는 관심 없어." 식당 주인이 대꾸했다. "나도 이유를 모르겠어. 돈에 더 관심을 기울여야 마땅하겠지만, 나는 친구와의 모험을 고대하고 있었어. 그게 핵심이야. 나는 웜과 가까운 사이라고 생각했거든."

이 말에 찰리의 얼굴에 역겨운 표정이 번졌다. 그는 코트 단추를 채우고 술을 마시러 바를 찾아 나갔다. 뒤에 남은 나는 식당 주인이 여자에게 1달러를 날리는 광경을 지켜보았다. 몇 번이고 잇따라.

"친구를 찾기란 힘든 법이지." 나는 밀했다.

"세상에서 가장 힘든 일이야." 그가 동의했다. "다시." 그가 여자에게 말했다. 하지만 그도 슬슬 지겨워 보였다. 나는 두 사람을 그대로 두고 밖으로 나갔다. 형은 브랜디를 한 잔 마신 뒤 길에서 나를 기다리고 있었다. 우리는 모리스의 호텔 쪽으로 걸어가다 텁과 님블을 맡겨둔 말 대여소를 지나쳤다. 마구간지기가 나를 발견하고 소리쳤다. "여기 손님 말 좀 봐요." 그러면서 나더러 들어오라고 손짓했다. 찰리는 삼십 분쯤 도시를 구경하고 돌아오겠다고 했다. 그렇게 우리는 헤어졌다.

마구간에 들어가니 새우등과 안짱다리에 기미투성이인 대머리 노인이 작업복 차림으로 텁의 눈을 살피고 있었다. 내가 다가가자 인사하고는 말했다. "남달리 유순한 녀석이군."

"눈은 좀 어때요?"

"그 때문에 부른 거요. 적출해야 해요." 그가 손으로 가리키며 말했다. "두 집 건너에 수의사가 살아요." 수술비가 얼마나 들지 묻자 이렇게 대답했다. "25달러쯤 될 거요. 수의사한테 직접 물어봐도 비슷하게 말할걸."

"이 말을 통째로 팔아도 25달러는 안 나올 텐데요. 눈 하나에 5달러 이상 내다니, 그렇게는 못해요."

"5달러에 내가 빼드리지."

"영감이? 전에 해본 적 있어요?"

"소한테 하는 걸 본 적 있어요."

"어디서 할 겁니까?"

"여기 이 마구간 바닥에서. 아편 팅크로 녀석을 재우면 아무 고통 없을 거요."

"하지만 눈은 어떻게 빼내죠?"

"숟가락을 쓸 거요."

"숟가락?"

"수프용 숟가락." 그가 고개를 끄덕였다. "물론 소독하고. 눈을 숟가락으로 떠내고 힘줄을 가위로 자르는 거지. 소눈도 그렇게 빼내더라니까. 그러고 나서 수의사가 눈구멍을 소독용 알코올로 채웠는데, 그 순간 소가 번쩍 잠이 깼지! 수의사는 아편 팅크를 너무 적게 썼다고 말하더군. 하지만 이 말한테는 아편 팅크를 충분히 주겠소."

나는 텁의 얼굴을 쓰다듬으며 말했다. "대신 다른 약을 주는 건 어떨까요? 한 눈을 잃는 것 말고도 이미 온갖 고생을 한 녀석인지라."

"외눈박이 말은 그다지 쓸모가 없지요." 마구간지기가 인정했다. "가장 현명한 방법은 고기용으로 파는 거요. 그러면 대신 살 만한 말을 소개해드리지. 한번 보겠소? 좋은 가격에 넘기리다."

"그냥 적출합시다. 그다지 멀리 갈 것도 아니니 녀석으로 충분해요."

마구간지기가 텁 옆의 바닥에 퀼트 이불을 깔고 수술용 도구를 늘어놓았다. 그리고 아편 팅크를 탄 물이 담긴 도자기 대야를 가져왔다. 텁이 물을 마시자 나더러 옆으로 오라고 하더니 무슨 비밀이라도 되는 양 속삭였다. "녀석의 다리가 휘청대기 시작하면 나와 함께 밀어요. 바로 이불에 눕히는 거요." 나는 그러겠다고 말하고는 그와 나란히 서서 약효가 나타나기를 기다렸다. 오래 기다릴 필요도 없었다. 오히려 방심하고 있는 사이 너무 빨리 나타났다. 텁이 고개를 힘없이 떨구며 흔들리더니 우리 쪽으로 휘청해서 둘 다 마구간 널빤지 벽에 눌리고 말았다. 말의 무게에 질겁한 노인의 얼굴이 불그스름한 흙빛으로 변하고 눈이 툭 불거져서는 욕설을 내뱉으며 텁을 밀었다. 죽을지 모른다는 두려움에 휩싸인 그를 보니 껄껄 웃음이 터져나왔다. 품위라고는 없이 꼼지락대는 꼴이 마치 꿀에 빠진 파리 같았다. 속 편한 내 웃음에 그는 자존심이 상한 듯 이내 격분했다. 그래서 더욱 미친듯이 버둥거렸다. 저러다 기절하거나 다칠지도 모른다는 걱정에 나는 손을 뻗어 텁의 엉덩이를 있는 힘껏 때렸다. 텁이 움찔하더니 우리에게서 떨어졌다. 노인이 소리쳤다. "밀어, 씨발, 밀어!" 나는 웃느라 숨이 막힐 지경으로 텁의 옆구리에 온 무게를 실었다. 나와 노인에게 힘껏 밀린 텁이 어질어질한 와중에도 균형을 잡고 서려다가 그만 맞은편 벽에 부딪혀 널빤지가 부서졌다. 그러자 노인이 내 팔을 잡고 뒤로 홱 잡아당겼다. 그사이 텁이 벽에서 되튕겨 바닥에 쓰러지면서 머리를 정확히 퀼트 이불에 누인 채 그대로 뻗어버렸다. 온몸이 땀범벅이 되어 숨을 헐떡이는 노인이 꽉 쥔 주먹을 청바지 입은 엉덩이에 대고 진심으로 경멸에 찬 눈으로 나를 보았다. "대체 뭐가 그렇게 재미있는지 물어도 되겠소?" 그가 이성을 잃은 꼴을 보니 다시 터져나오려는 웃음을 참기가 쉽지 않았다. 하지만 간신히 참기는 했다. 그리고 뉘우치듯 말했다. "그 점은 미안하게 됐군요. 그저 너무 재미있어 보였을 뿐입니다."

"말에 깔려 죽는 게 무슨 재미난 오락거리라고."

"웃어서 미안합니다." 나는 다시 사과했다. 화제를 바꾸려고 텁을 가리키며 말했다. "어쨌든 목표는 달성했군요. 정확히 이불 위에 쓰러졌으니."

그가 고개를 짓고 목에서 나직이 가래 끓는 소리를 냈다. "한 가지만 빼고 말이지. 녀석이 반대쪽으로 누웠소. 이제 어떻게 다친 눈을 빼내란 말이오?" 그는 바닥에 가래를 탁 뱉더니 그것을 내려다보았다. 한참이나. 대체 무슨 생각을 하는 걸까? 나는 텁을 위해서라도 다시 노인의 신뢰를 얻어야겠다고 결심했다. 잔뜩 화난 상태에서 그토록 섬세한 수술을 한다는 건 좋은 일이 아니었다.

마구간 뒷벽에 밧줄 뭉치가 몇 개 걸려 있었다. 나는 밧줄을 내려 텁의 발목에 묶어서 녀석을 뒤집으려고 했다. 노인은 분명 내 의도를 알아차렸을 테지만 거들지 않았다. 대신 담배를 말기 시작했다. 어찌나 진지하게 마는지 엄청난 집중력을 요하는 일이라도 되는 듯했다. 텁의 발목을 묶는 오 분 동안 우리는 한마디도 나누지 않았고, 나는 슬슬 그에게 짜증이 났다. 쓸데없이 과하게 화를 낸다는 생각이 들었다. 그때 그가 두번째로 만 담배를 가지고 다가왔다. 나에게 주려고 했던 것이다. "건초에 담뱃재를 털면 안 돼요." 마구간 천장에 도르래가 하나 있었다. 우리는 밧줄 두 개를 겹쳐 도르래에 걸었다. 둘이 함께 밧줄을 당기니 텁은 쉽게 돌아갔다. 함께 일하고 담배를 피운 뒤 노인과 나는 다시 친구가 되었다.

그가 왜 화났는지 알 수 있었다. 그는 내가 왜 웃는지 이해가 안 되었던 것이다. 하지만 우리는 전혀 다른 종류의 사람이었다. 똑같은 것을 보고 나는 재미있다고 여겨도 정직한 사람은 기절하기 일쑤이리라.

텁은 약에 취해 쌕쌕 숨을 쉬며 누워 있었다. 노인이 부엌의 끓는 물에 담가둔 숟가락을 가지러 갔다. 마구간으로 돌아오면서는 손을 델까봐 김이 나는 숟가락을 던지다시피 하며 양손으로 번갈아 들었다. 손이 지저분했지만 우리의 동맹이 워낙 잠정적인 상태인지라 감히 지적할 수 없었다. 숟가락을 식히느라 입바람을 불던 그가 지시했다. "뒷다리 근처에는 얼씬도 마요. 혹시 그 암소처럼 정신이 번쩍 들면 뒷발질로 당신 몸에 구멍을 낼 테니." 그가 숟가락을 눈구멍에 밀어넣었다. 손목을 한 번 휘릭 놀리자 눈알이 톡 튀어나와 텁의 콧등에 떨어졌다. 거대한 눈알이 번뜩이는 모습이 우스꽝스러웠다. 노인이 눈알을 집어들고 잡아당겨 팽팽해진 힘줄을 녹슨 가위로 끊어냈다. 남은 힘줄은 검은 눈구멍으로 휘리릭 빨려들어갔다. 그가 눈알을 손바닥에 든 채 어디에 둘지 찾는 듯 주위를 두리번거렸다. 나더러 가지겠느냐고 묻기에 거절했다. 그는 눈알을 들고 밖으로 나갔다가 빈손으로 돌아왔다. 눈알을 어떻게 했는지는 말하지 않았고, 나도 묻지 않았다.

이어서 마굿간지기가 갈색 유리병을 집어들고 코르크 마개를 빼서 텁의 눈구멍에 대고 콸콸 부었다. 알코올이 눈구멍 가장자리까지 차오르며 넘실거렸다. 사오 초 후 텁이 머리를 홱 젖혔다가 뻣뻣하게 구부리더니 날카롭고 신경질적인 울음을 내질렀다. "히이

이잉!" 녀석이 뒷발질로 마구간 벽을 박살냈다. 척추가 시소라도 되는 양 머리와 엉덩이가 오르내리다가 균형을 잡고 일어났다. 멍한 머리에 외눈으로 숨을 헐떡였다. 노인이 말했다. "정말 미친듯이 따가운 모양이오. 그러니 정신이 번쩍 든 게지. 아편 팅크를 엄청나게 썼는데도 역시 깨어나는구먼!"

어느새 찰리가 들어와 뒤에 조용히 서 있었다. 땅콩 한 봉지를 사서는 껍질을 까서 먹고 있었다.

"텁이 왜 저래?"

"우리가 눈알을 빼냈어." 나는 말했다. "아니, 이 영감이."

형이 실눈을 뜨고 살피더니 화들짝 놀랐다. 나에게 땅콩 봉지를 내밀기에 한 움큼 집었다. 그는 노인에게도 땅콩 봉지를 내밀었다가 미끌미끌한 손가락을 보고는 도로 거둬들였다. "좀 부어줄까요?" 노인이 손바닥을 펼쳐 땅콩을 받았다. 우리 셋은 땅콩을 먹으며 삼각형으로 섰다. 노인은 땅콩을 껍질째 먹었다. 옆으로 비켜서서 떨고 있는 텁의 얼굴을 따라 알코올이 흘러내렸다. 녀석이 오줌을 누자 노인이 땅콩을 우두둑 씹으며 나를 돌아보았다. "5달러를 오늘밤 주면 도움이 되겠소." 내가 5달러를 건네자 그는 작업복 안쪽에 핀으로 고정한 주머니에 집어넣었다. 찰리가 텁에게 다가가 텅 빈 눈구멍을 들여다보았다. "뭔가를 채워넣어야 할 텐데."

"아니." 노인이 말했다. "신선한 공기와 알코올 소독이 최선이지."

"보기 너무 흉한걸."

"그럼 보지 마시오."

"시선이 자꾸 이리로 갈 것 같은데. 안대로 가리면 어떨까?"

"신선한 공기와 알코올 소독." 노인이 대꾸했다.

"언제쯤이면 여행할 수 있죠?" 내가 물었다.

"얼마나 멀리 가느냐에 달렸죠."

"새크라멘토 동쪽의 금 채굴 강으로 갈 겁니다."

"연락선을 타고?"

"글쎄요. 어쩌지, 찰리?"

찰리는 마구간 안을 걸어다니며 뭐가 재미있는지 히죽히죽 웃고 있었다. 상냥하고 즐거운 분위기를 보건대 또 한두 잔 마신 것이 분명했다. 어쨌든 그는 내 말을 듣지 못했고, 나도 굳이 대답을 강요하지 않았다. "연락선을 타고 갈 것 같군요." 나는 말했다.

"언제 출발할 계획이오?"

"내일 아침요."

"금 채굴지에 도착하면 야외에서 잘 거요?"

"네."

노인이 곰곰이 생각했다. "내일은 너무 이른 것 같은데."

나는 텁의 얼굴을 토닥였다. "정신은 완전히 차린 것 같은데요."

"견딜 수는 있을 거요. 의지가 강한 놈이니. 하지만 내 말이었다면 못해도 일주일 정도는 타지 않겠소."

찰리가 마구간을 돌아보고 오자 나는 땅콩을 더 달라고 했다. 그는 봉지를 거꾸로 뒤집었다. 텅 비었다. "여기서 가장 값비싼 음식점이 어디요?" 질문을 받은 노인이 휘파람을 불며 이마와 사타구니를 동시에 긁적였다.

골든 펄은 묵직한 레드와인 빛깔 벨벳으로 온통 뒤덮여 있었다. 테이블마다 백 개도 넘는 촛불을 밝힌 샹들리에가 걸려 있고, 본차이나 접시와 비단 냅킨과 단단한 은식기가 놓여 있었다. 우리를 시중든 웨이터는 티 하나 없는 상앗빛 피부에 칠흑같이 검은 턱시도와 푸른 비단 각반을 차고 보기만 해도 눈이 멀 것 같은 루비 핀을 목깃에 달고 있었다. 우리가 스테이크와 와인을 주문하면서 먼저 브랜디를 달라고 하자 그는 대단히 기뻐했다. "탁월한 선택이십니다"라고 말하면서 가죽 장정 주문서에 현란하게 적어넣었다. "대단히 탁월한 선택이십니다." 그가 손가락을 탁 튕기자 브랜디가 담긴 크리스털 잔 두 개가 우리 앞에 놓였다. 그는 인사하고 물러났지만 이내 다시 돌아와서 더할나위없는 매력과 민첩함을 발휘해 우리의 식사 시중을 들리라고 나는 확신했다. 찰리가 브랜디를 한 모금 마셨다. "와우, 맛이 죽이는걸."

나는 살짝 맛을 보았다. 지금껏 마셔본 브랜디와 차원이 달랐다. 나의 경험 범위에서 너무 동떨어진 맛이라 이게 브랜디가 아니라 전혀 다른 종류의 술은 아닐까 하는 궁금증이 일었다. 정체가 뭐든 맛이 무척 마음에 들어 바로 다시 한번, 좀더 길게 마셨다. 나는 아무렇지 않은 듯 말하려고 애쓰며 물었다. "우리가 언제까지 제독 밑에서 일하기로 돼 있지?"

"그게 무슨 말이야? 쭉 계속 하는 거지."

"우리를 속였는데도?"

"무슨 말을 하고 싶은 거야, 일라이? 그 빛의 강이라는 걸 직접 조사하기 전까지는 굳이 그와의 인연을 끊을 필요가 없어. 설령 제독이 시키지 않았다 해도 그 강은 조사할 생각이야."

"웜과 모리스가 성공하면? 금과 비법을 빼앗으려고?"

"몰라."

"실패한다면 우리가 죽여야겠지."

찰리는 어깨를 으쓱했다. 태평하고 가벼운 태도였다. "나도 정말 모르겠다!" 웨이터가 스테이크를 가져오자 찰리는 한 점을 포크로 찍어 입으로 가져가더니 기막힌 맛에 탄성을 내뱉었다. 나도 한입 먹었지만 마음은 다른 곳에 가 있었다. 찰리가 한창 기분좋을 때 말을 꺼내야겠다고 결심했다. "모리스의 일기를 찾아낸 것만 말하지 않으면, 그냥 오리건으로 돌아가도 아무도 탓하지 않을 텐데."

이 말에 찰리가 입안의 음식을 삼키더니, 방금까지만 해도 얼굴에 만연하던 기쁜 기색을 지웠다. "대체 무슨 얘기야?" 그가 물었다.

"어디 설명해보지? 첫째, 돌아가서 제독에게 뭐라고 말하려고?"

"사실대로 말해야지. 모리스가 웜과 함께 달아났는데 어디 갔는지는 모르겠다고. 단서나 실마리 하나 없이 그 둘을 찾아낼 수 있으리라고는 아무도 생각하지 않을 거야."

"그래도 제독은 웜의 채굴지를 확인해야 했다고 말할걸."

"아무렴. 가봤는데 아무것도 없었다고 말하면 되잖아. 아니면 형이 원한다면 돌아가는 길에 들리도 되고. 어쨌든 웜은 거기 없을 거야. 그러니까 내 말은, 우리가 추적을 계속해야 하는 게 오직 그 일기장 때문이라면, 그냥 그걸 불태우고 본 적도 없는 척하자는 거야."

"일기장이 유일한 단서가 아니라면?"

"내가 보기엔 유일한 단서 같은데."

"대체 뭘 원하는 거야, 형제?"

나는 말했다. "숨겨둔 메이필드의 재산과 우리가 모아둔 돈을 고려하면, 더이상 제독 밑에서 일할 필요가 없다는 얘기야."

"왜 일을 관둬야 하는데?"

"전에는 형도 그럴 생각이었잖아. 그만둘 마음이 한 번도 안 들었어?"

"일하는 사람이라면 누구나 그만두고 싶단 생각을 하기 마련이지."

"이제는 할 만큼 했잖아, 형."

"이 일을 관두면 그다음엔?" 그가 이 사이에서 비곗조각을 빼내 접시에 버렸다. "지금 내 저녁을 망칠 작정이야?"

"둘이 함께 상점을 열면 되지."

"뭐? 무슨 상점?"

"이만하면 할 만큼 했어. 우리 둘 다 건강하고 아직 젊어. 드디어 새 출발을 할 기회가 온 거야."

내 말에 그는 점점 열을 받더니 주먹으로 탁자를 쾅 내려치고는 진심으로 욕을 퍼부었다. 하지만 화가 머리끝까지 치밀기 직전에 뭔가 다른 생각이 떠올랐는지 잠잠해지더니 다시 스테이크를 썰기 시작했다. 그가 입맛을 되찾고 맛있게 먹는 동안 내 음식은 차갑게 식어갔다. 식사를 마친 그는 계산서를 달라고 하고는 만만치 않은 금액에도 불구하고 두 사람 몫을 모두 지불했다. 그때쯤 나도 그가 식사 후 내 마음을 찢어놓을 말을 하리라 예상하며 마음의 준비를 하고 있었고, 아니나 다를까 그는 와인을 마저 들이켜고 말했다. "어차피 재산도 넉넉하고, 너는 그만두고 싶다면 그렇게 하도록 해."

"나 혼자 그만두고 형은 계속하겠다는 거야?"

그는 고개를 끄덕였다. "물론 새 파트너를 구해야겠지. 렉스가 전에 일자리를 부탁했는데, 같이 하면 괜찮지 않을까 싶네."

"렉스? 렉스는 말할 줄 아는 개나 다름없어."

"개처럼 충직하지."

"지능이 개 정도밖에 안 돼."

"산체스도 괜찮을 것 같은데."

이 말에 나는 기침이 나왔다. 콧구멍으로 와인 방울이 흘러나왔다. "산체스? 산체스라고?" 나는 더듬거리며 말했다.

"산체스는 좋은 녀석이야."

나는 배를 잡고 웃었다. "산체스라!"

"그냥 이런저런 후보를 생각해보는 것뿐이야." 찰리가 얼굴이 빨개져서는 말했다. "적당한 사람을 찾으려면 시간이 좀 걸릴 수도 있겠지. 하지만 네가 마음을 정했다니 나는 괜찮아. 제독도 기뻐할 거야." 그가 시가에 불을 붙이고 등받이에 기대었다. "이번 일까지 같이 마무리한 다음에 각자 갈 길을 가지."

"왜 그런 식으로 말하는 거야? 각자 갈 길을 가다니?"

"나는 제독과 계속 일하고, 너는 점원이 되는 거지."

"두 번 다시 보지 말자는 말투인데?"

"오리건 시티에 가면 들를게. 셔츠나 속옷이 필요하면 꼭 네 가게에서 살 거야." 찰리가 일어나 식탁에서 물러났다. 나는 생각했다. 정말로 내가 관두기를 원하는 걸까, 아니면 그저 내 신경을 긁어서 이 일을 계속하게 만들려는 걸까? 그 답을 알아내려고 형의 행동거지를 유심히 살폈다. 이마에 주름이 잡히지 않고 등이 긴장하지 않은 데서 단서를 포착했다. 그는 나를 동정하고 있었다. 나는 더없이 상처받고 비참한 심정이 되었다. 그가 말했다. "내일 아침 웜과 모리스를 찾으러 가자. 그다음은 이번 일을 마친 뒤에 생각하자고." 그러고는 돌아서서 식당에서 걸어나갔다. 나도 자리에서 일어서는데 예의 우아한 웨이터가 다가오더니 손도 안 댄 음식을 보고 헉 숨을 들이켰다. 이토록 훌륭한 음식이 버려져야 한다는 사실에 모욕감을 느낀 듯했다. "손님!" 어조에 분개한 기색이 역력했다. "손님! 손님!" 나는 그를 무시하고 샌프란시스코의 야성적인 밤 속으로 나아갔다. 지나가는 마차들에서 흔들리는 랜턴, 잇단 채찍소리, 퇴비와 기름 타는 냄새, 사방에서 끊이지 않는 고양이의 교성.

숙소로 돌아와 잠들었다가 아침에야 찰리를 다시 보았다. 깨끗이 씻고 잘 차려입은 모습이었다. 말끔히 면도해서 뺨이 발그레했다. 움직임은 날쌔고 민첩했다. 이런 기질적 변화가 어느 정도 전날 밤의 말다툼에서 기인한 것은 아닐까 하는 희망이 일었다. 이왕 찰리가 비교적 말짱한 정신으로 일찍 일어나게 됐으니 이런 변화를 통해 좀더 원만하게 지내고, 우리 일을 도덕적 관점에서 재고해보면 좋겠다 싶었다. 하지만 곧 그의 총집에서 반들거리는 권총 손잡이를 보았다. 그는 임무를 완수하기에 앞서 권총을 닦고 청소하는 버릇이 있었다. 과음하지 않고 얌전히 밤을 보낸 것은 나를 달래거나 기쁘게 해주려는 게 아니라 웜과 모리스를 죽일 만반의 준비를 하기 위해서였다. 나는 침대에서 일어나 탁자 맞은편에 앉았다. 그의 얼굴을 볼 수가 없었다. 그가 말했다. "뿌루퉁해봐야 소용없어."

"뿌루퉁한 거 아니거든."

"삐쳤잖아. 일이 끝나면 다시 네 마음대로 해. 하지만 지금은 감정을 억제해야 할 거야."

"안 삐쳤다니까."

"내 얼굴도 못 쳐다보잖아."

나는 그를 보았다. 그는 아무 문제 없다는 듯, 지극히 편안하게 굴었다. 반대로 그의 눈에 내가 어떻게 비칠지 짐작이 갔다. 산발인 머리, 지저분한 내의 너머로 툭 튀어나온 물렁한 뱃살, 뻘겋게 충혈되어 쓰라린 마음과 불신이 가득 담긴 눈. 그 순간 문득 깨달았다. 나는 뛰어난 살인자가 아니었다. 과거에도, 지금도, 앞으로도. 찰리가 내 기질을 이용해먹은 것뿐이다. 내 성격을 십분 활용해 조종해온 것이다. 닭싸움을 앞두고 수탉을 자극하듯. 오로지 찰리가 위험하니 혈육을 보호해야 한다는 이유만으로 얼마나 많은 낯선 이에게 권총을 들이대고 총알을 발사했던가 하는 생각이 들자 심장이 분노로 미친듯이 쿵쿵거렸다. 내가 렉스더러 개라고 했던가? 찰리와 제독, 그 둘이야말로 함께 나를 지옥 같은 일에 밀어넣었던 것이다. 내가 밖에서 진눈깨비를 맞으며 우스꽝스러운 말 위에 앉아 있는 동안, 찰리와 제독이 응접실에 앉아 자욱한 담배 연기 속에서 나를 비웃는 광경이 눈에 선했다. 실제로 그랬으리라. 나는 그게 사실임을 알았다. 지금까지 늘 그랬고, 내가 군말 없이 따르는 한 앞으로도 그런 상황은 계속 반복될 터였다.

나는 말했다. "이번 일을 마지막으로 나는 빠지겠어, 찰리."

그는 하다못해 움찔하지도 않고 대꾸했다. "좋을 대로 해, 형제."

그리고 아침 내내 방에서 짐을 꾸리고, 씻고, 여행 채비를 하는 동안 우리는 말 한마디 나누지 않았다.

마구간 문간에서 마구간지기와 마주쳤다.

"녀석은 좀 어떤가요?" 나는 물었다.

"푹 잤죠. 여행해도 괜찮을지는 모르겠지만 예상보다는 상태가 좋구려." 그가 알코올 병을 건네며 말했다. "하루에 두 번 아침저녁으로 소독해요. 알코올이 다 떨어질 때까지. 소독할 때는 꼭 어디 묶어두고. 눈에 약을 부은 뒤 얼른 달아나는 게 좋을 거요."

"오늘 아침에는 소독했나요?"

"아니, 그럴 생각 없소. 어제는 방법을 보여주려고 한 거요. 이제부터는 직접 해요."

얼른 해치울 셈으로 뚜껑을 열고 텁을 향해 걸음을 떼는데 마구간지기가 말했다. "밖에서 해요. 어제 생긴 구멍도 간신히 막았는데 또 구멍을 내려고?" 가리키는 곳을 보니 마구간 벽을 나뭇조각들로 얼기설기 막아놓은 꼴이 한심하기 짝이 없었다. 나는 텁을 밖으로 끌고 나와 말뚝에 묶었다. 녀석의 눈구멍 가장자리는 피와 고름으로 딱지가 졌고, 눈알이 빠진 채로 형태를 유지하느라 눈꺼풀 가운데가 푹 꺼져 있었다. 나는 눈구멍에 알코올을 듬뿍 부은 뒤 멀찍이 물러났다. "히이이잉!" 텁이 발길질하고 껑충 뛰며 똥오줌을 쌌다. "미안해." 나는 말했다. "정말 미안해, 텁. 미안, 미안." 텁의 흥분이 가라앉자 나는 마구간에서 안장을 가지고 왔다. 찰리가 님블을 끌고 나와 옆에 섰다.

"준비됐어?" 그가 말했다.

나는 대꾸 없이 텁에 올라탔다. 녀석의 등과 다리가 휘청이고, 근육이 피로로 뻣뻣했다. 게다가 한쪽 시력을 잃어 어리둥절해하며 오른눈으로 왼쪽을 보려고 목을 한껏 돌렸다. 다시 앞을 보게 하자 녀석은 작게 한 바퀴, 또 한 바퀴 돌았다. "조금씩 익숙해지는 중이야." 내가 말했다.

"이렇게 서둘러 타는 건 무리야." 찰리가 님블에 오르며 말했다. "녀석은 쉬어야 해."

내가 고삐를 세게 당기자 녀석이 회전을 멈추었다. "갑자기 텁한테 웬 관심이야?"

"녀석한텐 관심 없어. 일에 방해될까봐 그러지."

"아, 그렇지! 어련하겠어! 일! 깜빡 잊고 있었네! 우리의 위대한 목표! 그래, 그 얘기를 하자고! 목숨이 붙어 있는 한 결코 질릴 일 없는 화제지!"

입술이 바르르 떨렸다. 그날 아침 얼마나 마음의 상처가 컸는지

244

모른다. 크고 좋은 말에 올라탄 형을 바라보면서, 내가 늘 그를 사랑하고 찬탄하고 존경한 만큼 그는 나를 사랑하지 않는다는 걸 알았다. 입술이 떨리더니 나도 모르게 큰 소리가 나왔고, 걸어가던 사람들이 수군거리며 쳐다보았다.

"일! 그래! 일! 당연히 일 얘기를 하던 거였겠지!"

찰리의 눈에 경멸이 어리고 수치심이 나의 온몸을 열병처럼 뒤덮었다. 그는 말없이 말머리를 돌려 인파로 북적이는 길을 헤치고 포장마차 뒤로 사라졌다. 나는 허둥지둥 그가 보이는 곳까지 가려고 했지만 텁은 계속 목을 빼고 옆으로 걸었다. 발꿈치로 녀석의 옆구리를 치니 통증 덕에 방향이 잡혔다. 하지만 달려가면서 녀석의 숨소리가 거칠어지자 나의 부끄러움은 한층 커졌다. 지금 당장 그만두고 싶은 마음이 굴뚝같았다. 텁에게서, 이 일에서, 찰리에게서 벗어나고 싶었다. 새 말을 타고 돈을 숨겨둔 메이필드로 돌아가 완전히 다른 삶을 시작하고 싶었다. 창백한 경리와 함께든 아니든 상관없었다. 지금과는 완전히 다른, 평화롭고 느긋한 삶을 살 수 있으면 그만이었다. 그것이 나의 꿈이었다. 너무도 강렬하고 생생하지만 실현하려는 노력은 아무것도 하지 않았던 꿈. 텁은 씨근거리며 달려가 해변에서 찰리를 따라잡고 나란히 연락선 선착장으로 향했다. 도르래를 돌리다 죽은 말을 지나갔다. 말은 부분적으로 가죽이 벗겨지고 살집이 두둑한 부분이 베여나가고 없었다. 까마귀와 갈매기가 남은 고기를 놓고 싸우느라 팔딱팔딱 뛰고 서로 쪼아댔다. 차갑고 진득거리는 자줏빛 고기가 바람에 실려온 모래로 뒤덮여 있었다. 파리들이 빈틈을 노려 은근슬쩍 들러붙었다. 등뒤로 샌프란시스코가 느껴졌지만 나는 돌아보지 않았다. 이곳에서의 시간이 영 별로였다는 생각이 들었다.

연락선은 '올드 율리시스'라는 이름의 자그마한 외륜선으로, 뱃머리 쪽 울타리에 말과 양과 소와 돼지 들이 한데 갇혀 있었다. 찰리는 님블을 말뚝에 묶자마자 나를 두고 가버렸다. 나는 쫓아가는 대신 텁을 쓰다듬으며 다정한 말을 들려주었다. 늦게나마 곁을 지키며 친절히 위로해주려고 했다. 항해하는 여덟 시간 내내 그곳에 머물 계획이었지만, 물살이 거친데다 돼지들이 멀미를 해서(유독 돼지만 그랬다) 바깥바람을 쐬려고 갑판에 나갈 수밖에 없었다. 찰리와는 한 번도 마주치지 않았고, 특별한 일도 없었다. 다만 어느 여인에게 시간을 묻자 나를 위아래로 훑더니 "그쪽에 내줄 시간은 없어요"라고만 대꾸하더니 가버렸다. 눈먼 남자에게서 푸석푸석한 사과를 사서 텁에게 먹이고 있는데 배가 새크라멘토에 상륙했다. 텁의 다리가 후들거렸다. 늦은 오후였다.

찰리와 나는 문명사회를 벗어나 오크나무 숲으로 들어갔다. 나무들이 빽빽한데다 땅이 축축해 속도를 높일 수 없었다. 가뜩이나 느린데 서로 말을 안 하니 더욱 더디게 느껴졌다. 나는 생각했다, 절대로 먼저 말을 걸지 않겠어. 그런데 찰리가 먼저 입을 열었다.

"웜을 어떻게 처리할지 방법을 의논하는 게 좋겠어."

"좋아. 여러 각도에서 살펴보자고."

"그래. 우선 우리 고용주 입장에서 생각하지. 우리가 어쩌기를 원할까?"

"먼저 모리스를 별 감정 없이 단숨에 죽인 뒤, 웜에게서 비법을 알아내고, 역시 죽이되 천천히 죽여야겠지."

"비법은 어떻게 할까?"

"제독에게 전해야지."

"그러면 그가 어떻게 할까?"

"자기가 발명했다고 주장하고, 지금보다 더 많은 부와 악명을 누리겠지."

"그렇다면 사실상 질문은 이게 되겠군. 왜 그자를 위해 이렇게 해야 하지?"

"어제 내가 한 말이 그 말이잖아."

"나는 확실히 따져보고 싶은 것뿐이야, 일라이. 자, 대답해봐."

나는 말했다. "우리가 보수를 받았기 때문이지. 그리고 형이 권력자를 떠받들어서고. 형이 언젠가 쫓아내고 그 자리를 차지하든 어쨌든 스스로 되고 싶어하는 권력자 말이야."

찰리의 얼굴이 긴장으로 팽팽해졌다. 내가 자기 속내를 아는지 몰랐다는 반증이었다. "좋아. 그게 사실이라고 치자. 그렇다면 제독의 힘이 더 강해지도록 돕는 게 이치에 맞을까? 막강한 힘을 지니게 될 텐데."

"맞지 않지."

"그렇지. 자, 제독의 명령을 따르되 마지막 부분만 빼는 건 어때? 즉 비법을 제독에게 넘겨주지 않는 거야."

"무고한 남자 둘을 죽이고 그들이 힘들게 얻은 비법을 갈취하자는 거야?"

"도덕은 나중 문제야. 우선은 이치를 따져봐야지."

"그래, 아주 약간은 말이 되긴 하네."

"좋아. 그럼 제독의 명령을 어기면 어떤 결과를 맞을지 따져보자."

"유쾌한 결과는 아닐 거야. 평생 쫓겨다니겠지."

"안 그러려면?" 그가 입꼬리를 올리며 말했다. "안 그러려면 어쩌지?"

"뭐, 그자를 죽여야겠지."

"어떻게 죽이지?"

"무슨 뜻이야?"

"숨어서 제독이 찾아오기를 무턱대고 기다릴까? 우리가 그자를 죽이려 한다는 걸 온 천하에 알릴까? 제독의 부하들과 한바탕 전쟁을 벌일까? 그가 부하를 심어두지 않은 동네가 거의 없다는 점을 명심해."

"아니, 유일한 방법은 그자를 직접 처치하는 거야. 여전히 충직한 부하인 척 돌아가서는 그자의 집에서 죽이고 달아나는 거지."

"어디로 달아나? 제독이 죽었는데 대체 누가 우리를 쫓는다고?"

"제독이 자기가 갑자기 죽을 경우에 대비해 구체적인 지시를 내려놓지 않았을 리 없어."

찰리는 고개를 끄덕였다. "분명 지시해놨겠지. 전에 나한테도 그런 얘기를 한 적 있어. '내 피가 너무 일찍 쏟아진다면 바다만큼 많은 피가 사방을 채우게 될 거야.' 그러니 이에 대비해 어떤 계획을 세워야 하지?"

나는 대꾸했다. "유일한 방법은, 철저히 비밀리에 그를 죽이는 거겠지."

"바로 그거야." 찰리가 동의했다.

"밤에 몰래 들어가 잠든 그를 총으로 쏴. 그리고 마을 밖으로 달아나 며칠 숨어 지내다, 방금 샌프란시스코에서 허탕치고 돌아온 것처럼 찾아가서 모리스와 웜을 놓치는 바람에 비법을 못 얻었다고 말하는 거지. 제독이 죽었다는 소식에 엄청 놀라는 척하면서 용의자들을 추적해 죽이겠다고 말하는 거야."

"다 좋아. 마지막 부분만 빼고." 그가 말했다. "제독이 살해된다면 사방에 고발과 폭력이 만연할걸. 우리 역시 고발당하기 십상이고. 우리를 고발한 자들을 가만둔다면 의심을 사게 될 거고, 결국 사방이 피로 물들겠지. 대체 왜? 돈을 가진 사람은 이미 죽었는데 뭐하러 그래?"

"그럼 형은 어떻게 할 계획이야?"

"제독이 그냥 자다가 죽는다면? 얼굴을 베개로 덮어버리는 거야."

"그래. 그것도 좋은 방법이지. 비법은 우리가 차지하고."

250

"우리가 차지하더라도 한동안은 쓰지 못할 거야."

"그동안 저축한 것도 있고 메이필드한테 빼앗은 돈도 있으니 괜찮아."

"아니면 정체를 숨기고 외딴 강을 찾아가서 비법을 이용해 금을 채취할 수도 있고."

"몰래 하기는 힘들 거야."

"힘들긴 해도 불가능하진 않아. 몇 사람 더 우리 편에 가담시키는 게 좋겠어. 웜은 어떻게 단둘이서 강에 댐을 만들겠다는 건지 모르겠군."

"그럼 이제 도덕적 문제를 따져보자." 나는 말했다.

"도덕적 문제, 좋아." 찰리가 대꾸했다.

"개인적으로 모리스 씨가 별로 마음에 안 들어, 남자 대 남자로서. 아니면 그가 우리를 그다지 좋아하거나 존경하지 않다보니 싫어하게 됐다고 할 수도 있겠지. 하지만 어느 정도 존경할 만한 면이 있다는 점은 인정해."

"그래, 나도 동감이야. 명예를 아는 사람이지. 자기 자리를 내팽개치긴 했어도."

"그 때문에 더더욱 존경스러운 거야. 내 입장에서는 그래. 그리고 웜에 대해서는 나도 별수없어. 그 천재성에 어떻게 찬탄하지 않을 수 있겠어."

"그래, 맞아."

"달리 어떻게 말해야 할지 모르겠어."

"그 두 사람을 죽이고 싶지 않겠지."

"바로 그거야. 지난번 일이 줄곧 생각났어. 그때 우리 말들이 죽었잖아. 그자들이 어떤 인간이었는지 기억나? 피밖에 모르는 작자들이었지. 누구의 피인지는 중요하지 않았어. 그자들은 그저 죽기 위해 살고 있었지. 그리고 그자들의 구역으로 들어선 순간, 우리 역할은 바뀔 여지가 없었어."

찰리는 잠시 침묵하며 그때 일을 떠올렸다. "솔직히 강한 놈들이긴 했어."

"동감이야. 제독에게 잘못을 했든 안 했든 그자들은 진짜로 악인이었어. 우리가 먼저 움직이지 않았더라면 그자들이 우리를 죽였을 거야. 하지만 웜과 모리스는 달라. 이건 여자나 아이를 죽이는 것과 마찬가지야."

찰리는 조용했다. 두 가지 미래, 당장 눈앞의 미래와 먼 미래를 놓고 고민하고 있었다. 나는 하고 싶은 말이 더 있었지만 방해하지 않았다. 어차피 내 의견은 충분히 피력한 듯했다. 이런 대화를 나누어 마음이 놓였다. 더구나 찰리는 내 견해에 대놓고 반대하지 않았다. 샌프란시스코에서 쌓인 감정이 차츰 누그러지거나 이미 해소된 듯해 다행이었다. 우리는 이런 분석적 논의를 통해 종종 휴전하곤 했다.

웜의 채굴지에 도착하기도 전에 어스름이 짙어졌다. 우리는 오크나무 아래서 야영했다. 텁의 눈을 소독하자 녀석은 비명을 질러대며 발길질하고 펄쩍 뛰었다. 고통이 가라앉은 후에는 땅에 드러누워 헐떡이며 멍하니 허공을 응시했다. 통 먹으려 들지 않았지만 그래도 오래 살 수 있으리라고, 곧 회복되리라고 나는 굳게 믿었다. 나무우듬지가 바람을 맞아 물결치는 광경을 바라보다가 잠이 들었다. 강물소리가 들렸지만 어느 쪽인지는 알 수 없었다. 북쪽인 듯하다가 다음 순간에는 또 남쪽인 듯했다. 아침에 확인해보니 동쪽이었다. 점심식사 후 웜의 채굴지를 찾아내 그곳에서 밤을 보내기로 했다. 텁에게 하루 휴식을 주고, 우리도 미래를 찬찬히 고민해보기 위해서였다.

웜의 채굴지는 아름답고 편안했다. 풀이 무성한 강가 모래톱에 야영지를 마련했다. 채굴지 강기슭에 자그마한 표지판이 세워져 있었다—이곳은 허먼 커밋 웜의 임시 자산입니다. 그는 하늘의 천사 거의 모두와 터놓고 이야기를 나눌 만큼 정직한 사람입니다. 그런 그의 소유지에서 금을 채취하려는 사람은 날카로운 하프소리와 무시무시한 번개에 둘러싸여 창피당하고 두드려맞을 것입니다. 글자 주위에 덩굴이 정교하게 그려져 있었다. 웜은 이 표지판을 만드느라 상당한 시간을 들였을 것이다.

통통한 송어 떼가 물살을 버티며 한자리에 머물러 있었다. 찰리가 저녁거리 삼아 한 마리의 머리를 총으로 쏘았다. 총알에 맞는 순간 피가 구름처럼 퍼지며 송어가 물살에 밀려 비스듬히 떠내려갔다. 찰리가 물살을 헤치고 들어가 송어의 꼬리를 잡고 내가 앉아 있는 강기슭으로 휙 던졌다. 나는 내장과 비늘을 제거하고 돼지비계로 튀겼다. 족히 2킬로그램은 되었는데 머리와 내장만 빼고 다 먹어치웠다. 무성한 초록 풀이 푹신한 침대가 되어주어 둘 다 푹 잤다. 아침에 깨보니 한 남자가 우리를 굽어보며 서 있었다. 머리가 희끗희끗하고 몸집이 작고 미소를 짓고 있었다. 힘들게 채취한 금가루가 든 주머니를 가지고 문명과 재회하여 행복을 느끼는 채굴꾼 같았다.

"안녕하십니까, 신사분들." 그가 말했다. "커피를 끓이려고 불을 지피려던 참인데 연기냄새가 나더군요. 불을 빌려주신다면 기쁘게 커피 한잔 대접하겠습니다."

나는 그러라고 했다. 그가 모닥불에 숯을 더하고 시커멓게 그을린 주전자를 잉걸불 위에 얹었다. 그러면서 나직이 혼잣말을 했다.

스스로를 격려하고 칭찬하는 내용이었다. "좋아, 좋아. 깔끔해, 깔끔해. 아주 잘했어." 삼십 초마다 발작적으로 경련하는 모습에 나는 그가 너무 오랫동안 황무지에서 홀로 지내다가 인격이 둘로 분열되었나보다 생각했다.

"샌프란시스코로 가는 길인가요?" 찰리가 물었다.

"아무렴요. 넉 달 만에 갑니다. 점점 가까워지고 있는데도 믿기지가 않아요. 아주 세세한 부분까지 모두 짜두었답니다."

"뭘요?"

"앞으로 할 일요." 우리가 군이 캐물을 필요도 없이 그는 줄줄 늘어놓았다. "가장 먼저 깨끗한 방을 빌릴 겁니다. 높은 층에 있어서 지나가는 모든 것을 내다볼 수 있는 방이어야 하죠. 둘째, 뜨거운 수돗물로 목욕을 하는 겁니다. 셋째, 창문을 활짝 열어놓고 욕조에 앉아 도시의 소리를 듣는 거죠. 넷째, 뺨에서 수염을 깨끗이 밀고 머리를 짧게 깎아 가르마를 타는 겁니다. 다섯째, 머리부터 발끝까지 새 옷으로 빼입는 거죠. 셔츠, 내의, 바지, 양말 등등 전부."

"잠시 볼일 좀 보고 와야겠군." 찰리가 그의 말허리를 끊고 숲으로 들어갔다.

금 채굴꾼은 형의 무례한 행동을 전혀 개의치 않았다. 사실 알아차리지도 못한 듯했다. 그는 모닥불을 응시하며 이야기를 늘어놓았다. 설령 나마저 자리를 비운대도 계속 말할 듯했다. "여섯째, 내 머리만큼 커다란 스테이크를 먹는 겁니다. 일곱째, 진창 퍼마시는 거죠. 여덟째, 예쁜 여자를 만나 잠시 함께 누워 있는 겁니다. 아홉째, 그녀와 인생 이야기를 나누는 겁니다. 지금처럼 예의 바르고 교양 있게요. 열째는 세상 누구도 알 필요 없고 나만 알면 되는 거지요. 열한째, 여자를 내보낸 다음 깨끗하고 부드러운 침대에 널 브러져 양팔을 벌리는 겁니다. 이렇게요." 그가 두 팔을 한껏 뻗었다. "열두째, 잠을 자고, 자고 또 자는 겁니다!"

물이 끓자 그는 우리 컵에 커피를 따랐다. 맛이 어찌나 형편없던지 진심으로 깜짝 놀랐다. 그대로 뱉어버리지 않기 위해 있는 예의 없는 예의를 다 동원해야 했다. 손가락으로 컵 비닥을 훑어보니 알갱이들이 잔뜩 묻어났다. 냄새를 맡고 다시 맛을 보니 흙이었다. 흔히 '흙 같은 맛'이라는 표현을 쓰지만, 내 컵에 든 것은 단순한 비유가 아니라 정말로 흙과 뜨거운 물에 불과했다. 금을 캐며 고독하게 생활하던 중 정신이 나가버린 남자는 흙을 끓인 물이 커피라고 진심으로 믿게 되었던 것이다. 이 사실을 솔직히 말해볼까 싶었지만 그는 누군가와 함께 커피를 마신다는 사실에 너무나 기뻐하고 있었다. 차마 그의 자부심을 짓밟을 수 없었다. 내가 뭐라고 수많은 밤낮이 흐르는 사이 그에게 사실이 되어버린 믿음을 무너뜨린단 말인가? 나는 그가 경련할 때까지 기다렸다가 보지 않는 틈을 타 흙물을 버리기로 했다. 찰리가 숲에서 돌아오자 나는 '커피'를 마시지 말라고 은밀히 표정으로 알려주었다. 그는 금 채굴꾼이 권하는 커피를 사양했다. "그럼 우리끼리 더 마실까요?" 금 채굴꾼의 말에 나는 힘없이 미소 지었다.

"우리 친구 두 명을 봤는지 모르겠군요." 찰리가 말했다. "며칠 전 상류로 출발했거든요. 두 사람인데, 하나는 턱수염을 길렀고 다른 하나는 아니고요."

"장비를 엄청 많이 지고 가던 사람들요?" 그가 물었다.

"한 명은 붉은 턱수염을 길렀어요."

"맞아요. 장비가 엄청 많았죠. 노새 두 마리가 짐을 날랐는데, 베니 짐의 두 배는 될 정도더군요." 그가 자신의 노새를 가리켰다. 녀석은 텁과 님블 곁에 서 있었다. 내가 보기에는 저것도 노새에 실을 수 있는 짐의 한계치인 듯했다.

"어떤 장비였죠?" 나는 물었다.

"냄비, 캔버스, 밧줄, 목재. 흔히 가져가는 것들이었죠. 하나 특이한 건 노새마다 100리터짜리 통이 두 개씩 실려 있었다는 겁니다. 붉은 턱수염 말로는 와인이라더군요. 그러면서 나한테 한 방울도 안 팔아주다니, 구두쇠도 그런 구두쇠가 없지! 나도 여느 사람처럼 술을 즐기긴 하지만, 황무지에서 지내면서 그렇게 술을 많이 챙기는 건 스스로를 망치는 탐욕이에요. 물론 노새를 죽도록 부리면야 되겠죠. 하지만 다시는 일어서지 못하는 순간이 오고 말아요. 그 두 마리도 잘 버티고 있었지만 내가 보기엔 그리될 게 뻔해요."

"어디로 갔는지 압니까?"

"비버 댐이 어디인지 무척 알고 싶어하기에 알려주었죠. 그런 곳은 피해야 한다고 말해줄 셈이었는데, 아주 세세히도 묻더군요."

"거기가 어디인가요?" 찰리가 물었다.

"당신 눈빛도 그들과 똑같군! 그들에게 말해준 그대로 말하지요. 그곳에 가봐야 시간만 허비하는 짓입니다. 잠깐만 한눈을 팔아도 비버가 야영지에서 나뭇조각이란 나뭇조각은 죄다 물어가버리죠. 선광기選鑛機든 분리기든 뭐든 강물 속에 넣어두면 감쪽같이 사라지고요. 비버란 놈들은 성가시기 짝이 없어요. 어라, 좋은 농담 거리가 생겼네! 이해가 되나요? 비-버, 바-보?" 그가 경련할 때 나는 흙물을 풀밭에 부어버렸다. 경련이 멈추자 그는 내 컵이 빈 것을 보고는 다시 따라주며 마음껏 마시라고 했다. 나는 컵을 입으로 가져갔지만 입술로 가장자리를 꽉 문 채 한 방울도 삼키지 않았다.

찰리가 말했다. "친구들이 거기로 갔다면 우리도 한번 들러볼까 싶군요."

"난 경고했습니다. 여기서 7, 8킬로미터쯤 더 가면 사람들이 머무르는 야영지가 나올 텐데 거기서 가까워요. 친구가 될 생각으로 그 야영지에 들르지는 마요. 그치들은 사교에 전혀 관심이 없으니. 솔직히 무례하기 짝이 없는 작자들이죠. 하지만 뭐 대수겠습니까. 아무튼 거기서 3킬로미터쯤 더 가면 비버 댐이 보일 겁니다. 어찌나 큰지 못 보려야 못 볼 수가 없지요." 자기 잔에 커피를 따르려고 주전자를 들던 그가 움찔했다. 다쳤냐고 묻자 고개를 끄덕였다. 칼을 가진 인디언과 싸웠는데, 이기기는 했지만 크게 베인 바람에 시체 옆에 몇 시간을 뻗어 있다가 간신히 기력을 끌어모아 일어났다고 했다. 그가 셔츠를 올려 가슴 아래쪽의 칼자국을 보여주었다. 가장자리는 아물고 있지만, 가운데는 여전히 딱지가 앉아 있었다. 끔찍한 상처였다. 다친 지 삼 주쯤 된 듯했다. "나도 부상이 심하지만, 그래도 녀석이 더 크게 다쳤던 모양이더라고요." 그가 모닥불 곁을 떠나 베니에게 가서 컵과 주전자를 짐더미에 묶었다.

"말은 어디 있나요?" 찰리가 물었다.

"인디언과 싸운 것도 그 때문이었죠. 내가 말 안 했나요? 내가 자는 동안 그놈이 내 친구 제시를 훔쳐가버렸어요. 그다음에 베니까지 훔치러 돌아왔을 때는 나도 싸울 준비가 돼 있었죠. 아무튼 걷기 좋은 날이군요. 우리 늙다리 베니가 할 수 있다면 나도 할 수 있어야겠죠." 그가 우리를 향해 모자를 살짝 들어올렸다. "얘기 즐거웠습니다. 다음에 도시에서 만나면 한잔 대접하죠."

"계획이 모두 뜻대로 되길 빕니다." 내 말에 그는 광기 어린 미소를 지으며 말했다. "허허!" 그가 돌아서서 걸어가고 베니가 뒤따랐다. 말소리가 들리지 않을 만큼 멀어지자 찰리가 물었다. "커피가 어땠길래?" 나는 컵을 내밀었다. 그가 주저하며 한입 맛보더니 조심스럽게 뱉어버렸다. 얼굴에는 아무 표정도 없었다. "흙이잖아." 그가 말했다.

"그러게 말이야."

"저 남자가 흙을 끓였다는 거야?"

"자기는 커피라고 믿는 것 같았어."

찰리가 컵을 들어 다시 한 모금 마셨다. 입안에 머금고 이리저리 굴리다가 도로 뱉어버렸다. "어떻게 흙이라는 걸 모를 수 있지?"

나는 경련하는 금 채굴꾼과 닭을 안고 다니는 금 채굴꾼과 죽은 뒤 머리를 잃은 금 채굴꾼을 떠올리며 말했다. "황무지에서 고독하게 일하는 건 건강하지 못한 짓 같아." 찰리가 일종의 의심과 불신을 품은 얼굴로 주위의 숲을 둘러보았다. "그만 출발하자." 그리고 몸을 돌려 침낭을 접었다.

텁은 상태가 무척 안 좋아 보였다. 알코올로 소독하려니 너무 끔찍했다. 소독 탓에 기운이 빠지면 비버 댐까지도 못 갈 듯했다. 힘겹게 숨을 쉬며 물도 마시려고 하지 않았다. 나는 찰리에게 말했다. "아무래도 텁이 죽어가는 것 같아." 그는 텁을 힐끗 살펴보았다. 가타부타 말이 없었지만 동의하는 게 분명했다. "몇 킬로미터만 더 가면 돼. 거기서 오래 머물면서 텁이 휴식을 취하고 기운을 차릴 수 있기를 빌자고. 그러니 지금 소독하는 게 나아. 시작하자." 내가 소독은 생략하는 것이 좋겠다고 설명하자 찰리는 무슨 생각이 떠올랐는지 안장 가방에서 병을 하나 꺼냈다. 그가 미소를 머금고 병을 보여주었다. "기억 안 나? 치과의사의 마취약."

"응?" 나는 무슨 말인지 몰라 그렇게만 대꾸했다.

"어때, 알코올을 붓기 전에 텁에게 마취약을 좀 주는 건? 마취약을 눈구멍에 붓고 조금 뒀다가 소독하자고. 그러면 덜 따가울 거야. 장담하지."

주사를 놓지 않고 바르기만 해도 마취 효과가 있을지 자신 없었지만 호기심이 들어 찰리의 말대로 텁의 눈구멍에 마취약을 조금 부었다. 녀석은 흠칫 놀라며, 아마도 알코올로 인한 통증을 예상하며 몸을 뻣뻣이 긴장시켰다. 하지만 전혀 따갑지 않자 다시 헐떡거렸다. 서둘러 알코올을 부으니 이번에도 몸이 굳긴 했지만 비명을 지르지도 펄쩍 뛰지도 오줌을 싸지도 않았다. 나는 찰리가 마취약을 떠올려준 것이 기뻤다. 찰리도 의기양양해서 텁의 주둥이를 다독였다. 녀석이 좋아지기를 진심으로 바라는 듯 보였다. 그렇게 우리는 상류로 출발했다. 순조로운 분위기가 우리 사이에 감돌았다. 나는 이대로 지속되기를 빌었다.

비버 댐 남쪽의 야영지는 황폐하기 짝이 없었다. 모닥불 하나, 여기저기 흩어져 있는 침낭 몇 개, 주위에 어지러이 놓인 각종 도구와 나뭇조각이 전부였다. 야영지 가장자리에 인상이 험상궂은 남자 셋이 서서 우리가 다가오는 모습을 노려보았다. 금 채굴꾼의 기준으로 보아도 지저분하기 짝이 없는 몰골이었다. 엉킨 수염, 검댕과 진흙이 묻어 시커먼 얼굴, 꼬질꼬질하고 너저분한 옷. 눈만 빼고 온몸이 시커멓고 지저분했다. 눈은 하나같이 더없이 밝은 푸른색이었다. 아무래도 형제간인 듯했다. 그중 두 사람이 소총을 들어 겨냥했다. 나머지 한 사람의 총집에도 권총이 꽂혀 있었다. 찰리가 그들에게 소리쳤다. "며칠 전 북쪽으로 향하던 두 사람을 못 봤나? 한 사람은 턱수염을 길렀고, 다른 사람은 턱수염이 없는데." 아무도 대꾸 않자 내가 말했다. "와인 통을 실은 노새 두 마리를 끌고 갔는데, 못 봤나?" 여전히 대답이 없었다. 우리는 그들을 지나쳐갔다. 나는 그들의 움직임을 예의 주시했다. 등뒤에서 총을 쏘고도 남을 인간들 같았기 때문이다. 그들이 시야에서 사라지자 찰리가 말했다. "저치들은 전형적인 금 채굴꾼과 거리가 멀어."

"살인자들이야." 나는 동의했다. 과거의 어떤 일로 인해 이곳에 숨어 지내면서, 시간을 죽일 겸 금을 채취하는 것이리라. 보아하니 그다지 열심인 것 같지도 않았다.

1.5킬로미터쯤 더 갔을 때 텁이 콜록거리며 마른기침을 하기 시작했다. 바짝 말라 아무것도 나오지 않는 옆구리의 들썩거림이 내 다리를 타고 전해졌고, 걸쭉한 피가 녀석의 입술에서 강물로 길게 늘어졌다. 나는 팔을 뻗어 녀석의 입가를 닦았다. 손을 드니 검은 피가 묻어 있었다. 찰리에게 보여주자 댐에 거의 다 왔으니 임시 야영지를 꾸린 뒤 걸어서 웜과 모리스에게 가자고 했다. 우리는 안장에서 내려 말들을 끌고 숲으로 들어갔다. 그늘진 곳에 데려다놓고 안장을 벗기자 녀석이 그대로 주저앉았다. 다시는 일어서지 못할 것 같았다. 이토록 고생을 시켜서 미안했다. 그릇을 옆에 두고 내 물통의 물을 부어주었지만 녀석은 마시려고 하지 않았다. 땅바닥에 먹이를 좀 부어놓아도 역시 관심이 없었다. 그저 헐떡거리며 앉아 있기만 했다.

"여기서 어떻게 새 말을 구해야 할지 모르겠군." 찰리가 말했다.

"푹 쉬면 괜찮아질 거야." 나는 말했다.

찰리는 내 뒤에서 기다렸다. 나는 텁 앞에 웅크리고 앉아 녀석의 얼굴을 쓰다듬으며 위로 삼아 이름을 되뇌었다. 텅 빈 눈구멍을 덮은 눈꺼풀이 푹 꺼진 채 껌벅였다. 피투성이 혀를 빼물고, 걸쭉한 피를 흙바닥에 뚝뚝 흘렸다. 아, 나는 급격히 무기력해졌다. 스스로가 너무 싫었다.

"이제 가야 해." 찰리가 말하며 내 어깨에 한 손을 얹고, 다른 손은 권총에 댔다. "내가 할까?"

"아니, 이대로 두고 가자."

우리는 말들을 떠나 북쪽으로 향했다. 드디어 웜을 만나러.

모리스와 윔의 야영지는 울창한 나무와 가파른 언덕들로 양옆이 둘러싸여 있었다. 우리는 서쪽 끝 봉우리에 서서 잘 정비된 야영지를 내려다보았다. 말과 노새들이 나란히 서 있고, 빳빳한 캔버스 천막 앞에 자그마한 모닥불이 연기를 피워올리고, 도구와 안장과 가방이 깔끔하게 차곡차곡 쌓여 있었다. 저녁이 다가오는 시간이라 대기가 서늘했다. 태양이 숲 너머로 던진 주황빛이 강물 표면에 반사되어 은빛 거미줄이 어른거렸다. 야영지 아래쪽 물가에 곱사등 모양의 비버 댐이 쌓여 있고 그 앞에서 강물이 막혀 느릿느릿 빙그르르 돌았다. 비법이 효력이 있었는지는 알 수 없지만 시험해 보기에 아주 적합한 장소였다.

천막에서 인기척이 나더니 곧이어 모리스가 나타났다. 천막을 걷어젖히고 구부정히 나오는 모습이 예전에 향수를 잔뜩 뿌리고 다니던 멋쟁이와 사뭇 달라서 처음에는 같은 사람인지 알아보지도 못했다. 리넨 옷은 진흙투성이인데다 둥글게 땀 얼룩이 졌고 머리는 완전히 쑥대머리였다. 말아올린 바짓자락과 소매 아래로 드러난 피부는 와인 같은 자주색이었다. 입가에 미소를 머금고 계속 뭐라고 말하고 있었는데, 아마도 천막 안에 있는 웜을 향한 말인 듯했다. 하지만 너무 멀리 떨어져 있어 뭐라고 하는지는 들리지 않았다. 우리는 사선을 그리며 야영지로 내려갔다. 자칫 돌멩이를 건드려 아래로 데굴데굴 굴러가서 우리의 접근을 알고 경계하지 않도록 조심했다. 언덕 끝자락에 이르자 땅이 야트막하게 패여 있어 야영지가 시야에서 사라졌다. 가장자리로 올라가니 모리스의 목소리가 들렸다. 누구에게 말하는 것이 아니라 흥겹게 노동요를 부르고 있었다. 찰리가 내 어깨를 두드리더니 천막 쪽을 가리켰다. 마침 우리가 서 있는 곳에서 안이 보였는데, 비어 있었다. 그 순간 머리 위에서 퉁명스러운 명령이 들렸다. "손들어. 아니면 총알이 너희 둘 머리를 꿰뚫을 테니." 고개를 드니 난쟁이처럼 생긴 야성적인 남자가 나뭇가지에 앉아 있었다. 베이비 드러군이 우리를 겨누고 있었다. 그의 눈이 승리감으로 반짝반짝 빛났다.

"당신이 바로 우리가 찾던 허먼 웜이군." 찰리가 말했다.

"맞아." 남자가 말했다. "내 이름을 아는 걸 보니 당신들 정체도 짐작이 가는걸. 제독이 보낸 그 전설적인 시스터스 형제지?"

"맞아."

"나를 찾아 멀리도 왔군. 이거 영광스럽기까지 한데. 정확히 영광은 아니더라도 그 비슷한 느낌이야." 내가 살짝 몸을 움직이자 웜이 날카롭게 말했다. "한 번만 더 그래봐. 죽음을 맛보게 될 테니. 당신, 내가 여기서 노닥거리는 것처럼 보이나본데, 나는 지금 당신을 정조준하고 있어. 방아쇠만 당기면 그쪽 머리가 날아간다고." 그의 말은 진심이었다. 마치 총알이 박힐 내 두개골의 지점에서 열이 나는 듯했다. 그도 모리스처럼 맨발에 바짓자락을 말아올리고 있었다. 역시나 손발은 자줏빛이다. 나는 생각했다, 그 비법이 제대로 먹혔을까? 그의 표정만 봐서는 알 수 없었다. 그저 사납고 방어적인 기색만 느껴졌다. 찰리도 자주색 얼룩을 알아차리고 물었다. "와인이라도 담그나보지, 웜?"

웜이 귀뚜라미처럼 발목을 맞대어 문지르며 대꾸했다. "좀 그럴싸한 추측을 해보시지."

"그럼 어제보다 오늘 더 부자가 됐나?" 나는 물었다.

그가 미심쩍다는 듯 말했다. "제독이 비법에 대해 말해줬나?"

"모호하게만." 찰리가 말했다. "하지만 모리스 덕분에 자세히 알게 됐지."

"뻥치시네." 웜이 반박했다.

"본인한테 직접 물어봐."

"물론 그래야지." 그는 우리에게서 시선을 떼지 않은 채 짧고 날카롭게 휘파람을 두 번 불었다. 멀리서 같은 소리가 들리자 웜이 다시 한번 휘파람을 불었다. 곧 나무 사이로 모리스가 나타났다. 여전히 미소를 머금고 어린애처럼 등성이로 뛰어나오다가 찰리와 나를 보고 얼어붙었다. 얼굴에 공포가 완연했다. "괜찮아. 내가 총을 거누고 있어." 웜이 말했다. "하류를 살펴보려고 나무에 올랐는데, 하늘이 도왔지. 이 악당들이 우리 야영지로 살금살금 기어오고 있더군. 저치들은 우리가 여기서 하는 작은 실험을 알고 있어. 자네한테 들었다고 우겨대던데."

"거짓말이야." 모리스가 말했다.

찰리가 끼어들었다. "모리스만이 아니야. 블랙 스컬의 애꾸눈 덕분에 당신들이 어디서 야영할지 알았지. 하지만 결정적 정보를 준 건 바로 모리스의 일기장이었어."

나는 기억을 떠올리며 괴로워하는 모리스를 지켜보았다. "침대에 두고 왔어." 그가 비참한 어조로 말했다. "미안해, 허먼. 난 죽어 마땅해. 일기장을 까맣게 잊고 있었다니."

"일기장을 두고 왔다고?" 웜이 말했다. "너무 자책하지 마, 모리스. 정신없이 바빴잖아. 우리 둘 다 얼마나 열심히 일했어? 어쨌든 나도 잘못이 있어. 애꾸눈한테 우리 계획을 흘리다니. 왜 그랬느냐, 형편없는 스튜 몇 그릇 때문이었지."

"그래도." 모리스가 말했다.

"더이상 생각하지 마. 놈들이 우리를 잡기 전에 우리가 먼저 잡았어. 그게 중요해. 이제 문제는 놈들을 어떻게 하느냐는 거야."

모리스가 멍한 얼굴로 말했다. "그야 쏴 죽여야지."

"이것 봐라." 찰리가 말했다. "황무지에서 일주일을 보내더니 저 쪼그만 놈이 피에 굶주렸군."

"잠깐만." 웜이 말했다.

"어쩔 수 없어." 모리스가 말을 이었다. "죽이고 파묻어버리면 그만이야. 제독은 한 달 후에나 다른 조치를 취할 거고, 그때쯤이면 우리는 이미 사라져버리고 없을 테니까."

"위협을 제거하면 확실히 마음은 편하겠지." 윔이 과감히 말했다.

"쏴버려, 허먼. 어서 끝내자고."

윔이 곰곰이 생각했다. "하지만 생각만 해도 속이 울렁거리는데."

"내가 한마디해도 될까?" 나는 물었다.

"안 돼." 모리스가 말했다. "허먼, 쏴버려. 이놈들이 무슨 개수 작을 부릴지 몰라."

"발끝이라도 까닥하면 바로 죽여버리겠어. 어이, 거기 덩치 큰 놈. 어디 말해봐."

나는 말했다. "우리도 팀에 끼워줘. 이제 제독과 일하지 않을 거 야. 더이상 한편이 아니라고."

"어련할까." 윔이 말했다. "여기까지 왔다는 것 자체가 그게 거 짓말이라는 증거야."

"우리가 여기 온 건 일기장 때문이야." 찰리가 말했다. "빛의 강 을 직접 보고 싶었거든."

"본심은, 가로채고 싶었던 거겠지."

"우리 둘 다 당신의 모험심과 굳은 의지에 감명을 받았어." 내가 끼어들었다. "모리스가 제독을 버리기로 한 것에도 공감했고. 말 했다시피 우리도 같은 결정을 내리고 당신을 만나러 온 거야."

내 말에서 진실성이 느껴졌는지 윔이 주저했다. 그가 나를 이리 저리 찬찬히 살펴보았다. 하지만 마침내 그의 입에서 나온 말은 호 의적이지 않았다. "문제는 말이지. 당신들이 제독과 손을 끊었다 하더라도―별로 그런 것 같진 않지만―동기가 심히 의심스럽다는 거야. 간단히 말해, 당신 둘은 도둑이자 살인자야. 우리가 함께 할 이유가 없어."

"우리는 도둑이 아니야." 찰리가 말했다.

"그럼 그냥 살인자인가보지?"

"우리 둘 다 그런 일에 진절머리가 났어." 내가 말했다. "금 채취를 돕고 보호까지 해줄게."

"무엇으로부터?"

"당신을 방해하려는 자라면 누구든 처리해주지."

"그럼 당신들에게서는 누가 우리를 보호하지?"

"우리도 끼워줘." 찰리가 말했다. 하지만 인내심이 바닥난 탓에 강요하는 투가 나오고 말았다. 웜은 마음을 닫고 더이상 입을 열지 않았다. 올려다보니 웜이 고개를 뒤로 젖히고 찰리에게 총구를 겨누고 있었다. 막 권총을 뽑으려는 찰나, 웜이 그 상태에서 좀더 고개를 젖혔다가 그만 균형을 잃고 나뭇가지에서 뒤로 떨어지더니 허공에서 공중제비를 돌아 높다란 양치식물 무리 속으로 소리 없이 사라졌다. 무기가 없는 모리스는 몸을 돌려 나무 사이로 달려갔다. 찰리가 그를 향해 권총을 뽑아들었지만 내가 팔을 잡고 말렸다. 다른 손으로 권총을 들어올렸을 때는 모리스가 이미 시야에서 사라지고 없었다. 찰리가 내 팔을 쳐내고 쫓아갔지만 거리가 상당히 벌어져서 잡기 어려워지자 포기하고 웜이 떨어진 곳으로 돌아왔다. 그도 이미 감쪽같이 달아나고 없었다. 찰리는 납작하게 눌린 양치식물을 무력하게 바라보더니 이어서 나를 보았다. 잠시 시간이 흐른 후 찰리가 당혹감 섞인 웃음을 터뜨렸다. 하얗게 질린 얼굴에 믿기지 않는다는 표정이 어려 있었다. 권총을 휘둘러대긴 했어도 웜과의 대면은 과거의 우리 경험과 판이하게 달랐기에 웃음이 나올 수밖에 없었다. 하지만 즐거움은 잠시, 전열을 가다듬기 위해 우리 야영지로 돌아갈 때는 그저 화만 남았다.

돌아와보니 텁이 사라지고 없었다. 탈진한 녀석을 굳이 묶어둘 필요가 있을까 싶었는데 자리를 비운 사이 일어나 어디로 가버린 것이었다. 먼지로 뒤덮인 굵은 핏방울을 따라가니 우리 야영지에 면한 야트막한 언덕으로 이어졌다. 언덕 맞은편은 거의 수직에 가까운 급경사로, 녀석은 제 무게를 이기지 못하고 50미터쯤 굴러떨어져 우람한 세쿼이아 밑동에 쓰러져 있었다. 등을 나무에 부딪힌 듯 다리를 하늘을 향해 상스럽게 쳐들고 있었다. 나는 생각했다. 가축의 삶이란 무엇인가, 왜 이 같은 고통과 인내와 무감각을 감내해야 하는가. 절벽을 기어내려가 녀석을 살펴볼까 싶기도 했다. 만약 여전히 숨이 붙어 있다면 총으로 숨통을 끊어주어야 마땅할 터였다. 하지만 미동도 없는 것으로 보아 이미 죽음을 맞았음이 분명했다. 나는 돌아서서 야영지로 향했다. 찰리는 탄약을 챙기고 있었다.

텁의 죽음으로 다행히 찰리의 분노가 가라앉았다. 나를 염려하며 격려의 말을 늘어놓고, 새 말을 살 때 반을 보태주겠다고 약속했다. 심지어 님블처럼 훌륭하거나 더 나은 말을 사자고 말하기까지 했다. 위로를 들으면서 짐짓 침통하게 생각에 잠긴 척했지만 사실 텁이 죽어 특별히 속상하지는 않았다. 녀석과 함께 나의 연민도 사라진 듯했다. 나는 텁이 없는 생활을 기대하고 있었다. 녀석은 착하고 충직했지만 크나큰 짐이었다. 우리는 서로 어울리지 않는 짝이었다. 여러 달이 지나면서 녀석에게 점점 감상적이 되었고 오늘도 마찬가지였지만, 막상 죽고 보니 마음이 한결 가벼웠다.

"준비됐어?" 찰리가 물었다.

나는 고개를 끄덕였다. 그리고 대답을 알면서도 굳이 물어보았다. "이제 어떡할 거야?"

"무력만이 유일한 해답이지." 그가 말했다.

"저들도 분명 알 거야. 우리가 둘 다 죽일 수도 있었지만 그러지 않았다는 걸."

"네가 방해만 않았더라면 내가 모두 죽였을걸."

"하지만 그들은 우리가 죽지 않기로 한 줄 알 거야." 찰리가 잠자코 있자 나는 다소 자신 없는 투로 제안했다. "무기 없이 손들고 야영지로 찾아가면 어떨까?"

"그 질문에 대답하는 영광은 사양하지."

"난 그저 모든 가능성을 고려해보자는 거야."

"놈들은 겨우 두 명이야. 제대로 잘 먹고 잘살게 내버려두거나 다시 찾아가거나 둘 중 하나라고. 후자의 경우에는 반드시 무력이 필요해. 저들이 어설프게 굴지 않았더라면 진즉에 우리를 죽이고도 남았어. 그러니 이제는 주저하지 않겠지. 모리스도 무장할 거고, 두 번 다시 우리와 대화하려 들지 않을 거야." 그는 고개를 저었다. "무력만이 유일한 해답이야, 형제."

"그냥 메이필드로 돌아가면 —"

"그 얘기는 이미 끝났잖아." 찰리가 내 말을 잘랐다. "정 가고 싶으면 가. 새크라멘토까지 걸어간 다음에나 새 말을 구할 수 있을걸. 마음대로 선택해. 네가 하든 말든 나는 이 일을 끝낼 거야."

나는 찰리와 함께하기로 마음을 굳혔다. 형이 옳다는 생각이 들었다. 우리는 평화롭게 그들의 야영지로 들어가려 했지만 그쪽에서 마다했다. 찰리에게 더이상 자비를 바랄 수는 없다. 그리고 빛의 강을 목격하는 일생일대의 기회를 저버릴 수도 없다. 이 결정의 의의라면 이번 유혈 사태를 마지막으로, 남은 생애까지는 아니더라도 앞으로 한동안은 피를 보지 않으리라는 것이었다. 찰리에게 이 말을 하자 그는 그렇게 생각해서 마음이 편해진다면 얼마든지 그러라고 대꾸했다. 그리고 덧붙였다. "하지만 제독을 잊었군."

"아, 그래. 그럼 제독을 처리한 후로 정정할게."

찰리가 잠시 뜸을 들였다. "제독이 죽으면 피바람이 날걸. 여기저기서 비난이 쏟아지고, 복수하겠다며 나서고 말이야. 결국 많은 피를 보겠지."

나는 생각했다, 그럼 이것이 내 생애 마지막 살인의 시절이 되리라.

"어두워지고 있군." 찰리가 말했다. "지금 바로 쳐야 해. 놈들이 달아나려고 할지도 모르니. 빙 돌아서 동쪽 언덕 꼭대기에서 접근하자고. 독 안에 든 쥐 신세니까 걱정 마." 그는 모닥불에 대고 오줌을 누었다. 불꽃이 사위면서 그의 빰과 턱에 빛이 일렁였다. 즐거운 기색이었다. 찰리는 할일이 있을 때면 늘 가장 행복해했다.

우리는 웜과 모리스의 야영지를 고리 모양으로 빙 돌았다. 강을 건너 800미터쯤 올라갔다가 다시 내려와서 야영지를 굽어보는 높다란 언덕까지 조심조심 올라라는 식이었다. 나무 사이로 잉걸불의 빛이 보였다. 물가에 비법 액체가 든 통들이 놓여 있었는데 하나는 텅 빈 채 쓰러져 있고 나머지 세 개에는 뚜껑이 덮여 있었다. 사람도 동물도 보이지 않는 것으로 보아 두 사람은 무장하고 천막이나 숲속에 숨어 한판 붙기를 기다리고 있는 듯했다. 모리스는 간절한 기도와 회개에 빠져 있으리라. 웜에 대해서는 아는 게 없지만, 왠지 그는 좀더 용감하고 대담할 것 같았다. 투철한 정의감, 결과가 어떻든 계획을 끝까지 실행하도록 스스로를 밀어붙이는 추진력에 고무되어. 하지만 그들 마음속에서 무슨 일이 벌어지고 있든 실제로 보이는 건 그 어디에도 없었다. 야영지는 무덤처럼 고요했다.

반면 댐은 이해할 수 없는 근면성을 발휘하는 야행성 비버들로 북적이고 있었다. 통통한 비버의 반지르르한 털가죽이 희뿌연 달빛에 수없이 빛났다. 녀석들은 물속으로 뛰어들고, 헤엄치고, 다시 올라왔다. 그러면서 나지막하게 끙 소리를 내는 것이 꼭 자기들 말로 푸념 혹은 격려를 주고받는 듯했다. 강가로 성큼성큼 올라가더니 잔가지를 끌고 도로 물속으로 들어가 댐으로 날랐다. 꼭대기에서는 무리 중 가장 뚱뚱한 녀석이 다른 비버들을 감독하는 양 굽어보고 있었다. "저 녀석이 대장인가봐." 내가 말하자 비버들을 보고 있던 찰리도 고개를 끄덕였다.

곧이어 몸집 큰 비버가 댐에서 어기적어기적 내려와 강가로 이동했다. 처음에는 자기 무게 때문에 흙바닥이 꺼지지 않을까 조심스레 발을 디뎠지만 두려움은 오래가지 않았다. 주저 없이 태평하게 혼자 야영지로 들어가더니 곧장 비법 액체 통으로 향했다. 빈 통에 머리를 들이밀었다가 그 독기에 도로 빼고는 액체가 가득하고 똑바로 세워져 있는 통으로 향했다. 그러고는 뒷다리로 서서 가장자리에 이빨을 박고 통을 쓰러뜨리려고 했다. 강으로 끌거나 굴려서 가져가려는 심산인 듯했다. 상상만 해도 우스웠지만 찰리는 신경을 곤두세운 채 무척 집중하고 있었다. 정말로 윔과 모리스가 지켜보고 있다면 비버의 달갑지 않은 관심에 뭔가 반응을 보이리라는 걸 알았던 것이다. 아니나 다를까 잠시 후 골짜기 아래쪽에서 희미하게 딱딱 소리가 났다. 흥분한 찰리가 고개를 끄덕였다. "저기야. 너도 들었지?" 소리가 다시 한번, 또 한번 들렸다. 집요한 비버를 향해 시커먼 돌 같은 것이 허공을 가르며 날아갔다. 녀석은 이미 통을 쓰러뜨린 뒤였다. 우리는 돌이 날아온 방향을 가늠해, 야영지 뒤쪽으로 20여 미터 떨어진 우리 쪽 강기슭에서 나무와 덤불을 모아 만든 은폐물을 찾아냈다. 윔과 모리스는 우리가 서 있는 언덕 아랫자락에 숨어 있었다. 찰리와 나는 뒤에서 그들을 덮치려고 살금살금 내려가기 시작했다. "내가 모리스를 맡을게." 그가 속삭였다. "너는 윔을 겨냥하고 있어. 하지만 꼭 필요하지 않는 한 쏘지는 마. 정 어쩔 수 없으면 팔에다 한 발 쏴. 그래도 일은 할 수 있을 테니. 말도 할 수 있을 거고."

폭력 사태를 앞두고 늘 그렇듯 내 중심이 부풀기 시작했다. 검은 잉크병이 쓰러져 심상을 뒤덮었다. 잉크는 끊임없이, 말도 안 되게 무한히 쏟아졌다. 살과 두피가 윙윙 울리며 따끔거리고, 내가 아닌 다른 사람이 되었다. 아니, 나의 두번째 자아가 나타났다. 이 자아는 암흑 속에서 현실세계로, 자기가 바라는 대로 행동할 수 있는 곳으로 걸어나와 대단히 기뻐했다. 욕망과 치욕을 동시에 느끼며 생각했다. 나는 왜 이렇게 짐승으로 변하면서 기뻐하는 걸까? 내가 뜨거운 콧김을 내뿜기 시작한 반면 찰리는 조용하고 침착했다. 나더러 진정하라고 손짓했다. 그는 이렇게 나를 우리에 몰아넣고 약올리고 싸움터로 들여보낸다. 수치, 나는 생각했다. 수치와 피와 타락.

충분히 가까워지자 윔과 모리스가 숨어 있는 곳이 보였다. 돌을 던지는 팔의 어슴푸레한 형체도 눈에 들어왔다. 총알이 발사될 때 그 섬광으로 순간적으로 드러날 그들의 은신처를 상상했다. 이파리 하나하나, 돌멩이 하나하나가 선명히 드러나리라. 발각되었다는 끔찍한 충격에 얼어붙은 그들의 얼굴이 생생히 그려졌다.

찰리가 갑자기 손바닥으로 내 가슴을 치며 저지했다. 내 눈을 살피더니 탐색하듯 이름을 불렀다. 덕분에 나는 예의 이상 상태에서 벗어나 현실로 돌아왔다. "왜?" 방해받는 바람에 욕구불만까지 느끼며 대꾸하자 찰리가 한 손가락으로 어딘가를 가리키며 소곤거렸다. "저기 봐." 나는 머리를 흔들어 진짜 자아를 일깨우고 그가 가리키는 곳을 보았다.

야영지 남쪽의 어둠 속에서 남자들이 일렬로 다가오고 있었다. 소총을 짊어진 윤곽을 보자마자 하류에서 마주친 푸른 눈의 형제들임을 알아보았다. 그때의 짧은 만남을 돌이켜보니 내가 웜의 와인 통을 언급하자 태도가 미묘하게 달라졌던 것이 떠올랐다. 놈들은 그 술통에 다가가고 있었다. 힘들게 얻은 물건을 물가까지 끌고 온 비버는 가장 덩치 큰 남자에게 배를 걷어차여 하늘로 날아올랐다가 강물에 풍덩 빠졌다. 화가 잔뜩 난 녀석이 꼬리로 수면을 내리치며 동료들에게 새로운 위험을 알렸다. 비버들은 움직임을 우뚝 멈추더니 안전한 댐으로 돌아갔다. 파괴와 흉포함이 없는 곳에서 서로 몸을 바싹 붙이고 있으리라. 대장 비버가 마지막으로 댐 안으로 들어갔는데 움직임이 굼떴다. 아마 배를 심하게 걷어차여 숨이 찬 듯했다. 아니면 손상된 자존심을 회복하려는 걸까? 그 작은 동물들에게서 인간과 비슷한 구석이 느껴졌다. 연륜과 지혜 같은 것이. 비버는 신중하고 사려 깊은 동물이었다.

덩치 큰 남자가 통을 상류로 굴려 다른 통들 옆에 세운 뒤 천막으로 걸어가 안을 들여다보았다. 아무도 없음을 알고 큰 소리로

278

"여보세요!" 하고 외쳤다. 모리스와 웜이 새어나오는 웃음을 억누르는 소리가 얼핏 들린 듯했다. 나는 어리둥절해서 찰리를 보았다. 웃음소리가 점점 커지더니 히스테릭하게 변해갔고, 푸른 눈의 형제들은 모래톱으로 돌아와 서로 불편한 기색으로 마주보았다.

"거기 누구야?" 덩치 큰 남자가 말했다.

웃음소리가 잦아들고 웜이 대꾸했다. "여기는 우리인데, 거기는 누구지?"

"하류에서 금을 채취하는 사람들이야." 남자가 통을 발로 차며 말했다. "와인을 좀 사고 싶어서 왔어."

"안 팔아."

"샌프란시스코 시세로 쳐줄게." 남자는 이 말을 입증하려는 듯 지갑을 흔들어 보였지만 대꾸가 없자 어둠 속을 유심히 살폈다. "왜 그렇게 어둑한 곳에 숨어 있는 거지? 우리가 두렵나?"

"딱히 그런 건 아냐." 웜이 대꾸했다.

"그럼 여기 나와서 남자 대 남자로 이야기하지."

"사양하겠어."

"와인을 팔기를 거부하는 건가?"

"맞아."

"내가 술통을 그냥 가져가버린다면?"

웜이 잠시 고민하다가 말했다. "그랬다간 불알 하나를 잃고 돌아가게 될걸, 친구." 그러자 모리스가 미친듯이 웃음을 터뜨렸다. 그 말이 영혼 깊은 곳까지 간지럼을 태운 나머지 기쁨에 압도되어 완전히 굴복해버린 듯했다. 찰리가 미소 지으며 말했다. "저놈들

취했어!"

형제들이 모래톱에 모여 은밀히 이야기를 나누었다. 의견을 모은 후 덩치 큰 남자가 일행에게서 떨어져나와 고개를 끄덕이고 말했다. "보아하니 이미 한잔 걸친 모양이군. 하지만 해가 뜨기도 전에 기분이 가라앉고 몸이 처지며 잠이 쏟아질 거야. 그때 다시 돌아올 테니 기대해. 우리가 너희의 술을 뺏을 테니까. 그리고 목숨도." 이 말에는 아무 반응이 없었다. 웃음도, 조롱 어린 응수도. 남자는 매우 과장되고 당당하게 턱을 치켜들고 하류를 향해 발걸음을 떼었다. 왕이라도 된 듯 생각하고 있다는 게 눈에 보였다. 어쨌든 그의 말은 아래쪽에 있는 흥거운 두 사람을 입다물게 할 만큼 충분히 연극조였다. 이어서 모리스와 웜이 황급히 이야기를 주고받는 소리가 들렸다. 처음에는 나직하더니 이내 분개해서 목청이 높아지고, 둘이 동시에 떠들어대며 열기를 더해갔다. 모리스가 매달리듯 외치는 소리가 또렷이 들렸다. "허면, 안 돼!" 그 직후 웜의 베이비 드러군이 총성을 발했고, 덩치 큰 남자가 얼굴에 치명상을 입고 쓰러졌다.

그 즉시 다른 형제들이 재빨리 몸을 숙이고 모리스와 웜을 향해 총을 쏴댔다. 술 취한 두 사람도 맞받아 쐈지만 눈을 감고 고개 숙인 채 쏘기라도 하듯 총알은 죄 엉뚱한 곳으로 날아갔다. 찰리가 재빨리 지시했다. "저 새끼들을 죽여. 웜이 죽기라도 하면 다 헛짓이 돼." 우리가 위쪽에 있었으니 남은 둘을 해치우기란 식은 죽 먹기였다. 이십 초도 안 되어 그들은 모래톱에 나뒹구는 신세가 되었다. 그것도 세 형제가 나란히.

총성이 언덕과 나무우듬지에 튕겨 지그재그로 메아리쳐나간 뒤, 골짜기 아래쪽에서 웜이 승리의 함성을 질렀다. 우리가 도와주었다는 사실을 모른 채 자기들 힘으로 형제들을 죽였다고 믿고 야단법석을 떨었다. 찰리가 소리쳤다. "당신들이 맞힌 게 아냐, 웜. 나와 내 동생이 처리한 거지. 내 말 듣고 있나?" 이 말에 모리스와 웜은 자축을 뚝 그치고 다시 수군거렸다. 덤불과 나뭇가지 아래에서 반대 의견과 우려가 오갔다.

"내 말 들리는 거 다 알아." 찰리가 말했다.

"누가 말하는 거지?" 웜이 물었다. "야비한 놈이야, 뚱뚱한 놈이야? 야비한 놈하고는 얘기 안 해."

찰리가 나를 보았다. 나더러 말하라고 손짓하기에 앞으로 나갔다. 진지하고 과감하게 움직이려 했지만 내심 당황했고, 찰리도 그런 나 때문에 당황했다. 나는 목청을 가다듬고 말했다. "안녕하신가!"

"뚱보인가?" 웜이 물었다.

"내 이름은 일라이야."

"아무튼 덩치 큰 쪽이지? 건장한 쪽 말이야."

모리스의 웃음소리가 들린 듯했다.

"건장한 쪽 맞아." 나는 대꾸했다.

"나쁜 뜻으로 한 얘기는 아냐. 나도 식사를 끝내고 자리에서 일어서는 데 어려움을 느끼는 편이니. 유난히 식탐이 심한 사람도 있는 법이지. 달리 어쩌겠어? 굶어죽을 수도 없고."

"웜!" 나는 말했다. "당신 지금 취했어. 진지하게 얘기를 나누고 싶은데, 가능하겠어? 아니면 모리스가 말하는 게 어떨까?"

"뭘 논의하고 싶은데?"

"아까도 말했지만 우리도 당신 팀에 들어가 함께 일하고 싶어."

찰리가 팔을 뻗어 나를 세게 꼬집고 속삭였다. "뭐하는 거야?"

"저자들을 죽인 덕분에 상황이 달라졌잖아." 나는 대꾸했다.

"달라지긴 뭐가 달라져? 저놈들은 지금도 어둠 속에 숨어서 우리를 쏴 맞히려고 하는데."

"뭐라고 하는지 들어나 보자고. 더이상 피를 흘리지 않고 원하는 걸 얻을 수도 있어."

찰리가 나무에 기대앉고는 생각에 잠겨 입술을 깨물었다. 다시 어둠을 가리키며 나더러 말하라고 손짓했다. 나는 그 지시에 따랐다. "더이상 대화를 거부하겠다면 우리도 무력을 쓸 수밖에 없어, 웜. 솔직히 우리가 당신들을 죽이고 싶지 않다는 말은 진심이야."

웜이 비웃었다. "그래, 그러고는 우리 몫을 나눠달라고 하겠지. 거절하면 가차없이 죽일 거고. 우리 입장에서 그 제안이 얼마나 터무니없는지 모르겠나?"

"우리도 함께 일하고 그 대가를 받겠다는 거야. 그리고 당신들을 죽일 생각이었다면 왜 저자들을 처치했겠어?"

모리스가 뭐라고 말했지만 잘 들리지 않았다. 웜이 말을 전했다. "모리스 말로는, 왼쪽 놈은 자기가 맞힌 것 같다는데."

"착각이야."

웜은 잠시 아무 말도 하지 않았다. 모리스와 이야기하는 소리도 들리지 않았다.

"혹시 다쳤나?" 나는 물었다.

"모리스의 팔에 총알이 스쳤어. 좀 따갑긴 해도 죽지는 않을 테니 염려 마시지."

"통증을 없애줄 약을 가지고 있어. 상처를 소독할 알코올도 있고. 우리가 금 채취를 거들고, 강도나 침입자를 처리해주지. 생각해봐, 웜. 우리는 아까부터 당신들 뒤를 겨냥하고 있었어. 죽일 생각이었다면 진즉에 죽였을 거야."

또다시 긴 침묵이 이어졌다. 모리스인지 웜인지 아주 나지막하게 중얼거리는 소리가 들렸지만 무슨 말인지 알아들을 수 없었다. 어떻게 해야 할지 열심히 궁리중일까? 자기들만의 폐쇄적인 그룹에 지금껏 피에 굶주려온 시스터스 형제를 끼워줄 것인가, 말 것인가. 소리가 점점 커졌다. 처음에는 정확히 알 수 없었다. 무슨 소리인지 알아차리자 내가 제대로 들었는지 믿기지가 않았다. 현상황과 전혀 어울리지 않게, 허먼 웜이 휘파람을 불고 있었다. 내가 모르는 노래지만 좋아할 만했다. 애끓는 슬픔과 죽음을 주제로 한, 느리고도 감상적인 곡이었다. 휘파람소리가 점점 커지더니 웜이 탁 트인 곳으로 나와 비버 댐의 등성이를 가로지르고 모래톱을 올라 야영지로 향했다. 휘파람 솜씨가 매우 뛰어나서, 높아졌다 낮아졌다 하며 대기를 울리고 강물소리에 섞여들었다. 그런 식으로 계속되었다. 찰리가 말없이 일어나더니 언덕을 내려갔다. 나는 계획을 몰랐다. 그 역시 몰랐으리라. 웜도 몰랐고, 모리스도 몰랐다. 계획 자체가 없었다. 하지만 덩달아 여봐란듯이 내려갔다. 웜은 이쪽으로 서서 언덕을 올려다보며 우리가 어디 있는지 찾고 있었다. 입술에서 흘러나오는 휘파람소리가 더더욱 간드러지며 서정성을 띠었다. 마치 노래하는 가수가 청중을 포옹하듯이 양팔을 벌렸다.

우리는 댐을 가로질러 반대쪽 강기슭으로 올라갔다. 마주하고 서자 웜의 휘파람이 그쳤다. 야성적 외모에, 키가 나보다 30센티미터는 족히 작았다. 술과 독한 담배냄새가 코를 찔렀다. 팔이 가늘고 어깨와 엉덩이도 빈약하지만 배가 산처럼 불룩했다. 그는 우리를 조금도 두려워하지 않았다. 다시 말해, 죽음을 두려워하지 않았다. 나는 그가 상당히 마음에 들었다. 훤히 보이는 곳에서 휘파람을 분 덕에 찰리도 그 대담성과 정신력에 깊은 인상을 받은 듯했다. 웜이 손을 내밀었다. 먼저 찰리에게, 그리고 나에게. 우리는 차례로 악수를 하며 동맹을 맺었다. 그다음 무슨 말을 할지, 무엇을 할지 몰라 다들 한동안 가만히 있었다. 모리스는 아직 우리와 어울릴 준비가 되지 않았는지 위스키와 함께 덤불 속에 남아 있었다.

우리는 땔감을 넣어 모닥불을 키우고 둘러앉아 동업에 대해 의논했다. 찰리는 그날 밤 당장 비법 액체 한 통을 붓자고 했지만 웜이 자기와 모리스가 취한데다 지쳤다며 반대했다. 모리스 얘기를 하자면, 한참 후에야 다친 팔을 움켜잡고 은신처에서 기어나오면서도 상처가 대수롭지 않다는 듯 태연한 척하려 애썼다. 우리의 합류에 곤란해하는 기색이 역력했다. 찰리가 그를 지켜보기에 혹시 무슨 돌발적인 언동을 할까봐 걱정되었지만 곧 악의 없이 인사를 건네서 안심했다. 그는 손을 내밀며 과거는 그만 잊자고 했다. 모리스는 반사적으로 찰리와 악수를 하고는 나를 보고 어깨를 으쓱하더니 기다란 은빛 휴대용 술병을 내밀었다. 콧수염 끝이 지저분하게 자랐고, 눈은 붉게 충혈되고 부어 있었다. 그가 말했다. "너무 피곤해, 허먼." 웜이 반갑게 대꾸했다. "기나긴 하루였지. 안 그래, 친구? 이제 그만 자는 게 어떨까? 우리 모두 푹 쉬고 내일 아침 다시 모여 사인조가 되는 거야." 모리스는 대꾸 없이 천막 안으로 들어갔다. 나는 위스키를 한 모금 마시고 찰리에게 건넸다. 그도 한입 마시고 술병을 웜에게 넘겼다. 웜은 조금만 마시고는 술병 뚜껑을 닫아 코트 주머니에 넣었다. 마치 '이만하면 충분해'라고 말하는 듯했다. 그러고는 손바닥에 침을 묻혀 머리를 매만지고 옷깃을 당겨 매무새를 정돈했다. 취기에 정신이 흐미한 와중에도 진지하게 논의에 임하려고 했다.

나와 찰리는 직접 강에서 채굴한 금의 절반을 가지고, 나머지 절반은 웜이 회사라고 부르는 것에 투자하기로 했다.

"회사란 당신과 모리스를 말하는 거겠지?" 찰리가 말했다.

"그렇지. 하지만 술값으로 탕진하거나 하진 않을 테니 염려 말라고. 이번처럼 미래적인 탐험의 자금으로 쓸 거야. 야심이 더 크니 비용도 더 많이 들지. 내 생각대로 되기만 한다면 회사는 삽시간에 커져서 여러 프로젝트를 동시에 실행하게 될 거야. 그러니 신의만 지키면 다음에도 함께할 기회는 많을 테지. 일단 지금은 당신네 형제가 나와 모리스의 목을 베지 않고 이 소박한 탐험을 함께할 수 있을지 두고 보자고. 어때?"

나는 공정하다 싶었다. 발목과 정강이를 긁는 웜에게 물었다. "어젯밤은 금을 많이 캤나?"

그가 대꾸했다. "장관에 들뜬 나머지 그저 멍하니 쳐다보고 물속을 걸어다니고 웃고 자축하느라 시간을 너무 허비했어. 바로 열심히 움직였어야 했는데. 그래도 빛이 사라지기 전 십오 분 동안은 금을 채취했지. 전통적인 방법으로는 한 달은 걸려야 얻을 수 있는 양이야. 비법이 제대로 먹힌 거야. 내가 기대한 대로, 아니, 그 이상이었지." 어깨 너머로 강을 돌아보는 웜이 성공을 만끽하며 흐뭇해했다. 그런 그를 보고 있자니 강한 질투심에 사로잡혔다. 그는 성실한 노동과 지능 덕분에 경제적 혜택뿐 아니라 정신적 만족도 누리고 있다. 나도 모르게 내 인생과 비교되어 스스로가 한심하고 삭막하게 느껴졌다. 찰리도 웜을 주의깊게 살펴보고 있었지만, 그의 표정에는 찬탄보다는 불가사의한 호기심이 짙었다. 웜은 우리의 관심을 알아채지 못한 채 이야기를 계속했다. "그토록 아름다운 광경은 난생처음 봤어. 수만 개의 금 조각이 제각각 반짝반짝 빛났지. 촛불처럼 환하게. 지금껏 해본 일 중 가장 즐거웠어. 강물과 모래톱을 오가며 금을 주워 양동이에 던져넣는 것 말이야." 눈초리가 가늘어지며 그가 회상에 잠겼다. 물끄러미 강을 바라보면서 그가 묘사한 광경을 상상하니 내 몸에도 전율이 흘렀다. 그가 말했다. "24시간 후에는 당신들도 직접 보게 될 거야."

또다시 웜이 정강이를 긁었다. 아까보다 세게 북북. 모닥불 빛에 드러난 피부가 한결 불그죽죽하게 벗겨지고 부어올라 있었다. 나의 호기심 어린 표정에 그가 고개를 끄덕이며 말했다. "해결하지 못한 게 있긴 해. 비법 액체에 부식 효과가 있다는 건 알았지만 강물에 희석되면 인체에 해가 없을 줄 알았거든. 다음부터는 발과 발목을 감쌀 장비를 갖춰야겠어." 천막 안에서 모리스가 부르자 웜은 잠시 자리를 떴다. 그리고 어두운 얼굴로 돌아와 모리스가 야외생활에 적응하는 데 어려움을 겪고 있다고 털어놓았다. "내가 그

에게 큰 빚을 졌다는 건 하느님도 아실 거야. 화장품과 향수는 샌
프란시스코에 남겨두고 가야 한다고 했을 때 어떤 표정이었는지
당신들도 봤어야 하는데. 그 많은 병과 상자를 가지고 어떻게 오리
건 시티에서 캘리포니아까지 왔는지 상상도 못하겠다니까."

"팔은 좀 어떤가?" 나는 물었다.

"총알이 스쳤을 뿐이니 목숨에는 아무 지장 없어. 하지만 사기
가 많이 떨어졌어. 당신네 형제가 합류했다는 사실이 무척 부담스
러운 모양이더군. 다리 상태도 나보다 심하고. 아까 약이 있다고
하지 않았나? 정말로 도와준다면 모리스도 한결 마음이 편해질
텐데."

찰리가 나더러 우리 야영지로 가서 짐을 가져오라고 했다. 그동
안 자기는 웜과 협력의 세부사항을 확실히 정하겠다고. 우리 안장
과 가방을 한꺼번에 실은 님블을 끌고 돌아오니 찰리가 죽은 형제
들의 시신을 모닥불 근처로 옮겨놓은 뒤였다. 나는 그의 의도를 바
로 알아차렸지만 곁에 있는 웜은 상상도 못하는 듯했다. "숲으로
끌고 가는 게 낫지 않나?" 그가 말했다. "아침에 저자들 낯짝을 보
고 싶진 않은데."

"이자들이 다시 햇빛을 볼 일은 없을 거야." 찰리가 대꾸하더니
시신 하나를 모닥불에 얹었다.

"뭐하는 거지?" 웜이 물었다.

"석유는 충분한가?"

그제야 웜은 이해했다. 그가 석유를 가져오고 나는 알코올과 마
취약을 건넸다. 웜이 모리스를 돌보러 천막에 들어간 동안 나는 찰

리를 도와 시신을 쌓아올렸다. 머리부터 발끝까지 석유를 끼얹자 곧바로 시신 세 구가 활활 타올랐다. 차곡차곡 쌓인 시신들이 화염에 휩싸여 아래쪽이 시커메졌다. 당신들의 조용한 삶도 이것으로 끝이군, 나는 생각했다. 윔이 천막 입구에서 고개를 내밀고 그 무시무시한 광경을 구경했다. 슬퍼 보였다. 잠시 후 그가 혼잣말처럼 말했다. "오늘은 이만하면 충분해." 그의 머리가 천막 안으로 사라지자 나는 다시 형과 단둘이 남았다.

침낭을 펼치는 찰리를 보며 나는 바로 이 순간 그의 진짜 속마음을 묻고 싶었다. 왜냐면 그를 간절히 믿고 싶었기 때문이다. 그가 마침내 도덕적 결정을 내렸다고 믿고 싶었다. 하지만 적절한 말이 떠오르지 않았고, 어떤 대답이 나올지 두려웠다. 게다가 너무 피곤해서 기진맥진했다. 땅에 머리를 대자마자 나는 잠에 빠졌다. 꿈도 꾸지 않고, 그 무엇도 꿰뚫을 수 없는 납덩이같은 잠으로.

눈을 뜨니 햇볕이 얼굴에 내리쬐고 강물소리가 귓가에 흘러들었다. 찰리는 곁에 없었다. 모닥불 잿더미 앞에 웜이 뻣뻣하게 서서 마치 뭔가를 내려치려는 듯 기다란 막대기를 반쯤 쳐들고 있었다. 그가 죽은 형제들의 흑회색 두개골 중 하나를 가리키며 말했다. "이거 봤나? 이리 와서 봐." 그가 두개골 정수리를 두드리자 전체가 폭삭 무너지며 먼지가 되었다. "문명화한 인간의 마지막 응보라." 그의 말에서 쓰라린 구석이 느껴져서 나는 물었다. "신을 두려워하는 사람은 아니겠지, 웜?"

"물론. 당신도 아니겠지?"

"글쎄."

"당신은 지옥을 두려워하는 거야. 사실 모든 종교가 그렇지. 절대 가고 싶지 않은 곳, 설령 자살한다 해도 벗어날 수 없는 곳에 대한 두려움을 심어주거든."

아침에 눈뜨자마자 내가 왜 신 이야기를 들먹였나 싶었다. 웜이 다시 잿더미로 관심을 돌렸다. "뇌는 완전히 타서 사라진 것 같군." 그가 생각에 잠겼다. "열기 때문에 뇌가 물로 변해 증발한 거야. 그 소중한 기관이 한줄기 연기가 되어 바람에 실려가다니."

"찰리는 어디 갔지?"

"모리스와 수영하러 갔어." 그가 다른 두개골을 찾아내 아까처럼 두드렸다. 역시 먼지가 되었다.

"둘이 같이?" 나는 물었다.

그가 상류를 바라보며 말했다. "모리스가 다리가 아프다고 하니까 당신 형이 물에 담그면 화끈거리는 게 가라앉을지도 모른다고 하더군."

"언제 갔지?"

"삼십 분쯤 전이었나." 웜이 어깨를 으쓱했다.

"우리도 가보는 게 어때?"

그는 그러자고 했다. 불안한 기색은 아니었다. 나는 괜히 걱정시키고 싶지 않았지만 되도록 서두르려고 했다. 너무 더워서 어서 멱을 감고 싶은 척했다. 하지만 웜은 서두르는 것을 달가워하는 편이 아니었다. 온갖 자잘한 것이 눈에 들어올 때마다 하던 일을 멈추고 분석하려 들었다. 부츠를 신다가도 이런 의문을 던졌다. "맨발을 보호하려고 최초로 잎이나 가죽으로 발을 감싼 사람은 어떻게 됐을까. 부족 사람들에게 배척당하고 무기력해졌을 거야." 그러고는 껄껄 웃었다. "십중팔구 돌팔매질을 당해 죽었겠지." 나는 딱히 덧붙일 말이 없었다. 웜도 내 대답을 바라지 않는 듯 상류로 향하며 이야기를 계속했다. "물론 당시 사람들은 발에 굳은살이 아주 두껍게 박혔을 거야. 그러니 신발은 편안함이나 필요를 위해서라기보다 멋 때문에 신었겠지. 적어도 따뜻한 기후에서는." 그가 근처를 배회하는 독수리 한 마리를 가리켰다. 새가 급강하해 강에서 묵직해 보이는 물고기를 낚아채자 박수를 쳤다.

다리 때문에 애를 먹길레 팔을 내밀자 그는 고마워하며 팔짱을 꼈다. 고운 모래가 두껍게 깔린 곳이 나오자 그가 쉬었다 가자고 재차 부탁했다. 나는 더이상 꾸물거리기 싫었지만 그렇다고 서두르는 이유를 솔직히 털어놓을 수도 없었다. 하지만 웜은 내 마음을 추측하고는 껄껄대며 물었다. "형을 완전히 믿지는 못하는군. 아닌가?" 우리의 사업적 동맹이 잠정적이라는 점, 그리고 찰리가 현재 웜의 쇠약한 동료와 단둘이 있다는 점에서 이는 심각한 문제였다. 하지만 웜은 그저 즐거운 투로 말했다. 실없는 동네 소문이라도 주고받는 듯한 태도였다.

"어디로 튈지 모르는 사람이라." 나는 에둘러 대답했다.

"어젯밤 도와주기 전까지만 해도 모리스는 당신 형을 경멸하는 것 같았지. 하지만 오늘 아침에는 둘이서 팔짱을 끼고 걸어가더군. 어떻게 생각하나?"

"글쎄. 형이 그랬다니 뜻밖인데."

"진심으로 도운 게 아니라고 생각하지?"

"그저 놀란 것뿐이야."

웜이 말을 멈추고 정강이를 긁었다. 피부색이 훨씬 더 짙어졌고,

위로 번진 물집이 무릎 근처까지 이르렀다. 한층 세게 다리를 긁자 살점이 손톱에 걸려 떨어질 지경이었다. 그는 비법 액체가 피부를 손상시킨다는, 즉 자신의 완벽한 계획에 흠이 있다는 사실에 짜증이 난 듯했다. 급기야 미칠 듯한 가려움을 없애려고 다리를 찰싹찰싹 때리기에 이르렀다. 그 덕에 약간 가라앉았는지 바짓자락을 내리고 물었다. "설마 찰리가 모리스를 죽이리라 생각하는 건 아니겠지?"

"모르겠어. 아니어야 할 텐데." 우리는 팔짱을 끼고 상류로 계속 올라갔다. 나는 말했다. "당신과 이런 얘기를 하다니 솔직히 무척 이상하군."

그가 고개를 저었다. "터놓고 얘기하는 게 상책이지. 적어도 내 생각에는 그래. 벌써 효과가 있지 않나? 솔직히 모리스와 내가 뭘 할 수 있겠어? 당신 형제들이 우리를 죽이지 않기를 바라지만, 사실 그건 우리가 어쩔 수 있는 문제가 아니잖아?"

"정말 기묘한 조합으로 사람들을 끌어모았군, 웜."

그가 근엄하게 말했다. "위태로운 조합이지. 멋쟁이 신사 하나와 악명 높은 살인자 둘이라니."

나는 껄껄 웃기 시작했다. 웜이 뭐가 재미있느냐고 물었다. "당신, 당신의 자주색 손발. 모리스와 찰리 형. 모닥불에 무더기로 쌓인 시신들. 언덕 아래로 굴러떨어져 죽은 내 말."

이 말에 담긴 정서를 이해한 웜이 잠시 서서 나를 보며 활짝 웃었다. "당신에게는 시인의 면모가 있군, 일라이." 그가 개인적 질문을 해도 되겠느냐고 묻기에 그러라고 했다. 그가 알고 싶어한 것은 다름아닌 이 점이었다. "얼마 전에 모리스에게도 한 질문인데, 당신에게도 똑같은 궁금증이 생겼어. 어쩌다 제독 같은 사람 밑에서 일하게 된 거지?"

나는 대꾸했다. "사연이 길지만 근본적인 원인은 형이었어. 아버지가 형편없는 인간이었던 덕분에 어려서부터 폭력에 익숙해졌지. 그래서 많은 문제를 갖게 됐고. 그중 하나가, 누군가에게 모욕을 당하면 보통 사람처럼 주먹질이나 하다못해 칼부림 정도로 넘어가는 게 아니라 반드시 죽여서 대가를 치르게 한다는 거야. 사람을 죽이면 그자의 친구나 형제, 아버지가 찾아오게 되고, 결국 또 같은 일이 반복되지. 그러다 때로 수적으로 불리해지면 내가 싸움에 끼어들었어. 나이는 어려도 성질이 보통이 아니었고, 누가 형을 해코지하려 한다는 생각만으로도 반쯤 돌아버렸으니까. 그때까지만 해도 나를 잘 보살펴주는 좋은 형이었거든. 형의 명성이 점점 커지면서 적도 늘어났고, 내가 도와줘야 하는 경우도 덩달아 늘었지. 그렇게 시간이 흐르자 우리 둘 중 하나에게 덤볐다가는 둘 다와 싸우게 된다는 소문이 파다해졌어. 왜 그런지 몰라도 우리는 살인에 소질이 있었지. 아니, 지금도 마찬가지지만. 때로는 안 그랬다면 얼마나 좋았을까 하는 생각이 들어. 명성을 들은 제독이 찾아와 일자리를 제안했고, 처음에는 무조건적인 살인보다 힘쓰는 일을 주로 맡겼지. 빚을 받아내거나, 뭐 그런 일들. 그러다 신임이 커지고 봉급도 올라가면서 이내 살인이 주 업무가 된 거야." 웜은 집중해서 내 얘기를 들었다. 너무 심각한 표정에 나는 웃지 않을 수 없었다. "표정을 보니 내 직업을 어떻게 생각하는지 알겠군, 웜.

294

나도 같은 생각이야. 어쨌든 찰리에게 말한 것처럼, 이 일도 이번 으로 끝이야."

윔이 걸음을 멈추고 당혹감과 두려움에 찬 표정으로 돌아보았다. 왜 그러느냐고 묻자 그가 대답했다. "지난번 일이 마지막이었다는 뜻으로 알아듣겠어. 설마 우리도 나중에 죽여버릴 생각은 아니겠지?"

막 강굽이를 지나 고개를 드니 찰리가 벌거벗은 채 강에서 성큼 성큼 걸어나와 기슭에서 옷을 주워드는 참이었다. 모리스는 강물에서 하늘을 바라보며 미동도 없이 둥둥 떠 있었다. 찰리가 우리를 돌아보더니 환히 웃으며 손을 흔들었다. 모리스도 태평하게 일어나더니 역시 손을 흔들며 소리쳤다. 심장이 쿵쿵 방망이질했다. 심장에서 피가 다 빠져나가는 듯한 기분이었다. 나는 윔에게 주의를 돌리고 대답했다. "그냥 말실수였어, 허먼. 더이상 그자를 위해 일하지 않아. 맹세해."

윔이 내 앞에서 나를 바라보았다. 그의 태도에는 동시에 여러 가지가 담겨 있었다—강인함, 신중함, 피곤함. 또한 어떤 기운 내지 빛이 느껴졌다. 약한 불꽃의 중심 같은 것이었다. 이런 게 바로 카리스마라는 걸까? 나도 잘 모르겠다. 그저 윔에게 보통 사람과는 다른 뭔가가 있었다는 것밖에.

"당신을 믿어." 그가 말했다.

우리가 다가가자 모리스가 강물 속에서 소리쳤다. "허먼! 어서 들어와! 정말 한결 좋아졌어." 새된 목소리로 외치는 것이 평소와 완전히 딴판이었다. 진지하고 딱딱한 태도를 버리고 굉장히 즐거

위했다. "어린애처럼 신나하는군." 웜은 그렇게 말하고 모래톱에
털썩 앉았다. 그리고 햇살에 눈을 찌푸리며 고개를 들어 물었다.
"부츠 벗는 것 좀 도와주겠나, 일라이?"

저녁에 윔과 함께 모닥불 앞에 앉아 쉬면서 어스름이 짙어지기를 기다렸다. 어두워야 비법 액체의 빛을 더 잘 볼 수 있기 때문이었다. 그가 시간도 때울 겸 인생 이야기를 해달라고 했지만 나는 위험천만한 모험담을 들려준다는 게 영 내키지 않았다. 사실 한동안 나 자신을 잊고 싶은 마음이었다. 그래서 그 부탁을 되레 윔에게 돌렸다. 그는 나보다 훨씬 외향적이고 자기 이야기 하기를 좋아했는데, 그렇다고 독선적이거나 잘난 척하지는 않았다. 그저 자기 인생이 특이하다고 여기는 까닭에 기꺼이 다른 사람에게 들려주는 듯했다. 내가 듣기에도 그의 이야기는 전무후무했다.

그는 1815년 매사추세츠주 웨스트퍼드에서 태어났다. 당시 열다섯 살이었던 어머니는 출산 후 어느 정도 기운을 차리자마자 달아났다. 독일계 이민자인 아버지 한스가 윔을 키웠다. 그는 시계

공이자 발명가였다. "지칠 줄 모르고 난제를 고안하고 문제를 푸는 위대한 사상가였지. 하지만 정작 개인적인 문제는 전혀 해결하지 못했어. 게다가 그런 문제가 한둘이 아니었고. 그는…… 함께 지내기 어려운 사람이었어. 비정상적인 습관이 있었다고만 말해두지."

"예를 들면?" 나는 물었다.

"흉한 습관이었어. 이상행동이라고 해야겠지. 너무 불쾌해서 말하기도 싫군. 직접 보면 입맛이 싹 달아날걸. 대충 이 정도로 알고 넘어가는 게 좋아."

"알 만하군."

"아니, 모를 거야. 다행으로 알라고. 아버지가 독일을 떠난 것도 그 때문이었지. 내가 알기로는 야반도주를 하다시피 부랴부랴 떠나서 미국까지 오는 여비로 거의 전 재산을 썼어. 아버지는 미국을 처음부터 싫어했고, 죽을 때까지 그랬어. 매사추세츠의 그 아름다운 가을 풍경을 바라보면서도 땅에 침을 뱉고 이렇게 말했지. '해와 달이 이딴 곳에 빛을 비추다니 수치 중의 수치야!' 베를린은 거대한 도시이자 그의 터전이었어. 그런데 이곳에서는 자신이 과소평가되고 무시당한다고 느꼈지. 고향에서와 달리 이곳 사람들은 아버지에게 존경심을 보이지 않았거든."

"부친이 뭘 발명했는데?"

"기존의 발명품을 조금씩 실용적으로 개선하는 식이었지. 예를 들어 케이스에 나침반이 달린 회중시계도 있었고, 파스텔톤에 눈물방울 모양으로 디자인한 자그마한 여성용 시계도 있었어. 스캔들로 인생이 망가지기 전까지만 해도 수입이 두둑하고 평판도 좋왔지. 하지만 일이 터지자 국외로 달아나야 했어. 미국에 도착해서 보니 이상한 옷차림에 영어도 거의 못하는 그를 시답잖은 시계 회사에서조차 고용하려 들지 않았지. 아버지가 보기에는 까마득한 하류 회사들이었는데도. 사정이 궁핍해지자 마음이 더욱 어두워졌지. 안 그래도 보통 사람보다 어두운 편이었는데. 발명품이 더욱 악마적이고 부조리해지더니 결국 고문장치와 살해장치를 개선하는 데 온 힘을 쏟게 됐어. 단두대는 인간의 무능력과 심미적 태만이 기계적으로 구현된 결과라고 했지. 그래서 그저 머리만 자르는 게 아니라 신체를 무수한 정육면체로 토막 내도록 개선했어. 은빛 날들이 가로세로로 얽힌 커다란 판에 '디 베바이스크라프트 베트 데크'라는 이름을 붙였어. '확실한 담요'라는 뜻이지. 그리고 총열 다섯 개에서 동시에 발사되는 총도 만들었고. 타격 범위가 300도나 됐지. '다스 드라이에크 데스 볼슈탄트', 즉 '번영의 삼각형'이라는 자그마한 공간 안에서 방아쇠를 당기면 총알이 우박처럼 우수수 쏟아져나왔어."

"실제로도 나쁘지 않은 아이디어 같은데."

"총구 앞에 다섯 사람을 동시에 놓고 싸우는 게 아니라면 그냥 끔찍한 총일 뿐이야."

"상상력 하나는 기발하군."

"안전성과 실용성은 철저히 무시했지."

"어쨌든 흥미롭게 들려."

"그 점은 동감이야. 당시 나는 열세 살이었는데, 그때부터는 아버지의 발명품을 봐도 전혀 흥미롭지 않았어. 오히려 공포스럽기 짝이 없었지. 나한테 그 장치들을 시험하고 싶어한다는 느낌을 떨칠 수가 없었으니까. 그저 망상은 아니었다고 지금도 확신해. 그래서 어느 봄날 아침, 작별인사는커녕 내 머리를 쓰다듬어주지도 않고 아버지가 짐을 챙겨 훌쩍 떠났을 때도 마냥 슬프기만 하진 않았어. 나중에 들으니 보스턴에서 도끼로 자살했다더군."

"도끼로? 어떻게 그게 가능하지?"

"나도 모르지. 하지만 편지에 따르면 그랬어. 5월 15일 한스 윔이 도끼로 자살했다는 사실을 전해드리게 되어 대단히 안타깝습니다. 유품이 곧 도착할 겁니다."

"살해된 것 아닐까?"

"그건 아닐걸. 도끼로 스스로 죽는 법을 찾아낼 수 있는 사람이 세상에 존재한다면 그건 바로 내 아버지일 테니까. 유품은 결국 오지 않았어. 아버지가 마지막까지 갖고 있던 물건이 무엇이었는지 가끔 궁금해지긴 해."

"아버지가 떠난 후에는 어떻게 됐지?"

"오두막에서 혼자 이 주간 지내는데 어머니가 찾아왔어. 스물여덟 살에, 그림처럼 아름다운 모습으로 문가에 서 있었지. 내가 버려졌다는 소식을 듣고 우스터로 데려가려고 온 거였어. 어머니는 그동안 우스터에 살고 있었다고, 나를 버리고 떠나 너무 미안하다고, 하지만 술에 취해 칼과 포크 따위를 들고 위협해대는 아버지가 죽도록 두려웠다고 했어. 아마 억지로 결혼했거나 아버지 혼자 좋아했던 모양이야. 아버지와 함께 살던 시절을 이야기할 때면 어머니는 늘 혐오감을 드러냈지. 하지만 다 지난 일이었고, 우리 둘은 다시 함께 살 수 있게 되어 기뻤어. 우스터에 가서 처음 한 달쯤 어머니는 그저 나를 안고 울기만 했지. 우리 사이에는 눈물뿐이었어. 과연 눈물이 그치긴 할까 싶었다니까."

"좋은 어머니인 듯하군."

"정말 그랬지. 오 년 동안은 더없이 행복하고 완벽한 생활이었어. 뉴욕에 살던 친척이 어머니에게 유산을 물려준 덕분에 나는 늘 풍족히 먹고 깨끗한 옷을 입었지. 어린 나이에도 지식욕이 왕성해서 거의 모든 것에 강한 호기심을 느꼈는데, 어머니도 잘 뒷받침해줬어. 기계공학에서 식물학을 거쳐 화학까지. 정말 그랬어! 불행히도 그 행복은 오래가지 못했어. 어른이 되면서 내가 외모와 기질 면에서 아버지를 빼닮았다는 사실이 점점 명확해져갔거든. 나는 연구에 매달려 방에서 거의 나오지 않았어. 좀더 건전한 취미를 가지라고 어머니가 권하려 들면 미칠 듯한 분노에 휩싸였고, 그 때문에 서로 겁을 먹었지. 술을 마시기 시작하면서 처음에는 그다지 폭음하지 않았지만, 결국 아버지처럼 취해서 학대와 욕설을 퍼붓곤했어. 전에도 그런 걸 다 겪어본 어머니는 당연히 내 행동을 혐오했고. 비참한 상황이 되풀이되면서 어머니의 애정이 점점 줄어들고 나중에는 우리 사이에 아무것도 안 남았어. 그저 내가 떠나기만 바라더군. 그래서 그렇게 했지. 얼마 안 되는 돈을 가지고 세인트루이스로 갔어. 아니, 세인트루이스에서 돈이 떨어지는 바람에 어쩔 수 없이 여행을 중단했다고 말하는 게 옳겠군. 겨울이라 감기나 슬픔으로 객사할까봐 두려웠어. 그래서 말을 팔아버리고 사랑하지도 않는, 심지어 호감도 없는 뚱보 여자와 결혼했어. 이름이 유니

스였지."

"왜 호감도 없는 여자랑 결혼했지?"

"그 여자 오두막에 거대한 배불뚝이 난로가 있어서 지옥불처럼 뜨거운 열기를 뿜어댔거든. 그리고 외모를 보건대 우리 둘이 봄까지 먹고도 남을 만큼 음식이 잔뜩 쌓여 있는 게 분명했고. 지금 내 말에 웃는군. 하지만 그게 유일한 결혼 동기였다고 단언해. 온기와 음식. 그때 나는 어떤 식으로든 위로가 간절했고, 침대에서 살을 맞대고 잘 수만 있다면 악어와 결혼할 수도 있었을 거야. 유니스가 나에게 보인 친절을 생각하면 차라리 악어와 결혼하는 게 나았을 텐데. 어딜 봐도 품위나 매력이라곤 없는 여자였지. 아니, 매력의 정반대에 있는 여자였어. 적대감과 적개심이 바닥 모를 우물처럼 깊었지. 게다가 끔찍한 추녀였고 썩은 이파리 같은 냄새를 풍겼어. 한마디로 짐승 같았지. 말을 판 돈이 떨어지고 내가 자기와 성교할 생각이 전혀 없다는 걸 알자마자 나를 침대에서 쫓아내 바닥에서 자게 했어. 난로의 열기 때문에 몸 위쪽은 화상을 입을 지경인데 아래쪽은 바닥 판자 틈으로 스며드는 외풍에 얼어붙을 것 같았지. 게다가 넉넉한 식사에 대한 꿈도 이내 깨져버렸어. 유니스는 마치 어미 곰처럼 비스킷을 지켰거든. 이따금 묽은 스튜를 주는 게 다였어. 완전히 나쁜 여자는 아니었지만, 선량한 구석은 눈 씻고 봐야 간신히 찾을 수 있을 정도였지. 하지만 아까 말했다시피 지독하게 추운 날씨였기 때문에 어떻게 해서라도 꿋꿋이 버티며 그 오두막에서 겨울을 날 생각이었어. 날씨가 풀리면 그녀의 물건을 훔쳐 햇살 속으로 달아나 최후의 승자가 되겠노라 다짐했지. 하지만

302

내 속셈을 눈치챈 그녀가 먼저 한 방 먹였어. 어느 날 술집에서 돌아오니 험상궂은 얼굴의 덩치 큰 남자가 식탁 앞에 앉아 있더군. 식탁에는 비스킷이 가득 담긴 접시가 놓여 있었고. 나는 바로 상황을 파악하고 행운을 빌어준 뒤 떠났지."

"이런 대단한 신사가 있나."

"한 시간 후 돌아가 오두막에 불을 지르려고 했는데, 성냥갑을 들고 옹송그리고 있다가 그자에게 붙잡혀 엉덩이를 걷어차였어. 어찌나 세게 차였는지 발이 땅에서 붕 뜰 정도였지. 유니스는 창문에서 전부 지켜보고 있었고. 그녀가 웃는 모습은 그때 처음 봤어. 한참을 웃어대더군. 어쨌든, 말하자니 부끄럽긴 하지만, 이 가슴 아픈 사건 이후 나는 인생에 환멸을 느끼고 잠시 평범한 도둑이 됐어. 내 불운을 도저히 받아들일 수 없었던 게 이유였지. 겨우 몇 달 전만 해도 깨끗하고 아늑한 집에서 책에 둘러싸여 배불리 먹고 행복하게 지냈어. 그런데 이제는 아무 잘못 없는데도 그저 얼어죽지 않으려고 밤에 축사로 몰래 숨어들어, 똥이 엉겨붙은 건초 속에 파고들어 잠드는 신세가 된 거야. 그때 나 자신에게 말했지. 허면, 세상이 주먹을 들어 너를 내리쳤다! 반드시 복수해주지."

"그래서 뭘 훔쳤는데?"

"처음에는 당장 필요한 것만 훔쳤어. 여기서 빵 한 덩이, 저기서 담요 한 장, 또 모직 양말 한 켤레. 누가 봐도 사소한 것들이었지. 하지만 횟수가 거듭됨에 따라 점점 능숙해지고 자신감과 탐욕이 늘어갔어. 나중에는 손에 닿는 거면 뭐든 훔쳤지. 그저 비뚤어진 즐거움을 위해서. 절대 쓸 일 없는 물건까지 훔쳤어. 여성용 부츠.

아기침대. 한번은 도살장에서 잘린 소머리를 들고 달아난 적도 있었어. 대체 뭐하러? 소머리를 어디 쓰려고? 너무 무거워지자 강에 던져버렸지. 강물에 깐닥깐닥 떠내려가다가 바위에 부딪혀 가라앉더군. 난 병적으로 도둑질에 빠져들었어. 춥지 않고 배곯지 않고 혼자가 아닌 사람 모두에게 복수하기 위해 도둑질을 했던 것 같아. 그 무렵 술에 심하게 의존했어. 술이 내 몸과 영혼을 장악해버렸지. 사람이 어떤 식으로 폐인이 되어가는지는 당신도 잘 알 테지."

"아버지가 주정뱅이였어. 찰리 형도 마찬가지고."

"술은 여전히 나를 괴롭히는 문제야. 아마 앞으로도 계속 그럴 테고. 물론 술과 영원히 담을 쌓는 게 최선이겠지만 문제가 있어. 나한테는 안 맞는 방법이라는 거야. 왜 술을 끊어? 대체 왜? 아니, 그건 너무 합리적이잖아. 그렇게 이성적으로 살 수야 없지. 아, 술이 폐인이 되는 지름길이라는 건 인정해. 그렇다면 확실하게 망가져버리겠어. 그렇게 하루가 가고 한 달이 가면서 나는 더욱 지저분해지고 타락해갔지, 안으로나 밖으로나. 불운하게 무일푼 신세가 됐으면서도 짧게 깎은 깨끗한 손톱에 자부심을 느끼는 사람들을 봤을 거야. 경제적으로 아무리 어렵더라도 일주일에 한 번은 목욕을 한다며 떠벌리는 사람들. 그런 치들은 턱수염을 가지런히 정돈하고 비참한 내색 없이 정기적으로 예배에 참석해서는 신도석에 얌전히 앉아 운명이 바뀌기를 기다리지. 나는 그런 유형의 사람이 아니었어. 오히려 정반대였지. 지저분해지는 쪽에 점점 더 끌렸거든. 온몸이 때로 덮이기를, 사실상 오물 속에서 살기를 갈망했어. 이가 빠지자 신이 났지. 머리카락이 무더기로 빠져 군데군데 땜빵이 생기자 기뻤어. 간단히 말해, 나는 동네 미치광이이자 정신 나간 바보였어. 다만 그 동네라는 것이 초가지붕을 얹은 보잘것없는 마을이 아니라 미합중국이었을 뿐. 결국 나는 확고한 신념에 사로잡혔지. 바로 내가 실제로 인간의 배설물로 이루어져 있다는 믿음이었어."

"뭐라고?"

"살아 있는 똥통, 그렇게 생각했지. 배설물. 내 뼈는 단단한 똥이고, 내 피는 설사똥이었어. 설명을 바라지는 말라고. 나도 뭐라고 설명할 수 없으니까. 착각한 게 아니라면 난 당시 괴혈병에 걸렸던 것 같아. 여기에 술과 정신적 불안까지 겹치면서 이런 괴상한 생각에 빠져든 거야."

"살아 있는 똥오줌이라."

"그 생각을 하며 기뻐했지. 내가 가장 즐겼던 취미는 사람들 사이에 밀치고 들어가 혼자 있는 여자의 맨팔을 만지고 더듬는 거였어. 여자의 창백한 손목이 나 때문에 지저분해진 걸 보면 더할나위 없이 만족스러웠지."

"인기는 별로 없었겠군."

"사람들 입에 꽤나 오르내렸지. 사교적 면에서는 어땠나? 평판은 안 좋았지. 하지만 뒷골목의 신화가 될 만하면 바로 다른 곳으로 옮겨갔어. 미쳤는지는 몰라도 바보는 아니었거든. 일을 저지르고 얼른 뜨지 않으면 주먹세례를 받으리라는 것 정도는 알았지. 말을 훔쳐 옆 마을로 가서 다시 오염 전파 캠페인을 시작했어. 나의 하루하루는 똥오줌과 추함과 시커먼 죄악으로 점철됐지. 반은 죽어 있었어. 간신히 버티면서 죽음을 바라고 기다렸지. 그러다 어느 날 아침 눈을 떠보니 너무도 어이없는 장소에 와 있더군. 어딘지 짐작이 가나? 감옥은 말고."

"안 그래도 감옥이라고 말하려 했는데."

"그럼 그냥 알려주지. 위스키 때문에 하느님도 못 알아볼 숙취에 시달리며 깨어나보니 민병대 막사의 간이침대지 뭐야. 깨끗하게 씻기고 턱수염도 말끔히 깎여 있었어. 짧게 잘린 머리에, 군복 차림이었고. 기상나팔소리에 귀청이 떨어질 듯했어. 공포와 혼란에 말 그대로 죽을 것만 같았다고. 그때 명랑한 얼굴의 군인이 다가와 내 팔을 잡고 말하더군. '일어나, 허먼! 한 번만 더 점호에 빠지면 영창에 처넣겠어!'"

"대체 어쩌다 그리된 거지?"

"나도 그게 알고 싶었어. 하지만 그런 입장이 한번 돼봐. 어떻게 자초지종을 알아낼 수 있겠나?"

"누군가에게 물어봐야지."

웜이 짐짓 진지한 목소리로 말했다. "실례지만, 제가 어떻게 입대하게 됐는지 말씀해주시겠습니까? 별문제는 아닌데, 도통 기억이 안 나서 말입니다."

"그런 식으로 대화를 시작하기는 곤란하겠군." 나는 인정했다. "하지만 다른 수가 없잖나? 그냥 그대로 군에서 지낼 수도 없고."

"하지만 나는 그렇게 했어. 사실 군율을 아주 잘 따랐지. 내가 대단히 당황했다는 점을 감안해야 해, 일라이. 나는 술고래라 한두 시간 혹은 저녁시간 내내 뭘 했는지 기억 못하기 일쑤였어. 그런데 민병대에 입대해 다른 병사들과 친분을 쌓았다면 도대체 그동안 시간이 얼마나 흘렀단 뜻이겠어? 동료들은 모두 나를 잘 아는 것 같더군. 어떻게 이런 극적인 변화를 기억하지 못할 수 있지? 나는 사태를 파악할 때까지 괜히 튀지 않고 조용히 지내기로 했어."

"그래서 알아냈나?"

"모두 그 명랑한 얼굴의 군인 짓이었어. 이름이 제러마이아였지. 그는 이따금 지루하다 싶으면 마을로 가서 술에 찌들 대로 찌든 개망나니를 찾아내 실컷 술을 사주고 신상정보를 캐냈어. 그리고 완전히 인사불성이 되면 병영으로 데려와 군복을 입히고 침대에 눕혔어. 나도 그렇게 된 거였지."

"속았다는 걸 알았을 때는 어마어마하게 화가 났겠군."

"딱히 그렇지도 않았어. 사실을 알게 됐을 때쯤에는 군 생활에 만족하고 있었으니. 민병대 생활은 내 인생에 여러모로 긍정적인 변화를 가져왔지. 정기적으로 목욕을 할 수밖에 없잖나. 처음에는 싫었지만 견디다보니 청결한 습관이 돌아왔어. 그 결과 뭐에 씐 듯했던 똥오줌 강박이 완전히 사라졌지. 잘 먹고, 아늑한 간이침대에서 자고, 막사는 충분히 따뜻했지. 적어도 밤에는 술을 조금이나마 마실 수 있었고, 우리는 카드놀이를 하고 노래를 불렀어. 동료들은 강인한 사람들이었지. 세상에 의지할 데 없는 고아들이 모여서는 딱히 하는 일 없이 함께 시간을 보냈던 거야. 그런 식으로 별일 없이 육칠 개월이 흐르고 슬슬 어떻게 하면 여기서 빠져나갈 수 있을까 하는 생각이 들 무렵, 브리그스라는 중령과 친해졌지. 그를 알지 못했더라면 당신과 지금 여기 강가에 앉아 부자가 되기를 기다리고 있는 일도 없었을걸."

"무슨 일이 있었지?"

"자, 들어보라고. 어느 날 저녁 중령의 숙소를 지나가다가 평소라면 닫혀 있을 뿐 아니라 빗장까지 질러져 있을 문이 웬일로 살짝 열려 있는 걸 봤어. 다른 군인들처럼 나도 그 사람에게 호기심을 가져왔지. 장교라고 하면 으레 엄격하고 툭하면 고함을 질러대기 마련인데, 브리그스는 수줍고 내성적인 성격에 꿈꾸는 듯한 눈빛을 가진 홀쭉한 백발 남자였거든. 숙소 문을 늘 철저히 잠가두어서 그 안에 뭐가 있는지는 신만이 알았어. 민병대에 호기심을 가질 만한 게 뭐가 있겠나. 나로서는 안을 살펴보지 않을 도리가 없었지. 문을 연 내가 뭘 봤을지 한번 추측해보지, 일라이?"

"글쎄."

"아무거나 대봐."

"전혀 상상도 못하겠는데, 허먼."

"짐작도 안 되나보군. 그럼 그냥 알려주지. 우리의 브리그스가 골똘히 생각에 잠겨 홀로 서 있었어. 빳빳한 면 작업복 차림으로. 앞의 탁자에는 버너와 비커와 온갖 실험 도구가 놓여 있고, 방안에는 머리가 빙빙 돌 것만 같은 묵직한 학술서가 수도 없이 널려 있었지."

"화학자였나?"

"취미로 화학을 연구했지. 나중에 알게 된 바로는 그다지 열렬한 연구가는 아니었어. 하지만 그 광경은 내 마음을 온통 사로잡았지. 나도 모르게 방안으로 들어가 실험 도구 앞에 서서 최면에 걸린 양 멍하니 응시했어. 이때쯤에는 브리그스도 넋을 잃고 보는 사람의 존재를 눈치챘지. 얼굴이 빨개져 욕설을 퍼부으면서 건방지기 짝이 없다며 당장 꺼지라고 명령했어. 나는 용서를 빌었지만 통하지 않았어. 그냥 문밖으로 밀쳐졌지. 그날 밤은 도저히 잠이 오지 않았어. 책과 실험 장비를 접한 순간 연구와 학습에 대한 허기가 되살아나 열병처럼 나를 뒤덮은 거야. 결국 간이침대에서 일어나 촛불에 의지해서 브리그스에게 편지를 썼어. 나의 과거와 아버지에 대해 설명하고, 요컨대 조수로 받아달라는 내용이었지. 편지를 그의 숙소 문 아래로 밀어넣은 다음날 아침 브리그스가 나를 불렀어. 처음에는 경계했지만 나의 진지함과 지식의 깊이를 알게 되자 이내 합의를 봤지. 내가 실험을 돕는 대신 실험 도구와 책을 마음껏 쓰고 그의 방에서 일정 시간 내 실험을 할 수 있는 권리를 얻었어. 나는 밤의 일상이나 다름없던 카드놀이와 버번위스키와 음담패설을 기꺼이 관두고, 적어도 군대 막사에서 진행하기에는 상당히 야심찬 실험을 시작했지. 나 자신의 직감과 브리그스가 우연히 실험실에 비치해둔 책들의 인도로 빛의 영역에 들어선 거야."

윔이 잠시 말을 멈추고 컵에 커피를 따랐다. 나에게 컵을 내밀기에 사양했다. 그는 커피를 조금 마시고 다시 이야기로 돌아갔다.

"책을 멀리한 지 꽤 시간이 지나 있었지. 몇 년이나 흘렀더라? 그 시간 내내 나는 하는 일 없이 자신을 학대하고 혹사했어. 육체적으로나 정신적으로나 그 어떤 자양분도 섭취하지 못했지. 그러니 첫날 저녁 자리잡고 책을 펼치는 순간 걱정이 들더군. 예전과 달리 읽어도 전혀 이해되지 않으면 어쩌나 두려웠지. 뇌도 결국 근육덩어리에 불과하니 재훈련이 필요하지 않을까 싶었거든. 그럴 것 같지 않나? 그런데 놀랍게도, 나의 지성은 나도 모르는 사이 그동안 알아서 스스로 능력을 갈고닦고 있었어. 언젠가 내가 먼지를 털어내고 다시 뇌를 사용할 경우에 대비해서 말이지. 마침내 그런 날이 오자 뇌는 다시 버림받을까봐 두렵기라도 한 양 엄청난 활력과 기운을 발휘해 모든 책의 페이지를 섭렵해나갔어. 나는 그냥 계속 읽기만 하면 됐고. 다행히 그럴 수 있었지. 그 보답으로 몇 달 후 황금을 찾는 비법이라는 아이디어가 떠올랐어. 떠올랐다기보다 나를 쾅 때렸다고 해야겠지. 마치 묵직한 돌로 가슴을 맞은 것 같았거든. 실제로 의자에서 굴러떨어졌어. 가엾은 브리그스는 왜 그러는지 몰랐지. 처음에는 아예 말이 안 나오는 상태였으니까. 그러고는 종이와 잉크로 달려들어 한 시간 동안 쉬지 않고 펜을 놀렸어."

"브리그스는 그 아이디어를 어떻게 생각했지?"

"그건 나도 몰라. 말해주지 않았거든. 그 때문에 브리그스는 나를 결코 용서하지 않았어. 개인적으로 그를 불신했던 건 아냐. 하지만 세상 그 누구도 이런 비밀을 알고 혼자 간직할 수는 없을 것 같았지. 그러기에는 너무 버거울 테니. 물론 그는 이를 대단한 모욕으로 받아들이고 숙소 출입을 금지했어. 나는 한동안 혼자 연구를 계속하려 했지만 동료들이 걸핏하면 내 메모를 숨기거나 훼손하는 바람에 도저히 불가능했어. 그래서 탈영을 계획했지. 그런데 내무반 동료 하나가 선수를 쳐서 탈영했다가 체포되어 바로 당일 처형당했어. 그걸 보니 도저히 탈영할 엄두가 나지 않더군. 급기야

이 엄청난 아이디어가 점점 사위어가리라는 두려움에 자포자기 심정이 되기 시작했지. 나는 제러마이아를 찾아갔어. 내가 군에 들어온 것은 그의 책임이니까. '제러마이아, 여기를 떠나고 싶습니다. 어떻게 하면 될지 제발 가르쳐주십시오.' 그가 내 어깨에 양손을 얹고 말하더군. '여기를 떠나고 싶다면 그냥 돌아서서 나가면 돼. 왜냐면 허먼, 사실 자네는 진짜 군인이 아니거든.' 나는 정식으로 절차를 밟아 군에 입대한 게 아니었어. 어디에도 서명하지 않았지. 그날 밤 동료들이 환송회를 열어주었어. 나는 다음날 아침 군대를 떠나 근처에 소박한 실험실을 꾸몄어. 거의 일 년 가까이 시행착오를 겪은 후에 바라던 결과를 얻었고. 처음 금을 반짝이게 만들었을 때는 빛이 너무 금방 꺼져버렸지. 발광 시간을 지속하는 법을 알아냈더니 이번에는 어떤 물질 때문에 금이 회색으로 변해버리더군. 한번은 실험실이 거의 반쯤 잿더미가 되기도 했어. 결코 쉽지 않았다는 점은 알아달라고. 드디어 원하던 결과를 얻었을 때 마침 캘리포니아에서 금이 발견됐다는 소식이 들려왔고, 나는 오리건 트레일을 따라 서부로 왔어. 덕분에 오리건 시티에 들러 당신 상사인 제독을 만났던 거야. 그 뒷이야기는 잘 알겠지."

"대충은."

웜이 손과 다리를 긁었다. 그리고 시선을 들어 어깨 너머를 돌아보며 말했다. "어떤 것 같아, 모리스? 하늘이 적당히 어둑해진 것 같은데."

모리스가 소리쳐 대꾸했다. "일 분만 기다려, 허먼. 이 악당 놈이 코너에 몰렸어. 조금만 있으면 끝장날 거야."

"그건 두고 봐야지." 찰리가 말했다.

그들은 천막 안에서 카드놀이를 하고 있었다.

그날 밤 네 남자가 강가에서 동시에 바지를 벗었다. 모닥불이 뒤에서 활활 타오르고 있었다. 우리는 각자 위스키를 세 잔씩 마셨다. 눈앞에 닥친 일을 완수하기 위해 그 정도가 딱 적당하겠다고 합의한 것이다. 물의 차가움을 해소해주되 집중력과 기억력을 저하시키지 않을 정도의 양이었다. 대장 비버가 댐 꼭대기에 떡하니 앉아 우리를 빤히 보며 개처럼 뒷발로 몸을 긁어댔다. 비법 액체 때문에 비버도 피부에 염증이 생긴 것이다. 다른 녀석들은 어디 있을까? 아마 숨어 있거나 쉬는 듯했다. 발에 물이 닿는 순간 초조한 웃음이 터지려고 했으나 꾹 참았다. 대놓고 기뻐하는 것은 옳지 않고 품위 없는 짓 같았다. 누구에게, 혹은 무엇에? 그건 모르겠지만, 우리 모두 비슷하게 모호한 이유로 똑같이 숨죽이고 있는 느낌이 들었다.

비법 액체 한 통을 강기슭으로 굴려 옮기고 뚜껑을 열어두었기에 이제 붓기만 하면 되었다. 액체의 냄새를 한껏 들이켜자마자 가슴이 타는 듯했다. 모리스는 강에서 멀찍이 떨어져서 두려움 가득한 얼굴로 강물을 바라보고 있었다.

"다리는 좀 어때, 모리스?" 나는 물었다.

그가 정강이를 보더니 고개를 저었다. "좋지 않아."

웜이 말했다. "모닥불 위에 물을 한 솥 올려놓고 비누를 내놨으니 강에서 나오자마자 씻으면 돼. 지난번에는 이런 생각을 못해서 이 고생을 하게 됐다고." 그가 모리스를 돌아보며 말했다. "오늘밤 괜찮겠어?"

"어서 끝내버리자고." 모리스가 중얼거렸다. 이제는 허벅지까지 발진이 돋아 있었다. 긁어서 벗겨진 상처와 잔뜩 솟아오른 물집으로 뒤덮여 있고, 물집은 약간 갈색을 띤 진물의 무게로 살짝 늘어져 있었다. 똑바로 서 있기도 힘들면서 물가로 절뚝절뚝 걸어오는 모습을 보며 나는 생각했다. 굳이 저 사람까지 거들 일은 아니잖아? "모리스." 나는 말했다. "오늘은 그냥 쉬는 게 좋을 것 같은데."

"그리고 금을 전부 뺏기라고?" 그가 비웃었지만 힘 빠진 목소리 때문에 전혀 유머가 전해지지 않았다. 그는 겁에 질려 있었다. 웜이 재빨리 거들었다. "일라이 말이 맞아. 오늘은 그냥 앉아서 쉬지 그래. 내가 건진 금을 나눠줄 테니."

"나도 나눠줄게." 나는 덧붙였다.

웜과 나는 찰리를 보았다. 늑장을 부리던 자비심이 결국 찾아왔는지 그도 고개를 끄덕이며 말했다. "나도 나눠주지, 모리스."

"거봐. 어때?" 웜이 물었다.

모리스가 주저했다. 자존심이 눈뜬 듯 끝까지 일하고 싶어했다. "그러면 나는 얕은 곳에서만 캐면 어떨까?"

"역시 훌륭하다니까." 웜이 대꾸했다. "하지만 그랬다간 평생 불구 신세가 될지도 몰라. 그냥 가만히 앉아서 쉬어. 금은 우리가 캘 테니. 다음번에 보충하면 되잖아, 어때?" 모리스는 대꾸하지 않고 멀찍이 서서 모래를 시무룩하게 보기만 했다. 웜이 밝아진 얼굴로 말했다. "지난번에는 비법 액체를 부은 곳만 빛났어. 하지만 자네가 비버 댐 위에서 나뭇가지로 강물을 저으면 빛나는 곳이 훨씬 넓어질 거야."

모리스는 그 아이디어에 기뻐했다. 우리는 그가 쓸 만한 기다란 나뭇가지를 찾아주고, 웜이 팔을 잡고 비버 댐 한가운데까지 그를 데려다주었다. 그리고 소리를 내어 비버를 쫓고 혼자 건너편 강기슭으로 갔다. 그곳에서 집중적으로 금을 건질 생각이었다. 찰리와 나에게 비법 액체를 강에 부으라고 소리치며, 살에 액체가 닿지 않도록 조심하라고 경고했다. "물에 희석됐는데도 이렇게 부작용이 심한데 원액이 닿으면 그대로 구멍이 날 거야." 그리고 상류 쪽으로 20미터 떨어진 곳에 놓아둔 두번째 통을 가리키며 말했다. "첫번째 통을 붓자마자 달려가서 두번째 통도 부어."

"세번째 통은?" 찰리가 물었다. "다 붓고 한번에 건지는 게 좋지 않을까?"

"두 통만으로도 우리 운을 시험하는 셈이야." 웜이 대꾸했다. "오늘밤 다 끝내면 아침에 여기를 떠나 모리스가 치료를 받을 수 있을 텐데."

"치료는 우리 모두 받아야 할 거야. 제발 집중해, 찰리. 두번째 통을 다 부으면 모리스가 강물을 저을 거야. 빛이 나는 즉시 양동이를 들고 금을 모으라고!"

찰리와 나는 통을 들어올리려고 앞에 쪼그려 앉았다. 손이 심하게 떨리며 느닷없이 긴장되었다. 어깨가 씰룩이며 경련했다. 난생처음 여자와 잤을 때 이후로 처음이었다. 그때와 똑같은 종류의 신성한 흥분이었다. 저 강이 빛으로 살아날 광경을 상상하니 괴로울 정도로 현기증이 일었다. 내가 몸을 떨며 고개를 푹 숙이는 것을 알아챈 찰리가 물었다. "괜찮아?" 나는 그런 것 같다고 답했다. 통 아래쪽 가장자리를 잡고 단단한 모래톱 속으로 손을 찔러넣었다. 셋을 세면서 묵직한 통을 천천히 들어올리고 조심조심 옆걸음으로 강물에 들어갔다. 물이 어찌나 찬지 찰리가 씩씩거리다 웃음을 터뜨렸다. 덕분에 나까지 웃음이 나서 잠시 참으려고 걸음을 멈추었다. 머리 위로 달과 밝은 별들이 떠 있었다. 비법 액체가 통 안에서 이리저리 출렁였다. 액체 표면은 강물처럼 검은색과 은색이었다. 통을 기울이자 걸쭉한 액체가 가장자리로 흘러내렸다. 내 평생 그토록 대담함을 느낀 적이 없었다.

우리는 액체를 부으면서 조금씩 모래톱 쪽으로 뒷걸음쳤다. 통에서 독한 증기가 소용돌이치며 뿜어져나왔다. 다시 한번 그 냄새가 코와 폐에 이른 순간 욕지기가 나고 하마터면 토할 뻔했다. 굉장히 독하고 강력한 냄새였다. 눈이 따끔거렸지만 이내 눈물에 씻겼다.

강물에서 벗어나자 통을 내던지고 두번째 통을 향해 상류로 뛰어갔다. 통을 들어 강에 부은 뒤 다시 모래톱에 서서 기다렸다. 건너편 기슭에서 웜이 모리스에게 강물을 저으라고 지시했다. 모리스가 기운이 달려 빠르게 젓지 못하자 웜이 직접 나뭇가지를 찾아들고 강물을 최대한 빠르고 세게 철썩철썩 때려댔다. 뒤에서 소리가 나기에 돌아보니 찰리가 세번째 통의 뚜껑을 손도끼로 쳐서 열고 있었다.

"뭐하는 거야?" 나는 물었다.

"전부 부어버리자." 그가 뚜껑을 비틀어 여느라 끙 소리를 냈다.

웜이 알아채고 건너편에서 소리쳤다. "그 통은 그냥 둬!"

"전부 붓고 오늘밤 끝내버리겠어!" 찰리가 맞받아 소리쳤다.

"그냥 둬!" 웜이 소리쳤다. "일라이, 말려!"

내가 다가갔지만 찰리는 이미 혼자서 통을 번쩍 들어올리고 있었다. 힘겹게 몇 걸음 옮기더니 균형을 잃고 비틀거렸다. 걸쭉한 액체가 넘실대다 앞면을 따라 흘러내려 그의 오른손을 손마디까지 뒤덮었다. 몇 초도 안 되어 살이 타들어가자 찰리는 통을 물가로 내던졌다. 흘러나온 비법 액체가 물살을 타고 댐으로 퍼져나갔다.

찰리가 고통으로 이를 악다문 채 허리를 숙였다. 나는 상처를 살펴보려고 그의 손목을 들어올렸다. 물집이 손마디를 지나 손목으로 번지고 있었다. 마치 숨쉬기라도 하는 양 커졌다 줄어들었다 했다. 황소개구리가 목을 부풀렸다 바로 하듯이. 찰리는 겁먹지는 않았지만 화가 나 있었다. 황소처럼 콧구멍을 벌렁거리고, 침이 길고 유연한 리본처럼 턱을 따라 흘러내렸다. 눈빛은 장엄했다. 모닥불

빛이 반사되어 이글거리는 것이 도전과 순수한 증오의 화신 그 자체였다. 나는 모닥불에서 솥을 내리고 따뜻한 물을 끼얹어 비법 액체를 씻어낸 다음 손을 감쌀 셔츠를 가져왔다. 웜은 우리가 무엇을 하는지, 찰리가 사고로 다쳤는지도 모르고 있었다. "이봐, 서둘러!" 그가 소리쳤다. "저거 안 보여? 어서 서두르라고!"

"양동이를 들 수 있겠어?" 나는 찰리에게 물었다.

그가 주먹을 쥐어보려다가 극심한 고통에 이미를 찡그렸다. 셔츠 끝으로 비쭉 나온 손가락 끝이 벌써 퉁퉁 부어 있었다. 나는 그가 오른손잡이라는 사실이 떠올랐다. 비법 액체가 흘러내렸을 때 그도 이 생각을 했으리라. "손이 안 쥐어져." 그가 말했다.

"작업할 수 있겠어?"

할 수 있을 것 같다고 하자 나는 양동이를 가져와 팔뚝에 걸어주었다. 찰리가 고개를 끄덕여 나도 내 양동이를 집어들었다. 그리고 강을 향해 돌아섰다.

우리가 찰리의 부상에 정신이 팔린 사이, 비법 액체가 작용해 금이 환히 빛나고 있었다. 어찌나 눈부신지 눈을 가려야 했다. 강바닥이 환히 밝혀져 이끼 낀 바위와 자갈 하나하나가 다 보였다. 조금 전까지만 해도 차갑게 침묵을 지키던 금 가루와 조각이 순수한 노랑과 주황의 빛을 발하는 점들이 되어 하늘의 별처럼 또렷이 반짝거렸다. 웜은 이미 금을 채취하고 있었다. 손을 강물에 담근 채 더 큰 금을 찾아 고개를 이리저리 움직였다. 지능적이고 효율적으로, 꼼꼼히 작업하고 있었지만 강물의 빛이 환히 밝힌 얼굴과 눈은 더할나위없는 지고의 기쁨을 드러내고 있었다. 탈진해서 더이상

318

강물을 저을 기력도 없는 모리스는 나뭇가지를 댐에 꽂고 몸을 기댄 채 강물을 응시하고 있었다. 차분하면서도 흡사 마약에 취한 듯 만족감 어린 표정이었다. 나는 찰리를 보았다. 그의 얼굴은 긴장이 풀려 부드러워져 있었다. 고통과 분노도 잊은 듯했다. 침을 삼키느라 목울대가 움직였다. 찰리는 압도되어 있었다. 그가 내 눈을 바라보며 활짝 웃어 보였다.

사실과 숫자로 이루어진 확고한 세계의 기준으로 봤을 때 금은 대략 이십오 분 동안 빛났다. 그러나 우리가 강에서 금을 모으던 시간은 짧지도, 길지도 않았다. 오히려 어느 정도는 시간의 제약과 개념에서 멀어져 있었다. 시간 바깥에 있다는 것이 나의 느낌이었다. 더없이 진기한 경험이었던 터라 분초 따위는 무의미할 뿐만 아니라 아예 존재조차 않는 경지에 이른 것이었다. 개인적으로 이런 느낌은 점점 쌓여가는 금더미가 상징하는 부 때문만이 아니라, 한 사람의 독특한 정신이 만들어낸 기적을 체험한다는 생각에 기인한 듯했다. 이전까지 인간성이라는 것에 대해 깊이 생각하거나 인간이라서 행복하다 혹은 불행하다고 느껴본 적이 없었지만, 그 순간 나는 인간 정신, 그 호기심과 끈기에 자부심을 느꼈다. 살아 있다는 것, 내가 나라는 것이 막무가내로 기뻤다. 금이 담긴 양동이에서 빛줄기가 쏟아져나왔다. 주위의 크고 작은 나뭇가지가 넘실대는 빛에 물들었다. 골짜기를 따라 따스한 바람이 불어와 수면이 물결치고, 내 얼굴을 간지럽혀 머리카락이 눈 근처에서 춤추었다. 이 순간, 시간의 바로 이 지점에서 나는 살아생전 두 번 다시 느끼지 못할 강렬한 행복을 느꼈다. 더없는 행복, 인간이 감히 맛볼 수 없는 종류의 충족감이었다는 생각은 지금도 변함없다. 확실히 그 후 내가 경험한 행복의 매 순간은 그에 훨씬 못 미쳤다. 여하튼 그날의 행복은 우리가 오랫동안 누릴 수 있는 것이 아니었다. 아마도 원래 그런 법이겠지만. 그 순간이 지나자마자 곧장 모든 일이 상상 이상으로 어두워지고 잘못되어갔다. 모든 것이 갖가지 방식으로 죽음을 맞았다.

댐에서 기슭으로 돌아오던 모리스가 걸음을 헛디뎌 강의 가장 깊은 곳에 빠져버렸다. 물에 완전히 잠겨서 보이지도 않았다. 그때는 금이 더이상 빛나지 않아서 나와 찰리는 모닥불 곁에 앉아 웜이 준비해둔 물과 비누로 부랴부랴 몸을 씻고 있었다. 처음 비법 액체를 푼 강물에 들어갔을 때는 딱히 아프지 않았다. 차가운 강물에 피부가 얼얼해진데다 흥분으로 혈액순환이 빨라져 별다른 감각을 못 느껴서였다. 하지만 금이 다시 침묵에 잠길 때쯤 점점 화끈거리기 시작해 덜컥 걱정이 되었다. 그래서 손발과 다리를 최대한 서둘러 씻어내고 문질렀다. 찰리는 한 손으로 씻어야 해서 내가 몸을 다 씻자마자 도와주었다. 다리를 다 씻겼을 때쯤 모리스의 비명이 들렸다. 고개를 드니, 그가 허공에서 떨어지는 참이었다.

찰리와 나는 강가로 달려갔다. 웜은 묵직한 양동이를 오른쪽에 들고 댐 중앙에서 강을 멍하니 바라보고 있었다. 찰리가 댐에 꽂혀 있는 나뭇가지를 이용해 모리스를 끌어올리라고 소리쳤지만 들리지 않는 듯했다. 웜은 단호한 표정으로 양동이를 발치에 내려놓더니 한 걸음 성큼 내디뎌 독에 오염된 물속으로 뛰어들었다. 그리고 한쪽 팔로 모리스를 안고 위로 올라왔다. 모리스는 눈을 감고 축 늘어져 있었지만 숨은 쉬었다. 벌어진 입으로 강물이 철썩철썩 흘러들었다.

강에서 나온 둘을 도우려고 다가갔지만 웜이 만지지 말라고 소리쳐서 멈추었다. 둘은 기진맥진해서 헐떡이며 모래톱에 드러누웠다. 나는 달려가서 물솥을 가져왔다. 씻겨주자 모리스가 신음하고 웜은 감사인사를 했다. 아직 씻길 데가 남았는데 이내 물이 바닥나서 그들을 끌고 상류로 갔다. 비법 액체가 번지지 않은 여울에 뉘이고 비누를 가져왔다. 우리는 두 사람 곁에 무릎 꿇고는 비누칠하고 물로 씻기며 곧 괜찮아질 거라고 말했다. 하지만 그들의 고통은 점점 커져만 가고 신음도 차츰 요란해졌다. 마치 서서히 불에 타듯 몸이 비틀리고 굳고 부들거렸다. 실제로 타는 듯 느껴질 거라 나는 짐작했다.

다시 물에서 끌어내 남은 마취약을 전부 둘의 얼굴과 두피에 발라주었다. 안구가 회백색 막으로 덮여 있었다. 모리스가 앞이 보이지 않는다고 말했다. 그러자 웜이 자기도 마찬가지라고 대꾸했다. 모리스가 흐느끼기 시작하고 웜이 손을 뻗었다. 둘은 손을 잡고 누워서는 울고 신음하고 정신을 잃었다가 느닷없이 공포에 빠져 비명을 질렀다가 했다—마치 고통이 동기화된 양 동시에. 나는 찰

리에게 비밀스러운 눈빛을 보냈다. 이제 어떡하지? 그도 눈빛으로
대답했다. 그냥 지켜보는 수밖에. 그랬다. 두 사람을 죽여주는 것
외에 달리 할 수 있는 일은 없었다.

모리스는 새벽에 숨을 거두었다. 찰리와 나는 그를 강기슭에 남겨둔 채 웜을 천막으로 옮기고, 의식이 혼미해 헛소리를 늘어놓는 사이 간이침대에 눕혔다. "우리가 뭘 채취했지, 모리스? 지금 몇시지?" 찰리와 나는 대답하는 대신 그가 죽거나 잠들도록 천막 안에 홀로 두었다. 하늘에는 구름이 나지막이 깔려 있었다. 우리는 모닥불 곁에 누워 오후까지 내내 잠을 잤다. 부슬비가 떨어지기 시작했을 때 일어나 앉은 나는 두 가지 사실을 알아차렸다—모리스가 죽음의 기색이 확연한 시신으로 변해버렸다는 것. 혈색 없이 뻣뻣이 굳어 끔찍했다. 왠지 텅 비고 무게가 없어 보이는 것이 사람이라기보다 강물에 떠내려온 나무토막 같았다. 둘째로, 비버들이 강물 밖으로 나와 야영지에서 조금 떨어진 기슭에 죽어 있었다. 아홉 마리 비버 사체가 모래톱에 주르르 늘어서 있었던 것이다. 어딘가 장식적인 장면이었지만, 또한 불길하고 소름 끼치는 장면이기도 했다. 다들 바닥에 엎드려 눈을 감은 채 죽어 있었는데, 한가운데 대장은 다른 녀석들보다 살짝 앞으로 나와 있었다. 녀석들이 소리 없이 강에서 나와서는 잠든 나와 형을 향해 행진했다고 생각하고 싶지는 않았다. 비버들이 떼지어 우리를 공격할 셈이었던 걸까? 우리가 사악한 인공 조제 약물로 파괴한 것들을 되갚아주려고? 다행히도 그 답은 알 수 없있다.

모리스가 제독을 등지고 바른 삶을 살기로 결심한 직후 죽음을 맞은 것이 심히 안타까웠다. 마지막 순간 자신이 죽어 마땅하고 느꼈을지, 일을 때려치우지 말 걸 그랬다고 후회하며 가책과 실망을 안고 숨을 거두었을지 궁금했다. 그러지 않았기를 빌었지만 그랬을 듯했다. 순간 막강한 영향력의 제독이 너무나 싫어졌다. 세상 그 누구보다 사무치게 증오스러웠다. 그렇게 나는 그자에 대해 특별한 판단을 내렸다. 그렇다고 기분이 나아지지는 않았지만 나중에 효과가 있을 테니 당장은 그 문제를 접어두기로 했다. 우리가 함께한 영광의 밤이 기괴한 실패가 얽혀들며 종말을 맞았다는 사실에 쓰라린 마음은 여전했지만.

나는 일어나 다리를 살폈다. 몇 시간 전 곯아떨어질 때만 해도 잠에서 깨면 진물 가득한 물집이 다리를 뒤덮고 있을까봐 무척 두려웠다. 하지만 그런 것은 보이지 않았다. 허벅지 중간부터 발까지 벌게진 것도 오후 내내 햇볕을 쬐어서인 듯했다. 만져보니 살짝 따갑고 열이 있긴 해도 모리스처럼 심하지는 않았다. 시간이 지나면 더 악화될 것 같지도 않았다.

찰리는 똑바로 누워 눈을 부릅뜨고 잠들어 있었다. 바지 앞섶이 천막처럼 팽팽히 부풀어 있었다. 딱히 보고 싶은 꼴은 아니었지만 아무튼 건강에 이상이 없다는 신호로 받아들였다. 행운이 어떤 기막힌 모습으로 우리 인생에 찾아올지 누가 알겠는가? 한쪽 바짓자락을 걷어올리니 그의 다리도 나처럼 벌겋고 민둥하지만 멀쩡해 보였다. 하지만 손은 심각했다. 자줏빛 손가락이 터질 듯 부어 있었다. 비버들과 모리스에 그의 손까지 보고 있자니 고독이 밀려들었다. 찰리를 깨워 이야기를 나누고 싶었지만 푹 쉬게 두는 것이 낫겠다 싶었다.

샌프란시스코를 떠난 뒤로 양치질을 하지 않았다는 생각이 문득 들었다. 나는 상류로 가서 웅크리고 앉아 혀와 잇몸과 이를 칫솔로 문지르고 거품을 산탄 총알처럼 물에 뱉었다. 웜의 목소리가 들리기에 천막을 돌아보며 소리쳤다. "허먼?" 하지만 더이상 말이 없었다. 나는 비버에게 다가가 한 마리씩 꼬리를 잡고 들어올려 댐 남쪽 강물로 던졌다. 예상보다 묵직했다. 꼬리의 감촉이 생명체가 아니라 인공물처럼 느껴졌다. 찰리가 어느새 일어나 앉아 내가 남은 서너 마리를 던지는 모습을 지켜보고 있었다. 나의 기이한 행동을 두고 별달리 뭐라고 하진 않았다. 오히려 좀 지루한 얼굴이었다. 다친 손을 깜박 잊고 얼굴에 붙은 파리를 때리려고 들어올렸다가 손가락끼리 스치는 통증에 움찔했다. 나는 마지막 비버를 던지고 그의 곁에 가서 앉았다. 붕대 대신 임시로 감은 셔츠를 풀려고 했으나 피부에 끈끈하게 들러붙어 굳어 있었다. 셔츠를 뜯어내자 손가락과 손마디의 피부가 함께 벗겨져 떨어졌다. 아픈 것 같지

는 않았다. 적어도 처음 다쳤을 때보다는. 하지만 그 광경에 식겁
하며 역겨워했고, 그건 나도 마찬가지였다. 마저 떼어내기 전에 남
은 알코올에 손을 담그는 것이 좋겠다고 말하자 그는 식사 후에 하
겠다고 했다. 나는 커피와 콩으로 간단히 아침을 준비했다. 윔에게
도 한 접시 갖다주었지만 잠들어 있길래 굳이 깨우지 않았다. 온몸
이 뻘겋고 푸르죽죽했다. 다리의 물집은 배로 늘어났고, 죄 터져서
황살색 진물이 피부를 뒤덮고 있었다. 발가락은 시커멓고 몸에서
송장냄새가 풍겼다. 아무래도 해 지기 전에 숨을 거둘 듯했다. 천
막에서 나와보니 찰리가 윔의 냄비에 알코올을 붓고 있었다. 모닥
불에 올려놓은 솥에서 물이 끓으면서 안에 든 면 셔츠가 거품에 들
썩이며 춤추었다. 모리스의 안장 가방에서 셔츠를 가져왔다고 말
하며 책망을 예상한 듯 나를 보았지만, 당연히 나는 할말이 없었
다. 알코올에 손을 담그자 그의 이마에서 Y자 모양의 굵은 정맥이
불거져 박동쳤다. 비명을 질러 마땅한데도 그는 꾹 참았다. 고통이
가라앉자 손을 빼내고 셔츠를 떼어냈다. 아까처럼 살점이 딸려나
왔다. 내 눈에는 거의 가망이 없어 보였다. 찰리는 손을 보고도 잠
자코 있었다. 막대기로 끓는 물에서 모리스의 셔츠를 건져내어 식
힌 다음 찰리의 손을 감쌌다. 이번에는 손가락까지 확실히 감았다.
그래야 괜히 손가락을 보고 딴생각을 하지 않을 테니.

　나는 강에서 멀찍이 떨어진, 모래와 흙이 만나는 지점에 모리스
를 묻기로 했다. 윔이 가진 손잡이 짧은 삽으로 땅을 파느라 몇 시
간이 걸렸다. 손잡이 긴 삽도 엄연히 존재하건만 대체 왜 이런 삽
을 만드는지 그때나 지금이나 이해가 되지 않는다. 단언컨대 손잡

이 짧은 삽으로 무덤 파기란 완전히 자기 고문이다. 나는 혼자 무덤을 팠다. 그나마 시신을 강가에서 끌어와 구덩이에 넣을 때는 찰리도 거들어주었지만 내내 혼자 멀찍이 떨어져 앉아 있었다. 딱 두 번 나에게 보이지 않을 만큼 멀리까지 상류로 걸어갔다 왔다. 나는 그를 압박하지 않았다. 무덤에 흙을 채우는 동안에는 그도 곁에 있어주었다.

모리스의 일기는 여전히 우리에게 있었다(왜 그가 살아 있을 때 돌려주지 않았을까? 미처 생각도 못했다). 일기를 같이 묻어줘야 할지 고민되었다. 찰리에게 의견을 묻자 마음대로 하라고 했다. 결국 나는 일기를 간직하기로 했다. 그의 특이한 인생이, 그의 말이 지상에 남아 다른 사람에게 공유되고 찬탄받아 마땅하다고 생각했기 때문이다. 구덩이 바닥에 품위 없이 널브러진 모리스의 시신을 보니 가엾기 짝이 없었다. 지저분하고 푸르죽죽하고 음란해 보였다. 그것은 더이상 모리스가 아니었다. 하지만 나는 모리스를 대하는 양 말했다. "미안해, 모리스. 당신이라면 더욱 세련된 장례식을 원했을 텐데. 당신은 강한 개성으로 우리에게 깊은 인상을 심어주었어. 내 말이 위로가 될지 모르겠지만, 나와 형은 당신을 존경하게 됐어." 찰리는 나의 연설에 무감동했다. 제대로 듣고 있는지조차 불확실했다. 내가 지나치게 극적으로 군 것은 아닌지 두려웠다. 말할 필요도 없이, 평소 나는 연설과 친하지 않다. 메이필드의 경리가 선물한 봄보니에레가 생각나 코트 주머니에서 꺼내 구덩이에 떨어뜨렸다. 장례식에 위엄을 더해주기 위해서였다. 숄이 펼쳐져 그의 가슴을 덮었다. 고운 푸른색 천이 반짝반짝 빛났다. 무덤에 십자가 표지를 세우는 것이 좋을지 묻자 찰리는 윔에게 물어보라고 했다. 천막으로 들어가니 윔은 얼마간 정신이 든 듯했다. "허면." 내가 부르자 그는 뿌연 눈을 깜박이며 내 쪽을 대충 '보았다'.
"누구지?" 그가 물었다.

"일라이야. 몸은 좀 어때? 목소리를 들으니 기쁘군."

"모리스는 어디 있지?"

"모리스는 숨을 거뒀어. 강가에서 좀 떨어진 곳에 묻었지. 무덤에 십자를 세우는 것이 좋겠나, 그대로 두는 것이 좋겠나?"

"모리스가…… 죽었다고?" 그가 고개를 젓더니 소리 없이 울었다. 나는 천막에서 나왔다.

"뭐래?" 찰리가 물었다.

"나중에 다시 물어보는 게 좋겠어."

다 큰 남자가 우는 꼴은 이제 그만 보고 싶다고 나는 생각했다.

우리는 금을 한데 모았다. 전날 밤 넷이서 채취한 금에다 모리스와 웜이 첫날 채취한 금까지 더하니 양동이 하나가 거의 가득 찼다. 횡재도 이런 횡재가 없었다. 혼자 힘으로는 양동이를 들기조차 어려웠다. 찰리더러 한번 들어보라고 했더니 그는 마다했다. 정말 무겁다고 하자 내 말을 믿겠다고 했다.

현실적 문제가 퍼뜩 떠오르고 어쩔 수 없이 앞일에 대한 생각으로 이어지자 나는 모리스의 말을 살펴보러 갔다. 튼튼한 녀석이었다. 죄책감이 들기는 했지만 말에 내 안장을 얹고 강여울을 건넜다가 다시 돌아와보았다. 사뿐사뿐 발걸음을 옮기는 자태가 신사 같았다. 녀석에게 특별한 감정이 일지는 않았지만 어느 정도 함께 시간을 보내면 정이 들 듯했다. 친절과 설탕과 신뢰로 녀석의 마음을 사야겠다고 생각했다. "모리스의 말을 타겠어." 나는 찰리에게 말했다.

"어." 그가 대답했다.

웜은 너무 상태가 안 좋아 데려갈 수 없었다. 설령 데려간다 해도 어차피 목숨을 부지하지 못할 듯했다. 내가 다가가도 거의 알아차리지 못했지만 혼자 죽게 내버려둘 수는 없었다. 찰리가 아직 비법 액체 제조법을 알아내지 못했다는 말을 꺼냈다. 나도 알지만 죽이가는 사람을 고문해 무슨 성분을 어떻게 섞었는지 하나하나 알아내야겠느냐고 반문하자 그는 침울한 어조로 대꾸했다. "나한테 그딴 식으로 말하지 마, 일라이. 이번 일로 나는 오른손을 잃었어. 그저 생각난 걸 말했을 뿐이야. 솔직히 웜도 우리에게 알려주고 싶어할 가능성이 크고." 그러면서 시선을 피했다. 찰리가 이런 식으로 말하는 것은 전에 없던 일이었다. 심지어 어렸을 때도. 그것은 오히려 내 말투에 가까웠다. 내가 기억하는 한, 형은 결코 두려워한 적이 없었다. 하지만 지금 그는 두려워했다. 지금 상황이 무엇을 의미하는지, 어떻게 이해해야 할지 몰랐다. 나는 비법 때문에 비난해서 미안하다고 했고, 그는 내 사과를 받아들였다. 웜이 내 이름을 불러서 우리 둘은 천막으로 들어갔다. "왜, 허먼?" 나는 말했다.

그는 똑바로 누워 천막 꼭대기를 응시하고 있었다. 가슴이 기이할 만큼 빠르게 오르내리고, 씨근거리며 힘겹게 숨쉬었다. 그가 말했다. "모리스의 묘비에 쓸 말을 준비했어." 나는 연필과 종이를 가져와 무릎을 꿇고 앉았다. 말해보라고 하자 웜이 고개를 끄덕이고 목청을 가다듬더니 걸쭉한 액체 방울을 허공으로 뱉었다. 방울이 우아하게 호를 그리며 되돌아와 그의 이마 정중앙에 떨어졌다. 그는 이를 알아차리지 못한 듯했다. 혹은 개의치 않거나. 어쨌든 이마를 직접 닦지도, 닦아달라고 부탁하지도 않고 말했다. "여기 선량한 사람이자 좋은 친구였던 모리스가 잠들었다. 그는 문명 사회의 세련된 요소를 만끽했으나 가슴 벅찬 모험과 힘겨운 노동을 결코 마다하지 않았다. 그는 자유인으로 죽었다. 솔직히 말해, 이는 대부분의 사람들이 인정하는 것보다 훨씬 중요하다. 대부분의 사람들은 스스로의 두려움과 어리석음에 얽매여 살아가느라 인생의 문제를 똑바로 바라보지 못하기 때문이다. 그저 불만에 차서 살아가기만 할 뿐 왜 불만스러운지, 어떻게 삶을 개선할 수 있을지 알아내려 하지 않는다. 그저 더럽고 노화하고 희석되어 묽은 피가 약하게 흐르는 심장을 지닌 채 죽을 뿐이다. 그들의 기억은 씨발, 논할 가치도 없다. 내 말뜻을 그대들도 잘 알리라. 대부분의 사람들은 사실상 정신박약이지만 모리스는 그렇지 않았다. 그는 더 오래 살아야 마땅했다. 더 많은 것을 누려야 했다. 신이 존재한다면 그는 개새끼다." 웜이 말을 멈추고는 다시 걸쭉한 액체를 뱉었다. 이번에는 옆으로 뱉어서 바닥에 떨어졌다. "신은 없다." 그렇게 말하고 눈을 감았다. 마지막 문장도 묘비에 새기라는 건지 모호했지만 굳이 묻지 않았다. 어차피 묘비에 그의 말을 새길 생각도 없었다. 더이상 정신이 온전하지 않다는 것이 분명했기 때문이다. 하지만 나는 그가 말한 대로 묘비에 새기겠다고 약속했고, 이 말에 그가 위안을 얻었다고 믿었다. 그는 찰리와 나에게 감사를 표했다. 우리는 천막에서 나와 모닥불 앞에 앉았다. 찰리가 다친 손목을 옴

켜쥐고서 말했다. "그만 가야 할 때 같지 않아?"

나는 고개를 저었다. "웜을 혼자 죽도록 내버려둘 수는 없어."

"죽으려면 며칠 걸릴지도 몰라."

"그럼 며칠 기다리면 되지."

그 문제에 대한 논의는 그게 다였다. 그리고 우리 형제의 새로운 관계의 시작이기도 했다. 찰리는 더이상 대장이 아니었고, 나는 꼴 사납게 뒤를 따르는 부하가 아니었다. 역할이 뒤바뀌었다고까지는 말할 수 없지만, 완전히 달라졌다. 그후로, 심지어 지금까지도 우리는 서로를 조심스럽게 대한다. 혹여 상대의 마음을 다치게 할까 봐 두려운 듯. 예전의 방식이 촛불 꺼지듯 느닷없이 사라져버린 이유가 무엇인지는 모르겠다. 물론 나는 그것을 곧 서글픈 마음으로 그리워하게 되었다. 적어도 이론상으로, 혹은 감상적인 기억 속에서는. 하지만 시시각각 이런 의문이 떠오른다―나의 대담하던 형은 어디로 갔는가? 그가 완전히 딴사람이 되어 다시는 예전 모습으로 돌아오지 않았다는 것밖에 달리 할말이 없다.

어쨌든 결과적으로 말해, 웜이 죽기를 며칠 동안 기다릴 필요는 없었다. 몇 시간 후 어스름이 깊어지고 우리가 불가에 나른하고 무거운 몸을 누이고 있을 때 웜의 가냘픈 목소리가 들려왔다. "누구 없어?" 찰리가 마다하기에 나는 혼자 천막으로 들어갔다.

웜은 마지막 숨을 헐떡이고 있었다. 그도 그 사실을 알고 두려워했다. 나는 그가 죽음을 앞두고 종교에 의지하게 되어 어서 천국에 가게 해달라고 빌지 않을까 싶었다. 하지만 아니었다. 확고한 무신론자였던 그는 마지막 순간에도 겁먹지 않았다. 그는 나와 이야기하려는 게 아니라 죽은 모리스의 안부를 물었다.

"모리스는 왜 여기 없지?" 웜이 헐떡였다.

"오늘 아침 숨을 거뒀어, 허먼. 기억 안 나?"

"모리스가? 죽었다고?" 그의 이마에 주름이 잔뜩 잡혔다. 벌어진 입이 비통함에 다물어지지 않았다. 나는 그의 잇몸을 바라보았다. 피로 얼룩져 번들거렸다. 그가 고개를 돌렸다. 호흡이 자꾸 끊기고 고르지 못한 것이 기도가 부분적으로 막힌 듯했다. 내가 걸음을 옮기자 소리가 들리는 쪽으로 고개를 돌리며 물었다. "거기 누구지? 모리스?"

나는 말했다. "모리스야."

"아, 모리스! 여태 어디 있었어?" 가슴 깊이 안도하고 감동한 목소리에 나는 목이 메었다.

"장작을 찾으러 갔었어."

웜이 신나서 대꾸했다. "뭐라고? 장작? 땔감을 찾아왔다고? 좋은 아이디어야. 오늘밤 화톳불을 피우자. 그동안 작업한 금을 모두 늘어놓고. 금이 가득한 양동이들을 하나하나 살펴보면 정말 멋지지 않겠어?"

"굉장하겠군." 내가 동의했다.

"다른 사람들은?" 그가 의아해했다. "어디로 내뺀 거야? 찰리라는 자는 힘든 일을 그다지 좋아하지 않더군."

"그러게. 일은 안 하고 꾸물거리기만 하지."

"깔끔하지도 않고."

"그러게 말이야."

"하지만 알고 보니 괜찮은 사람이었어. 그건 분명해."

"찰리는 좋은 사람이야, 허먼. 네 말이 맞았어."

"그의 동생 일라이는 어디 있지?"

"바깥 어디에 있을 거야."

"순찰하는 거야? 야영지를 지키느라?"

"어둠 속을 돌아다니고 있어."

그가 나지막이 말했다. "이런 말을 하면 어떻게 느낄지 모르겠지만, 사실 그 사람이 꽤 마음에 들어."

"그래. 그 사람도 너를 좋아해, 허먼."

"뭐라고?"

"그 사람도 너를 좋아한다고."

"네 목소리에서 질투가 느껴지는데?"

"아냐!"

"이거 참 영광인걸! 이곳에 모인 이들이 모두 올바르고 명예로운 사람이라니. 그토록 오랫동안 의지가지없이 혼자 살아온 내가 이런 사람들을 만나다니." 그는 이 말을 뱉고 달콤쌉쌀한 슬픔에 입술을 삐죽거리며 눈을 감았다. 감긴 눈꺼풀 가장자리로 눈물이 흘러내리기에 엄지로 닦아주었다. 웜은 계속 눈을 감고 있었다. 두 번 다시 뜨지 않을 터였다. 그가 말했다. "모리스, 내가 오늘밤 숨을 거두면 비법 액체 제조법은 네가 간직했으면 좋겠어."

"그런 생각 마. 그냥 푹 쉬면 돼."

"물속에 들어가기 전에 돼지기름을 몸에 바르면 부상을 줄일 수 있겠다는 아이디어가 떠올랐어."

"멋진 아이디어인데, 허먼."

웜이 숨을 헐떡이고 말했다. "자네와 알고 지낸 지 아주 오래된 것만 같아."

"나도 마찬가지야."

"자네를 죽게 돼서 미안해."

"나는 괜찮아."

"나는 자네를 돕고 싶었어. 우리가 친구가 될 수 있다고 생각했지."

"우리는 친구야."

"나는." 그가 말했다. "나는." 입이 크게 벌어지더니 몸 안쪽 깊숙이에서 기이한 소리가 흘러나왔다. 어떤 단단한 부분이 갈라지거나 터지기라도 한 듯이. 무엇이었을까? 아파하는 것 같지는 않았다. 적어도 고통에 겨운 신음소리를 내지는 않았다. 나는 그의 가슴에 손을 얹고 심장이 펄떡이다 멈추는 것을 느꼈다. 그의 입에서 한줄기 공기가 밀려나오고 몸이 요동치다 잠잠해졌다. 그 순간 허먼 커밋 웜의 시계가 멈추었다. 오른팔이 간이침대에서 떨어져서 도로 올려주었다. 그래도 또 떨어지자 그대로 둔 채 천막을 나왔다. 찰리는 불가에 앉아 있었다. 아까 내가 일어날 때와 똑같은 광경이었다. 한 가지 명확한 차이점만 빼면.

차이점이란 바로 여섯 명의 인디언 무리가 우리 야영지에서 가
방을 뒤지고 말과 노새를 살펴보고 있었다는 것이다. 일반적으로
가져갈 만한 가치가 있는 물건을 찾고 있었다. 내가 천막에서 나오
자마자 인디언 하나가 소총 끝으로 찰리 옆을 가리키며 가서 앉으
라고 지시했다. 나는 순순히 따랐다. 우리 둘 다 무장하지 않은 상
태였다. 총집은 야영 때면 늘 그러듯 벨트째 돌돌 말아 안장 아래
땅바닥에 놓아두었다. 하지만 찰리가 무장한 상태였다 해도 권총
을 꺼냈을지는 모르겠다. 그는 옆으로 앉아 불꽃을 바라보다 이따
금 인디언들에게 힐끗 무심한 시선을 던질 뿐이었다.

금 양동이는 우리 사이에 놓여 있었다. 찰리가 모자로 가리려고
하지만 않았어도 들키지 않았을 것이다. 소총을 든 인디언이 양동
이를 덮은 모자를 미심쩍어하더니 다가와 옆으로 쳐냈다. 웃음기

없이 굳어 있는 얼굴은 양동이 안의 금을 보고도 여전했다. 하지만 흥미롭기는 했던지 동료들더러 수색을 그만두고 이리 모이라고 소리쳤다. 인디언들은 모닥불 주위에 쪼그려 앉아 양동이 안을 들여다보았다. 한 명이 껄껄 웃자 다른 이들이 마뜩잖은 듯 뭐라고 말했는데, 내 짐작이 맞다면 조용히 하라는 것 같았다. 또다른 인디언이 나를 보며 무뚝뚝하게 말했다. 이 많은 금이 어디서 났느냐고 묻는 듯했다. 내가 강을 가리키자 경멸의 눈초리로 보았다. 그들은 송아지가죽 가방에 양동이 안의 금을 몽땅 나눠 담았다. 그러고는 다 같이 일어나 심각한 분위기로 의논하며 나와 찰리를 가리켰다. 소총을 든 인디언이 웜의 천막에 들어가더니 헉하고 숨을 들이켰다. 지금 생각해보면 더없이 인디언답지 않은 행동이었지만 정말로 그랬다. 늙은 여자처럼 기겁하며 천막 밖으로 넘어지더니 손으로 입을 가린 채 경악과 공포로 눈이 휘둥그레졌다. 쉬이 소리를 내어 동료들을 뒤로 물리고 야영지를 벗어나 강 쪽으로 데려가서는 천막 안의 광경을 묘사했다. 인디언들은 방향을 틀어 부랴부랴 어둠 속으로 사라졌다. 우리 권총과 말, 목숨을 앗아가지 않은 게 의아했지만, 아마도 우리가 무슨 전염병이나 나병에 걸렸다고 여겼지 싶다. 아니면 금으로 충분하다고 결론내렸는지도.

"웜이 죽었어." 나는 찰리에게 말했다.

"이만 자야겠어." 그가 말했다.

그리고 놀랍게도, 정말로 그렇게 했다.

아침에 웜을 땅에 묻었다. 찰리는 적극적으로 돕진 않았지만 이번에도 매장 때는 부루퉁한 얼굴로 참석했다. 웜의 유일한 가방에는 일기와 메모가 잔뜩 들어 있었다. 혹시 비법 액체 제조법이 적혀 있을까 싶어 살펴보았지만 도무지 무슨 의미인지 이해되지 않았다. 내가 과학과 화학에 무지해서라기보다 끔찍하리만치 형편없는 필체 때문이었다. 결국 단념하고 종이들을 가슴에 올려둔 채로 흙과 모래로 덮었다. 이번에는 추도연설을 하지 않았다. 나란히 놓인 두 무덤 다 표지를 세우지 않았는데, 그 점이 지금까지 후회된다. 충실한 친구였던 둘의 우정을 보여주는 그림을 그리고, 강에서 이룩한 놀라운 업적에 대해 몇 마디 써넣었더라면 좋았을 텐데. 하지만 워낙 우울했던데다 확실하지는 않지만 주술인지 마력인지에 걸려 있었고, 어서 떠나고 싶은 마음뿐이었다. 그래서 매장이 끝나자마자 찰리와 나는 말에 올랐다. 천막은 그대로 서 있고 모닥불도 여전히 타오르고 있었다. 야영지를 돌아보며 생각했다. 나는 결코 대장이 되지 않을 것이다. 되고 싶지도 않고, 다른 이의 지시를 받고 싶지도 않다. 그렇다─나는 그저 나 자신의 대장이 되고 싶다. 웜의 말과 노새들이 굶어죽지 않도록 풀어주었다. 말은 그대로 있었지만 노새들은 우리를 따라왔다. 내가 위쪽을 향해 총을 쏘자 놀라서 하류로 달려갔다. 안장이나 고삐 같은, 주인이 있다는 표식 없이 맨몸으로. 땅딸막한 다리가 어찌나 잽싸고 효율적으로 움직이는지 비현실적으로 보였다.

우리는 북서쪽 길을 따라 사흘 후 메이필드에 도착했다. 사흘 동안 서로 거의 말을 하지 않았지만, 말할 때는 예의 바르고 정중했다. 아마 찰리는 남은 생애를 어떤 사람으로 살지 고민하고 있었던 듯하다. 어떤 면에서 나 역시 비슷한 고민을 하고 있었다. 지난 며칠을 되돌아보며 스스로에게 말했다. 만약 이것이 정말 내 마지막 임무라면 이왕이면 극적으로 물러나는 편이 낫다, 어머니가 여전히 살아 있다면 되도록 빨리 만나야겠다고 결심을 굳혔다. 어머니를 어떤 식으로 달랠지 여러 가지 상상을 해보았는데, 매번 어머니가 비틀린 팔을 내 목에 두르고 눈 아래, 턱수염 위쪽에 뽀뽀해주는 장면으로 끝났다. 그런 생각을 하자 마음이 차분해졌다. 며칠 새 여러 역경을 거쳤는데도 메이필드로 가는 여정은 기대 이상으로 즐거웠다. 대략 절반쯤 갔을 때 나는 찰리에게 말했다. "그래도 형의 왼손은 대부분 사람들의 오른손보다 빨라."

"대부분이 모두는 아니지." 그 대꾸에 우리는 다시 침묵에 잠겼다.

인디언들이 금을 훔쳐간 사건에 대한 심정은 복잡했다. 어떤 면에서는 우리가 그 금을 갖지 않는 것이 적절해 보였다. 금 양동이를 들어볼 때 가책을 느끼지 않았던가? 하지만 메이필드의 난로 아래서 우리를 기다리고 있는 금더미가 없었더라면 그토록 초연할 수 있었을지 의심스럽다. 그것은 내 인생을 얼마든지 원하는 대로 바꿀 수 있다는 상징이었다. 그래서 메이필드를 2, 3킬로미터 앞두고 바람에 연기냄새가 실려왔을 때는 더없이 강력한 두려움과 불안에 휩싸였다. 호텔까지 가는 동안 나의 감정은 걱정을 지나 분노에 다다랐다가 비참한 현실을 수용하는 단계에 이르렀다. 호텔은 잿더미로 변해 있었다. 주변 건물들도 마찬가지였다. 나는 잔해 사이에 쓰러져 있는 배불뚝이 난로를 알아보았다. 시커멓게 그을린 목재와 재 사이로 걸어갈 때는 이미 우리의 보물이 사라졌음을 깨달았다. 그것이 명백한 사실임을 확인하고 찰리에게로 돌아갔다. 그는 햇살에 하얗게 표백된 길 한가운데 등을 웅크린 채 넘블 위에 앉아 있었다. "아무것도 없어." 나는 소리쳤다.

"술이나 마시자." 그가 맞받아 소리쳤다. 지금껏 그가 한 말 중에 가장 멀쩡하고 지각 있는 대답이었다. 하지만 호텔이 타버려 술을 마실 곳이 없었다. 혹은 앉아서 취할 만한 곳이 없었다고 해야 할까. 우리는 약국에서 브랜디 한 병을 사서 흔해빠진 불량배처럼 길바닥에서 들이켰다.

건너편 인도에 앉아 잔해가 된 호텔을 바라보았다. 불은 며칠 전에 꺼진 듯했지만 여전히 연기가 여기저기서 유령 뱀처럼 꿈틀거리며 피어올랐다. 술병이 반쯤 비었을 때 찰리가 말했다. "메이필드가 이랬을까?"

"달리 누구겠어?"

"그자는 여기를 뜬 게 아니라 우리가 떠나기를 기다리며 숨어 있었던 거야. 그리고 최후의 승자가 된 거지." 내가 끄덕이자 찰리가 말을 이었다. "네 여자는 어디 있는지 궁금하군."

"그 생각을 못 했네." 순간 그 사실이 놀라웠지만 그다지 오래가지 않았다.

길 저쪽에 누가 나타났다. 바로 우는 남자였다. 지난번처럼 눈물을 줄줄 흘리며 말을 끌고 걸어왔다. 우리를 못 봤거나 알아차리지 못한 듯했다. 나직이 혼잣말을 했는데, 긴장증으로 폐인이 된 행색이었다. 나는 그를 보자 짜증이 확 치밀어 돌멩이를 집어던졌다. 돌이 어깨를 스치자 그가 나를 보았다. "여기서 꺼져!" 나는 소리쳤다. 그토록 혐오를 느낀 까닭은 나도 모르겠다. 시체에서 까마귀를 쫓아내는 기분이었다. 뭐, 취해 있었으니까. 우는 남자는 비참한 여정을 이어갔다. "이제 어떻게 해야 할지 모르겠어." 나는 찰리에게 인정했다.

"지금은 그런 생각을 안 하는 게 최선이야." 그가 조언하고는 빈정거리듯이 말했다. "이것 좀 봐라? 나의 참사랑이군." 지난번에 그를 상대한 매춘부가 다가오고 있었다. "안녕, 이름이 뭐였더라?" 찰리가 유쾌하게 말했다. 그녀는 흐트러진 차림에 축축하게 젖고 붉게 충혈된 눈으로 우리 앞에 서 있었다. 드레스 가장자리가 얼룩지고 손이 부들부들 떨렸다. 그녀가 팔을 쳐들더니 내 얼굴에 뭔가를 던졌다. 경리에게 전해주라고 건넸던 100달러였다. 땅바닥에 떨어진 돈을 보고 나는 껄껄 웃어댔다. 그것이 경리가 죽었다는 의미임을 알고도 그랬다. 나는 그녀를 사랑한 것이 아니라 그녀가 나를 사랑한다는 생각, 내가 혼자가 아니라는 생각을 사랑했던 것이다. 어쨌든 내 마음에 슬픔 같은 감정은 존재하지 않았다. 나는 고개를 들어 매춘부의 비참한 얼굴을 보며 말했다. "그래서 뭐 어쨌다고?" 그녀가 침을 뱉고 가버렸다. 나는 땅에서 금화 두 개를 집어들었다. 칠리에게 50달러를 건네지 그는 새끼손가락을 우아하게 하늘로 쳐들고는 부츠에 금화를 넣었다. 나도 금화를 부츠에 넣었다. 그리고 이것이 현대식 코미디의 절정이라도 되는 양 함께 웃어댔다.

우리는 계속 흙바닥에 나앉아 있었다. 술병은 거의 비었다. 이대로 기절해 길바닥에서 잠이 들려던 참에 칠리의 매춘부가 다른 매춘부들을 데려왔다. 여자들은 우리를 에워싸고 경악과 분노에 가득차 내려다보았다. 메이필드에 이어 호텔까지 사라지면서 모두 곤궁한 시간을 보낸 듯했다. 향수냄새를 풍기던 머리도, 풀을 먹여 바스락거리고 빳빳하게 주름 잡힌 드레스도 더이상 없었다. 그들은 칠리와 나를 인신공격할 기세로 헐뜯기 시작했다.

"대단한 한쌍이네."

"땅바닥에 앉아 있는 꼴 좀 보라지."

"저 툭 튀어나온 배하고는."

"다른 놈은 손을 다친 모양이네."

"더는 마구간 일꾼을 죽이지 못하겠어."

소란 속에서 칠리가 어리둥절한 목소리로 나에게 물었다. "왜 저렇게 화를 내지?"

"우리가 저들 고용주를 내쫓았잖아. 기억 안 나?" 나는 매춘부
들에게 설명했다. "호텔을 불태운 건 우리가 아니야. 메이필드 짓
이지. 적어도 내 생각에는 그래. 아무튼 우리가 아닌 건 확실해."
그러나 이 말은 그들의 화를 돋우기만 했다.

"어디서 함부로 메이필드에 대해 주둥이를 놀려!"

"메이필드는 그렇게 나쁜 사람이 아니었어!"

"우리에게 보수를 주었지, 안 그래?"

"우리가 살 방도 주었고."

"씹새끼이긴 해도 너희 둘에 비하면 신사야."

"너희야말로 진짜 씹새끼야."

"완전 나쁜 새끼들이라고."

"이 씹새끼들을 어떻게 하지?"

"씨발 씹새끼들!"

"제대로 맛을 보여주자!"

그들이 우리를 한데 깔아뭉갰다. 여자들의 철벽같은 몸뚱이 사
이로 찰리가 껄껄 웃는 소리가 들렸다. 나도 처음에는 이 상황이
우스꽝스러웠다. 하지만 움직이려고 해도 꼼짝할 수가 없는데다
매춘부들이 잽싸게 손을 놀려 내 주머니에서 돈이란 돈은 다 가져
가자 유쾌하던 기분이 당혹감으로 바뀌었다. 나는 몸부림치며 매
춘부들을 나무랐고, 찰리도 마찬가지였다. 우리가 저항하면 할수
록 그들은 더욱 강해지는 듯했다. 찰리가 고통에 차 비명을 지르자
나는 극심한 공포에 휩싸였다. 찰리의 매춘부가 그의 다친 손을 발

꿈치로 짓뭉개고 있었던 것이다. 나는 코앞에 있는 매춘부를 깨물었다. 이가 옷을 뚫고 악취가 코를 찌르는 투실한 뱃살을 파고들었다. 격분한 여자는 내 권총을 빼들어 이마 위쪽을 겨누었다. 나는 말없이 가만히 누워 있었다. 그녀의 눈이 어찌나 증오로 이글거리던지, 당장이라도 시커먼 총구 깊은 곳에서 터져나오는 환한 흰빛을 목격할 수 있을 듯했다. 하지만 그렇지 않았다. 매춘부들은 할 만큼 했는지 말없이 일어나 우리를 두고 떠났다. 우리 권총과 현금을 몽땅 털어서. 조금 전 부츠에 넣어둔 100달러는 제외였다. 천만다행으로 여자들은 부츠 안까지 들여다볼 생각은 하지 않았다.

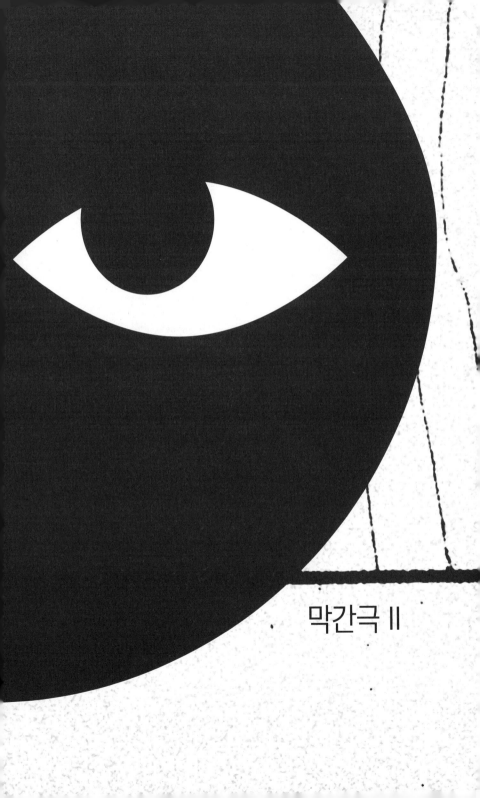

막간극 II

반쯤 죽어가는 마을 메이필드, 햇볕 아래 흙바닥에서 정신을 잃고 잤다. 깨어나보니 해질녘이었다. 지난번 이곳에 왔을 때 만났던 기이한 소녀가 앞에 서 있었다. 새 옷을 입고 막 감은 듯 깨끗한 머리칼을 풍성한 빨간색 리본으로 묶었다. 두 손을 가슴 앞에 우아하게 맞잡고 있는 소녀에게서 기대감 어린 긴장된 분위기가 느껴졌다. 그애는 내가 아니라 내 옆의 찰리를 보고 있었다. "또 만났네." 나는 말했다. 그애가 조용히 하라고 손짓하더니 형을 가리켰다. 그는 물이 든 유리병을 들고 있었다. 병 아래쪽에서 검은 알갱이들이 모래바람처럼 소용돌이치고, 소녀의 손마디는 지난번처럼 독으로 얼룩져 있었다. 찰리가 유리병을 입으로 가져가자 나는 병을 쳐냈다. 유리병은 깨지지는 않고 진흙 구덩이에 떨어졌다. 물이 흘러내리자 소녀가 나에게 뚱한 표정을 지어 보였다. "왜 그 랬죠?"

나는 대꾸했다. "네가 전에 한 말에 대해 너와 얘기하고 싶었단다."

소녀가 산만하게 유리병을 바라보며 말했다. "전에 내가 무슨 말을 했는데요?"

"내가 보호받는 사람이라고 했잖아. 기억 안 나?"

"기억나요."

"내가 지금도 보호받고 있는지 알려줄래?"

소녀가 나를 주시했다. 답을 알면서도 말하지 않는다는 것을 알았다.

"나는 어디까지 보호받는 거지?" 나는 집요하게 물었다. "앞으로도 계속 보호받는 거야?"

소녀가 입을 열었다가 도로 닫았다. 그리고 고개를 저었다. "말 안 할 래요." 치맛단이 빙그르르 돌고 소녀는 걸어가버렸다. 나는 던질 만한 돌멩이를 찾아 주위를 두리번거렸지만 손닿는 곳에는 아무것도 없었다. 찰리는 아직도 진흙탕에 박힌 유리병을 보고 있었다. "목말라 죽겠어." 그가 말했다.

"저애가 형을 죽이려고 했어." 나는 대꾸했다.

"뭐, 저애가?"

"전에 개를 독살한 걸 내가 직접 봤어."

"저렇게 예쁜 애가 대체 왜 그딴 짓을 하는 거지?"

"그냥 악마적인 재미를 맛보려는 게 아닐까."

찰리가 자줏빛으로 물들어가는 하늘을 향해 실눈을 떴다. 도로 드러 눕더니 눈을 감고 말했다. "그래, 이게 세상이지?" 그는 껄껄 웃어댔다. 그리고 일이 분 후 잠들어버렸다.

막간극 II 끝

찰리는 잭슨빌의 병원에서 손을 절단했다. 통증은 많이 줄었지만 살이 썩는 바람에 절단하지 않을 수 없었다. 크레인이라는 이름의 의사는 나이가 지긋해도 민첩하고 차분했다. 옷깃에 장미를 꽂고 있었는데, 처음 본 순간 원칙을 지키는 사람일 거라는 믿음이 갔다. 이를테면 내가 경제적 궁핍을 털어놓자 그는 손사래를 쳤다. 치료비는 나중 문제라는 듯한 태도였다. 정작 문제는 찰리가 수술 전에 취하고 싶다며 브랜디 병을 꺼냈을 때 발생했다. 알코올로 과다출혈이 일어날 수 있다며 의사가 반대했던 것이다. 하지만 찰리는 상관없다며 자기 뜻대로 하겠다고, 세상 그 무엇도 자신을 막을 수 없다고 말했다. 결국 나는 크레인을 한쪽으로 데려가 찰리에게 알리지 말고 마취제를 놓아주라고 제안했다. 그는 내 계획이 현명하다며 동의했다. 찰리를 성공적으로 마취시키고 나자 더할나위없이 순조로워졌다. 크레인의 자택 응접실에서 촛불을 밝히고 수술을 시작했다.

손목 위까지 썩어들어간 바람에 크레인은 팔뚝 중간쯤을 날이 긴 톱으로 썰어냈다. 그의 말에 따르면 뼈 절단용으로 특별 제작한 톱이라고 했다. 절단이 끝났을 때 그의 이마는 땀으로 번들거렸고, 톱날은 뜨거웠다. 그가 실수로 건드렸다가 손을 데었을 정도다. 자른 손을 담으려고 양동이를 준비해놓긴 했지만 잘못 던지는 바람에 빗나가 바닥에 툭 떨어졌다. 크레인은 나머지 작업에 바빠서 주우러 갈 여력이 없었기에 내가 방을 가로질러가 잘린 손을 집어들었다. 놀라우리만치 가벼웠다. 절단면에서 피가 콸콸 흘러나와서 잘린 손목을 양동이 위에 들고 있었다. 손이 붙어 있었을 때는 찰리의 팔을 이렇게 만진 적이 한 번도 없었기에 이질감으로 얼굴이 달아올랐다. 잘린 손 위의 굵고 검은 털을 나도 모르게 엄지로 쓸어보았다. 그 순간 찰리와 무척 가까워진 느낌이 들었다. 나는 손을 양동이 안에 똑바로 세워 넣고 응접실 밖에 내놓았다. 찰리가 깨어났을 때 잘린 손을 보지 않기를 바랐다. 수술이 끝나자 찰리는 약에 취한 채 붕대를 감고 응접실 중앙의 높다란 간이침대에 눕혀졌다. 크레인은 의식이 돌아오려면 몇 시간은 걸리니 밖에 나가 바람이나 쐬고 오라고 권했다. 나는 감사인사를 하고 집을 나와 마을 끝까지 걸어갔다. 그곳에는 샌프란시스코로 가던 길에 들러서 식사했던 식당이 있었다. 전에 앉았던 탁자에서, 전에 시중들었던 웨이터를 만났다. 나를 알아본 그는 이번에도 당근과 풀때기를 먹으러 온 거냐며 비꼬듯이 물었다. 좀전까지 수술 과정을 지켜

본데다 바짓자락에 형의 피가 점점이 말라붙은 상태인지라 배가
전혀 고프지 않아서 에일맥주 한 잔만 주문했다. "아예 음식은 입
에 안 대기로 한 겁니까?" 웨이터가 콧수염을 달싹이며 콧소리로
말하는 투에 기분이 상했다. "나는 일라이 시스터스야, 이 씨발 새
끼야. 당장 맥주를 가져오지 않으면 이 자리에서 작살내주지." 웨
이터는 얼이 빠져서는 비굴하게 웃었다. 그후로는 태도가 공손하
고 조심스러웠고, 내 앞에 술잔을 놓을 때는 손을 부들부들 떨기까
지 했다. 이처럼 천하고 상스럽게 다른 사람을 괴롭히다니 전혀 나
답지 않았다. 식당에서 걸어나오며 생각했다. 침착함과 마음의 평
화를 다시 익혀야겠다. 그리고 생각했다. 앞으로 일 년은 푹 쉬어
야겠다! 그때의 내 결심을 결국 실천했다고 말할 수 있어 행복하
다. 그것도 철저히 즐기고 누렸다. 열두 달 동안 푹 쉬며 사색한 덕
분에 나는 점점 평온하고 차분해졌다. 하지만 이 꿈같은 생활을 시
작하기 전에 반드시 끝내야 할 마지막 임무가 남아 있었다. 그것도
나 혼자 해내야 하는 일이.

마침내 오리건 시티 외곽의 우리 오두막집에 도착했을 때는 밤열시였다. 문이 경첩에서 떨어져나가고, 가구는 전부 뒤집히거나 부서져 있었다. 나는 뒷방으로 들어갔다. 거울 뒤에 숨겨둔 나와 찰리의 돈이 모두 사라진 것을 알고도 놀라지 않았다. 2,200달러 넘는 돈이 숨겨져 있던 벽 속에는 이제 달랑 종잇조각 한 장만 남아 있었다. 나는 종이를 집어들어 읽었다.

친애하는 찰리에게
자네 $를 전부 가져가다니 나는 빌어먹을 썹새끼야. 지금은 취했지만 나중에 정신이 맑아져도 돈을 돌려놓을 것 같지는 않아. 자네 동생의 $도 가져가. 미안해, 일라이. 나를 사팔눈으로 볼 때만 빼고는 언제나 너를 좋아했어. 나는 이 $를 가지고 멀리 떠날 거야. 나를 찾으려 든다면 부디 행운이 함께하기를 빌어주지. 어차피 자네들이야 또 벌 것 아냐. 언제나 보수를 두둑이 받잖아. 끔찍하기 짝이 없는 작별인사지만, 나는 늘 이런 식이었어. 나중에도 후회 따위 하지 않을 거야. 내 피에, 아니면 정신에, 뭐가 됐든 사람을 움직이는 뭔가에 문제가 있는 게 분명해.

레스

쪽지를 접어 벽의 구멍에 도로 넣었다. 거울은 떨어져 박살나 있었다. 나는 발로 거울 파편을 쓸었다. 멍하니 그러면서 어떤 생각이나 느낌이 떠오르기를 기다렸다. 하지만 딱히 없어서 포기하고 밖으로 나가 찰리를 님블에서 내렸다. 크레인에게서 모르핀이 든 링거병을 받았는데, 이 때문에 집으로 돌아오는 내내 그는 거의 긴장증 환자 같았다. 때로는 님블에 묶고 기다란 밧줄로 말을 끌고 가야 했다. 그는 인사불성 상태에서도 몇 번이나 오른손이 더이상 몸에 붙어 있지 않다는 사실을 깨닫고 화들짝 놀랐다. 몇 번이고 다시 까무룩 잊는 모양이었다. 그래서 손이 잘린 것을 알아차릴 때마다 충격과 비참함에 휩싸였다.

나는 찰리를 방으로 부축해갔다. 그는 시트도 없이 한쪽이 꺼진 매트리스로 기어올랐다. 잠들기 전에 내가 잠시 나갔다 오겠다고 말했지만 그는 어디로 가느냐고 묻지 않았다. 신경쓸 여력도 없었다. 그저 이를 악다물고 붕대가 감긴 팔을 들어 내저었다. 약에 취해 잠들도록 내버려두고 현관에 잠시 서서 시원찮고 망가진 집기를 찬찬히 둘러보았다. 나는 그곳에 애착을 느낀 적이 없었다. 와인으로 얼룩진 침구와 이 빠진 접시와 컵을 둘러보고 있자니 두 번다시 이곳에서 잘 일은 없겠다는 것을 알았다. 시내는 말을 타고한 시간 거리였다. 나는 맑은 정신으로 흔들림 없이 집중했다. 여러 날을 이동했지만 조금이라도 피로하거나 결심이 누그러지지는 않았다. 일말의 두려움도 없었다.

제독의 저택은 흐릿한 불빛이 흘러나오는 꼭대기 층을 제외하고 온통 어둠에 잠겨 있었다. 높이 뜬 달이 환히 빛났다. 나는 너른 영지 경계에 서 있는 오래된 향나무의 우거진 가지 아래 숨었다. 옆구리에 빈 빨래통을 낀 하녀가 뒷문으로 나왔다. 무슨 일로 화가났는지 별채 오두막으로 향하며 나직이 욕설을 뱉었다. 십오 분을 기다렸지만 그녀가 다시 나올 기미가 없자 몸을 웅크리고 마당을 가로질러 저택으로 향했다. 하녀가 뒷문을 잠그지 않아 부엌으로 쉽게 숨어들 수 있었다. 깔끔하게 정돈된 부엌은 고요하고 서늘했다. 제독이 그 여자에게 무슨 짓을 한 걸까? 나는 그녀의 오두막을 다시 힐끔 살펴보았다. 창가에 흰 초 하나가 켜진 것 외에는 아무변화 없이 조용했다.

카펫 깔린 계단을 올라가 제독의 방 앞에 섰다. 문 너머로 누군가를 질책하고 욕설을 퍼붓는 소리가 들렸다. 상대는 알 수 없었다. 그저 죄송하다고 웅얼거리기만 해서 누구인지, 무슨 잘못을 했는지 짐작되지 않았다. 욕을 먹을 만큼 먹은 후 그가 방에서 나왔다. 발소리가 가까워져 문 옆 벽에 몸을 바짝 붙였다. 권총도 없이 흔히 플러그라고 하는 짧고 뭉툭한 칼뿐이었다. 나는 칼을 꺼내 쥐었다. 하지만 문이 활짝 열리자 그자는 내가 있는지도 모르고 그대로 계단을 내려가 뒷문으로 나갔다. 복도 끝의 창문에서 그가 어디로 가는지 확인했다. 그는 하녀의 오두막으로 들어가더니 창가에서 쓰라린 분노를 담은 눈길로 저택을 노려보았다. 나는 어둠 속에 몸을 숨긴 채 그의 눈에 어린 상처를 똑똑히 보았다. 그 흉측한 얼굴은 폭력적인 삶을 고스란히 말해주고 있었다. 하지만 스스로를 빙어하지 못하고 주눅든 채 괴롭힘을 당했을 뿐이다. 그가 입바람을 불어 촛불을 끄자 오두막이 어둠에 잠겼다. 나는 복도를 되돌아갔다. 아까부터 활짝 열려 있는 문을 통해 안으로 들어갔다.

꼭대기 층 전체가 제독의 방이었다. 벽도 별실도 없는 드넓은 공간에 마치 구획을 나누듯 가구들이 여기저기 모여 있었다. 탁자에 놓인 등과 촛대가 어스레한 빛을 드리울 뿐 방안은 어둑했다. 맨구석의 중국식 병풍 뒤에서 푸른색 시가 연기가 피어올랐다. 제독의 목소리가 들려 다른 사람이 또 있나 싶어 멈춰섰다. 하지만 잠시 귀기울여봐도 다른 이의 목소리는 들리지 않았고 그저 혼잣말인 듯했다. 그는 욕조에 누워 상상 속에서 연설을 하고 있었다. 어째서 사람들은 목욕만 했다 하면 연설을 하게 되는 걸까? 나는 칼을 움켜쥐고 방을 가로질러 그에게 다가갔다. 소리를 내지 않으려고 죽 이어진 카펫을 따라 걸어갔다. 제독의 벌거벗은 가슴에 꽂을 셈으로 칼을 높이 쳐들고 병풍 너머로 들어섰지만, 제독은 면수건을 눈에 올려놓고 있었다. 팔이 옆으로 스르르 내려왔다. 전국 구석구석까지 영향력을 미치는 남자가 술에 취해 구리 욕조에 앉아 있었다. 털이라곤 없는 가슴은 앙상하니 판판했다. 시가 끝에는 기다란 재가 위태위태하게 매달려 있었다. 새된 목소리가 들렸다.

"신사 여러분, 사람들이 이따금 던지는 질문을 오늘 제가 하려고 합니다. 그리고 그 답을 듣고자 합니다. 무엇이 사람을 위대하게 만들까요? 누군가는 부라고 할 겁니다. 다른 누군가는 강인한 성품이라고 하겠지요. 또 누군가는 위인은 결코 평정을 잃지 않는다고 주장할 겁니다. 신을 향한 열렬한 경배라고 말하는 사람도 있지요. 하지만 이 자리에서 제가, 무엇이 사람을 위대하게 만드는지 정확히 말씀드리겠습니다. 오늘 제 말을 유심히 듣고 그 뜻을 헤아려 마음과 영혼 깊이 새기길 바랍니다. 맞습니다! 저는 여러분에게 위대함을 선사하려는 것입니다." 그가 고개를 끄덕이고 한 손을 들어 상상 속 박수갈채에 감사인사를 했다. 나는 한 걸음 더 다가가 칼날을 그의 얼굴에 겨누었다. 기회가 있을 때 죽여야 한다는 것은 알았지만 그가 뭐라고 말할지 궁금했다. 제독이 손을 내려 시가를 길게 빨았다. 재가 흔들려 욕조에 떨어지면서 치이익 소리가 났다. 그는 재가 떨어졌으리라 짐작되는 곳을 손끝으로 튕겨냈다. "감사합니다." 그가 말했다. "감사합니다, 감사합니다." 그러더니 잠시 멈추고 가슴 가득 숨을 들이켜더니 우렁찬 소리로 힘주어 말했다. "위인은 물질세계의 빈 곳을 간파하고 그 텅 빈 공간에 자신의 정수를 주입할 수 있는 사람입니다! 위인은 이전까지 아무것도 없던 곳에서 순전히 의지력으로 부를 창조할 수 있는 사람입니다! 다시 말해, 위인은 무에서 유를 만들어내는 사람입니다! 이 자리에 모인 신사 여러분, 제 말을 믿으십시오. 여러분 주위에도 잘 보면 있습니다—빈 곳이!"

나는 재빨리 단번에 그를 덮쳤다. 칼을 바닥에 내던지고 어깨를 눌러 얼굴을 물속에 처박았다. 그는 마구 버둥대며 첨벙거리기 시작했다. 기침을 하고 컥컥거리며 "헤시, 헤시, 헤시!" 하는 소리를 냈다. 소리가 욕조 벽에 부딪혀 울리고 그 진동이 내 다리를 타고 몸통까지 간지럽히듯 전해졌다. 제독의 생존본능이 깨어나 더욱 맹렬히 몸부림쳐댔다. 하지만 내가 있는 힘껏 누르고 있어 꿈쩍도 할 수 없었다. 나 자신이 대단히 강하고 올바른 사람으로 느껴졌다. 세상 그 무엇도 이 일을 끝내는 것을 막을 수 없으리라.

수건이 얼굴에서 흘러내리고, 물속에서 그가 나를 똑바로 올려다보았다. 보고 싶지 않았지만 눈을 돌리면 안 될 것 같아 그의 눈을 똑바로 보았다. 그리고 그 광경에 놀랐다. 그 역시 일찍이 죽어갔던 다른 모든 이들처럼 두려워할 뿐이었다. 나를 알아보긴 했지만, 그게 다였다. 그가 나를 알아보고 그동안 제대로 존중하지 않았던 것을 깊이 후회하기를 내심 바랐던 것 같지만 그럴 만한 시간이 없었다. 실제 그의 머릿속에서는 아마 온갖 색깔이 폭발했다가 뒤이어 밤 같은 한없는 진공상태 혹은 온갖 밤이 뒤죽박죽 섞인 상태에 잠겼으리라.

제독이 죽었다. 나는 그의 머리를 잡고 반쯤 물위로 띄웠다. 그래야 술에 취해 익사한 것으로 보일 테니. 머리카락이 이마에 들러붙고, 시가가 얼굴 근처에 둥둥 떠다녔다. 그 죽음의 현장에 위엄이라곤 없었다. 나는 앞문으로 나가 말을 타고 찰리와 나의 오두막으로 돌아갔다. 찰리는 잠들어서 좀처럼 일어나려 하지 않았다. 억지로 일으켜 님블에 묶고 함께 어머니의 집으로 향했다.

에필로그

새벽이 은빛으로 물들고 높다란 풀줄기가 이슬방울의 무게에 축 늘어졌다. 길을 따라 집으로 가는 동안 찰리는 모르핀을 마저 들이켜고 님블의 넙적한 등에 널브러져 코를 골았다. 오랜만에 찾는 고향집이었다. 폐허가 되어 있지는 않을지, 어머니가 없으면 어찌할지 걱정스러웠다. 하지만 시야에 들어온 고향집은 새로 페인트칠한데다 뒤쪽으로 증축까지 되어 있었다. 질서정연한 텃밭에 허수아비가 서 있었는데, 그 모습이 왠지 낯익었다. 아버지의 낡은 코트와 모자, 바지를 걸치고 있었던 것이다. 나는 모리스의 말에서 내려 허수아비에게 다가가 주머니를 확인했다. 안에는 아무것도 없었다. 타고 남은 성냥 하나 말고는. 나는 그것을 내 주머니에 집어넣고 현관문으로 걸어갔다. 너무 긴장되어서 문을 못 두드리고 한동안 바라보고만 있었다. 하지만 발소리를 들은 어머니가 가운

차림으로 문을 열었다. 어머니는 담담히 나를 바라보더니 내 어깨
너머를 보았다.

"형은 어떻게 된 거니?" 어머니가 물었다.

"손을 다쳤는데, 그 때문에 기진맥진했어요."

어머니는 얼굴을 찌푸리더니 잠시 베란다에서 기다리라고 했
다. 침대에 눕는 모습을 다른 사람이 보는 것이 싫다면서. 나는 익
히 알고 있기에 "들어오라고 부르면 그때 들어갈게요, 어머니"라
고 대꾸했다. 어머니가 안으로 들어가자 베란다 난간에 걸터앉아
발을 대롱거리며 집을 살펴보았다. 정감 어리면서도 가슴 아팠다.
말 위에 늘어진 찰리를 보며 우리가 바깥세상에서 함께한 시간을
생각했다. "나쁜 일만 있었던 건 아냐." 나는 그에게 말했다. 어머
니가 내 이름을 불러서 안으로 들어가 새로 증축된 뒷방으로 갔다.
어머니는 높다란 황동 침대에 부드러운 면 이불을 덮고 누워서 담
요를 두 손으로 두드렸다. "안경이 어디 있더라?"

"머리에 걸쳐두셨네요."

"그래? 아, 여기 있구나. 그래." 어머니가 안경을 쓰고 나를 보
았다. "정말 너구나." 그렇게 결론을 내리고는 얼굴을 찡그리며 물
었다. "형은 어쩌다 손을 다친 거니?"

"사고로 잃었어요."

"손을 함부로 됐나보구나?" 어머니는 고개를 젓고 중얼거렸다.
"그냥 사소한 물건이나 불편한 짐처럼."

"그렇진 않아요. 형이든 나든."

"어쩌다 손을 잃은 거니?"

"화상을 입은 뒤 감염됐어요. 의사 말이, 수술하지 않으면 심장에 타격을 줄 거래요."

"심장에 타격을 준다고?"

"의사가 그랬어요."

"정확히 그렇게 표현했니?"

"대충 그런 뜻이었어요."

"음. 수술은 아프지 않았다니?"

"손을 절단할 때는 의식이 없었어요. 지금은 좀 화끈거리고 절단면이 간지럽다지만 모르핀을 먹어서 괜찮아요. 곧 나을 거예요. 안색도 돌아왔고."

어머니가 목청을 가다듬었다. 또 한번. 할말을 고르는 듯 고개를 갸웃거렸다. 내가 솔직히 말해달라고 하자 입을 열었다. "그게, 너를 만나서 기쁘지 않은 건 아니란다, 일라이. 솔직히 무척 기뻐. 하지만 이렇게 긴 세월이 흐른 후에 느닷없이 찾아온 이유가 뭔지 말해줄 수 있겠니?"

"어머니 곁에 있고 싶었어요." 나는 말했다. "그 마음이 너무 강해서 다른 건 생각도 안 났어요."

"그래." 어머니가 고개를 끄덕이며 말했다. "그러면, 대체 지금 무슨 얘기를 하는 건지 설명해주면 정말 고맙겠구나."

이 말에 나는 껄껄 웃었다. 하지만 어머니의 표정이 진지해서 정직하게 대답하려고 노력했다. "그러니까 내 말은, 길고 험난한 일을 마친 후에 느닷없이 이런 생각이 들었다는 거예요. 전에는 어머니와 나, 심지어 찰리 형까지 늘 가깝게 지냈는데 왜 이제는 그러면 안 되나."

이 대답은 그다지 통한 것 같지 않았다. 혹은 믿기 어렵거나. 어머니는 화제를 바꾸려는 듯 물었다. "그래, 아직도 욱하는 성미는 그대로니?"

"이따금 욱하기는 해요."

"마음을 다스리는 방법은?"

"지금도 때때로 그 방법을 써요."

어머니가 고개를 끄덕이고 협탁에서 물잔을 들었다. 물을 마시고는 가운 목깃으로 얼굴을 살살 눌러 닦았다. 그러다 소맷자락이 흘러내리면서 비틀린 팔목이 드러났다. 뼈가 어긋난 채로 굳어 울퉁불퉁해진 것이 불편해 보였다. 보는 것만으로도 내 팔에 가상의 고통이, 혹은 누군가는 연민으로 인한 고통이라 부를 만한 것이 느껴졌다. 팔목을 보는 내 시선을 눈치챈 어머니가 미소 지었다. 아름다운 미소였다. 어머니는 젊었을 적 유명한 미인이었다. 어머니가 유쾌하게 말했다. "너는 예전 그대로구나, 그거 아니?"

그 말이 내게 얼마나 큰 안도감을 주었는지 이루 말할 수 없다. 나는 대답했다. "어머니랑 있으니까 나도 예전 그대로인 것 같아요. 떠나 있을 때는 나답지 않거든요."

"그럼 여기서 지내렴."

"그러고 싶어요. 그동안 어머니가 너무나 보고 싶었어요. 어머니 생각을 자주 해요. 찰리 형도 그럴걸요."

"찰리는 자기 생각만 하지."

"자신을 통제하기가 어려우니 늘 사고를 치죠." 가슴에 울음이 차올랐지만 애써 억눌러 흔적도 없이 지워버렸다. 숨을 크게 내쉬어 통제력을 되찾고 침착하게 말했다. "형을 저렇게 밖에 내버려 둬도 괜찮을지 모르겠어요. 집안으로 데려와도 돼요?" 한동안 잠자코 어머니의 대답을 기다렸지만 아무 말도 없었다. 결국 내가 말문을 열었다. "형과 함께 많은 일을 겪었어요. 웬만한 사람들이 보지 못하는 것들을 봤죠."

"그게 그렇게 중요한 것들이었니?"

"다 끝나고 나니까 중요해 보여요."

"다 끝났다니?"

"그런 생활은 할 만큼 했어요. 이제 느긋하게 살고 싶어요."

"그렇다면 제대로 찾아왔구나." 어머니가 방안을 향해 휘 손짓하며 물었다. "달라진 점을 알겠니? 네가 뭐라도 알아차리고 칭찬해주길 기다렸는데."

"전부 멋져 보여요."

"텃밭도 봤고?"

"훌륭하던데요. 집도. 어머니도 마찬가지고요. 건강은 좀 어때요?"

"좋기도 하고, 나쁘기도 하고, 그 중간이기도 하단다." 어머니가 잠시 생각하더니 덧붙였다. "대부분은 중간이지."

문에서 노크소리가 나더니 찰리가 들어왔다. 모자를 벗어 잘린 팔뚝에 걸쳤다. "안녕하세요, 어머니."

어머니는 오랫동안 그를 응시했다. "안녕, 찰리." 어머니가 시선을 돌리지 않자 그가 나를 돌아보았다. "처음에는 여기가 어딘가 했어. 낯익긴 한데 어딘지 알 수가 있어야지." 그가 속삭이며 물었다. "허수아비 봤어?"

어머니는 얼굴에 미소 비슷한 것을 머금은 채 우리를 지켜보고 있었다. 슬프고도 아련한 표정이었다. "너희 배고프니?"

"괜찮아요, 어머니." 나는 말했다.

"나도요." 찰리가 말했다. "그보다, 목욕을 할 수 있으면 소원이 없겠군요."

어머니가 그러라고 하자 그는 감사인사를 하고 빙에서 나갔다. 문가에 서서 나를 보는 순진하고 솔직한 얼굴에 생각했다. 형에게서 투지가 모두 사라져버렸다고. 찰리가 나간 후 어머니가 말했다. "네 형이 달라 보이는구나."

"휴식이 필요해서 그래요."

"아냐." 어머니가 가슴을 두드리며 고개를 저었다. 절단한 손은 오른쪽이라는 설명에 말했다. "내가 그 때문에 안타까워하리라고는 너희 둘 다 기대하지 않기를 빈다."

"우리는 아무 기대도 안 해요, 어머니."

"그래? 너희를 먹여주고 재워주길 기대하는 것 같은데."

"일자리를 구할 거예요."

"정확히 어떤 일을 할 생각이니?"

"교역소를 열까 생각중이에요."

"교역소에 투자하겠다는 거니? 설마 거기서 직접 일하겠다는 건 아니지? 온갖 손님한테 시달리면서."

"교역소에서 일하는 모습을 상상해보곤 했어요. 어머니는 상상이 돼요?"

"솔직히, 아니."

나는 한숨을 쉬었다. "뭘 하느냐는 중요하지 않아요. 돈이란 게 원래 없다가도 있는 거고, 있다가도 없는 거니까." 나는 고개를 저었다. "그건 중요하지 않아요. 어머니도 알잖아요."

"그래." 어머니가 한결 누그러진 어조로 말했다. "옛날에 쓰던 방에서 형이랑 같이 지내렴. 정말 여기 살 생각이라면 나중에 방을 하나 더 증축하면 될 거야. 물론 너와 찰리 둘이서 말이다." 어머니가 손거울을 얼굴 앞에 들고 머리를 정돈하며 말했다. "너희가 여전히 함께라니 기뻐할 일이구나. 어릴 때부터 늘 함께였지."

"여러 번 갈라섰다가 합쳤다 했어요."

"아버지 때문에 가까워진 게지." 어머니가 거울을 내려놓았다. "고마워할 게 그거 하나는 있구나."

"좀 누우면 좋겠는데요."

"점심식사 때 깨워줄까?"

"뭘 만드실 건데요?"

"비프스튜."

"잘됐네요, 어머니."

그녀가 주저했다. "그러니까, 잘됐으니 깨우지 말라는 거니? 아니면 잘됐으니 깨우라는 거니?"

"꼭 깨워주세요."

"알겠다. 가서 푹 쉬렴."

나는 몸을 돌려 복도를 보았다. 활짝 열린 현관문으로 순수한 하얀빛이 쏟아져들어왔다. 문지방을 지나는데 어머니의 목소리가 들린 듯했다. 획 돌아보니 어머니가 기대하는 눈빛으로 나를 바라보고 있었다. "괜찮아요? 저 불렀어요?" 어머니가 손짓하기에 다시 다가갔다. 어머니는 침대 곁에 일어나 서서 팔을 뻗어 내 손가락을 꼭 쥐었다. 그리고 끌어당기더니, 밧줄 길이를 재듯 내 팔을 한 뼘 한 뼘 재보았다. 이어서 양팔을 내 목에 두르고 눈 아래쪽에 뽀뽀를 해주었다. 입술이 차갑고 축축했다. 어머니의 머리카락과 얼굴과 목덜미에서 잠과 비누 내음이 풍겼다. 나는 예전에 형과 함께 쓰던 방으로 걸어가 바닥의 매트리스에 몸을 뉘었다. 작지만 안락하고 깨끗한 방이었다. 한동안 이 방이면 족하리라는 것을, 나름대로 완벽하다는 것을 알 수 있었다. 정확히 원하는 곳에 와 있는 것이 얼마 만인지 기억도 나지 않았다. 대단히 만족스러운 기분이었다.

까무룩 잠이 들었지만 몇 분도 안 되어 화들짝 깼다. 옆방 욕조에서 찰리가 목욕하는 소리가 들렸다. 그가 무슨 말을 할 리 없고 실제로도 그랬지만, 물소리가 마치 목소리처럼 들렸다. 찰박찰박, 찰랑찰랑, 첨벙첨벙, 그러고는 겸허한 묵상에 잠긴 양 똑똑 떨어지는 물방울 소리를 제외하고는 사방이 적막해졌다. 사람의 슬픔이나 기쁨을 그가 낸 소리로 측정할 수 있을 것 같았다. 나는 유심히 귀를 기울였다. 그리고 형과 내가 적어도 당분간은 지상의 모든 위험과 공포로부터 벗어나 있다고 결론내렸다.

나로서는 참으로 행복한 결말이 아니라 할 수 없었다.

옮긴이 **김시현**
전문번역가. 코맥 매카시의 『카운슬러』 『모두 다 예쁜 말들』 『국경을 넘어』 『평원의 도시들』 『핏빛 자오선』을 비롯해, 『힐 하우스의 유령』 『우먼 인 블랙』 『하우스 오브 카드』 『리시 이야기』 등을 우리말로 옮겼다.

문학동네 세계문학
시스터스 브라더스

초판 인쇄 2019년 3월 4일 | 초판 발행 2019년 3월 11일

지은이 패트릭 드윗 | 옮긴이 김시현 | 펴낸이 염현숙

책임편집 양수현 | 편집 박아름 홍지은 | 독자모니터 박묘영
디자인 강혜림 이원경 | 저작권 한문숙 김지영
마케팅 정민호 정진아 함유지 김혜연 박지영 김수현 | 홍보 김희숙 김상만 이천희
제작 강신은 김동욱 임현식 | 제작처 한영문화사

펴낸곳 (주)문학동네
출판등록 1993년 10월 22일 제406-2003-000045호
주소 10881 경기도 파주시 회동길 210
전자우편 editor@munhak.com | 대표전화 031) 955-8888 | 팩스 031) 955-8855
문의전화 031) 955-8862(마케팅) 031) 955-2684(편집)
문학동네카페 http://cafe.naver.com/mhdn | 트위터 @munhakdongne
북클럽문학동네 http://bookclubmunhak.com

ISBN 978-89-546-5530-9 03840

www.munhak.com